THE KILL CLAUSE
by Gregg Hurwitz
translation by Hiroshi Kaneko

処刑者たち 上

グレッグ・ハーウィッツ

金子 浩［訳］

ヴィレッジブックス

わたしの第一作の、そしてすべての作品の最初の読者である
メリッサ・ハーウィッツ医学博士に

正義など存在しない。存在するのは法律だけだ。

——起源不詳の古い法律格言。
法律家オリヴァー・ウェンデル・ホームズの
言葉ではないかといわれている。

THE KILL CLAUSE

処刑者たち

上

おもな登場人物

ティモシー(ティム)・ラックリー	連邦保安官補。 元陸軍レンジャー部隊隊員
アンドレア(ドレイ)・ラックリー	ティムの妻。ベンチュラ郡警察の保安官補
ヴァージニア(ジニー)	ティムとアンドレアの惨殺された7歳の娘
ジョージ(ベア)・ジョワルスキー	連邦保安官補。ティムの相棒であり親友
ウィリアム・レイナー	著名な社会心理学者・社会評論家。 UCLAの教授。〈委員会〉の中心人物。 息子を殺された過去を持つ
フランクリン・デュモン	元ボストン市警重大犯罪課巡査部長。 〈委員会〉の精神的支柱。 妻を殺された過去を持つ
ロバート・マスターソン	元デトロイト警察SWATのスナイパー。 〈委員会〉のメンバー。 妹を殺された過去を持つ
ミッチェル・マスターソン	元デトロイト警察の刑事で 爆発物処理班所属。 ロバートの双子の兄弟。 〈委員会〉のメンバー
エディ(ストーク)・デイヴィス	元FBI局員。音声分析と法錠前学の専門家。 〈委員会〉のメンバー。 母を殺された過去を持つ
ジェナ・アナンバーク	レイナー教授の助手。〈委員会〉のメンバー。 母を殺された過去を持つ
マルコ・タニーノ	連邦保安官。ティムの上司
マック	ベンチュラ郡警察の保安官補。 ドレイの同僚
ロジャー・キンデル	ジニーを殺した犯人

1

犯され、ばらばらにされたジニーの死体が十キロほど離れた小川のほとりで発見されたこと、遺体を現場から回収するためにバイオハザードバッグが三つ必要だったこと、いま現在、亡骸《なきがら》は検死台に並べられていることを、自宅にやってきたベアから聞かされたとき、ティムは自分の反応を意外に思った。感情が消えたのだ。悲しみは感じなかった――悲しむためには一歩ひいて思いだし、振りかえる時間が必要なのだとティムはさとった。その知らせはティムをぴしゃりと打っただけだった。実際に平手打ちを食ったように頬がひりひりした。そして、どういうわけか決まり悪かった。だれに、あるいはなにに対してかはわからなかったが。ティムは腰に手をやってスミス&ウェッソンのグリップを探った。もちろん、午後六時三十七分に自宅にいるときに拳銃を携行しているはずはなかった。

ティムの右横ではドレイが膝をつき、片手で戸枠を握りしめていた。苦痛を求めているかのように、脇柱と蝶番《ちょうつがい》の隙間に指を突っこんでいる。きれいに切りそろえられたブロンドの髪の下で、首が汗で光っていた。

一瞬、すべてが凍りついた。雨の水気をたっぷり含んだ二月の空気。ジュディ・ハートリーが居間で掲げて見せている、ピンクと白の糖衣でおおわれたバースデーケーキの七本のロウソクの炎を揺らしている風。ベアのブーツ。ブーツの底にこびりついていた犯行現場の泥が、ティムがみずから這《は》いつくばりながら鏝《こて》でならした、小石を埋めこんだモルタル仕上げのポーチを無惨に汚している。

「座ったほうがいいんじゃないか？」というベアの目には、ティム自身が数えきれないほど何度も浮かべた、うしろめたさと同情の色が浮かんでいた。そしてティムは、そのことでベアに不当な怒りをおぼえた。怒りはたちまちしぼみ、あとにはくらくらする空虚が残った。

ささやかなパーティーに集まった人々は、戸口での声をひそめたやりとりが発する絶望を察して、居間で固唾《かたず》をのんでいた。幼い少女のひとりが、『ハリー・ポッター』のクィディッチのルールをふたたび説明しはじめて、語気荒く黙らされた。玄関のドアがノックされたあと、ドレイがいそいそと火をつけたロウソクを、母親のひとりが腰をかがめて吹き消した。

「娘だと思ったの」とドレイがいった。「ケーキの糖衣がけを終えたばっかりだったから……」声が激しく震えた。

妻の声を聞いたとたん、ティムはベアを玄関先で問い詰めてくわしい事情を訊きだしたことを痛切に後悔した。ティムにとって、その情報を理解するための唯一の手段が、質問と事実に押しこめること、消化できるように無理やり細かく砕くことだった。だがすべてを飲みこんだいま、ティムは破裂しそうになっていた。しかし、幾度となく被害者の家のドアをノックしたことがあるティムは――ドレイと同様に――自分たちが時間の問題ですべてを知ることになるのを知っていた。覚悟を決めて一気に踏みこみ、冷たさに耐えたほうがましだった。なぜなら、近い将来にその冷感が消える見込みはないからだ。永遠に消えないかもしれないからだ。「アンドレア」とティムは震える手を妻の肩にのぼそうとしたが、手は宙であがくばかりだった。動けなかった。こうべもめぐらせられなかった。

ドレイは顔を伏せてすすり泣きしだした。ティムが聞いたことのない声だった。室内で、ジニーの同級生のひとりがつられて泣きだした――混乱した反射的模倣だ。

ベアは膝を折り曲げてしゃがみ、ポーチで巨体をまるめた。ナイロンの作戦用ジャケットがケープのように床をかすめそうになった。背中を見れば、〝連邦保安官補〟という色あせた黄色の文字が所属を示していた。「つらいだろうけど」とベアはいった。「気をしっかり持てよ」

ベアは大きな両手でドレイの上腕――なかなかのたくましさだ――をつかんでひきよせた。ドレイはベアの胸に顔をうずめた。なにかに触れたらとんでもないことをしてしまうかもしれないと恐れているかのように、ドレイは両手で宙を掻いた。

ベアはおずおずと頭を上げた。「どっちかが……」

ティムは手を下にのばして妻の頭をなでた。「おれが行くよ」

幅広のタイヤが路面の継ぎ目を越えて、塗装が剝《は》げたベアの銀色のダッジラムががくんと揺れるたび、ティムの腹のなかでガラスの破片じみた絶望も揺れた。

ロサンゼルスのダウンタウンの北西八十キロ、民家と並木道からなる広さ三十平方キロのムーアパークは、法執行機関関係者の人口密度が州でもっとも高い地域ということでかなり有名だ。まじめ一方の人々のための安あがりなカントリークラブに、起きている時間の大半を費やしている、ねじのはずれた街を守るための捜査や活動からの避難所になっているところなのだ。ムーアパークは、つくりものじみた五〇年代のテレビ番組を思わせた——タトゥーショップもなく、ホームレスもおらず、走行中の車からの銃撃事件もない。ティムとドレイの家がある袋小路には、シークレット・サービスがひと家族とＦＢＩがふた家族と郵政捜査官がひと家族住んでいる。泥棒は、ムーアパークでは斜陽産業なのだ。

ベアはまっすぐ正面を向いて、センターラインの黄色い反射板を見つめていた。反射板は、あらわれては闇の彼方へ消えていく。ベアはいつものように前かがみではなかった。慎重な運転ぶりからして、やることがあってよかったと思っているようだった。

ティムは山ほどの質問をふるいにかけて、とっかかりになりそうな質問を見つけようとした。「どうして……なんで現場へ出向いたんだ？　連邦管轄の事件じゃないのに」

「保安官事務所はジニーの手から指紋を採取したんだ……」

手から。別個の存在ってわけか。ジニーからじゃないんだ。吐き気を催すほどの恐怖に襲われながら、ジニーの手は、腕は、胴体は三つの袋のうちどれに詰められたのだろう、とティムは考えた。ベアの指のふしのひとつに、乾いた泥がこびりついていた。

「……顔は、その、ひどいありさまなんだよ。ったく、むごいことしやがって」ベアが洩《も》らしたため息は、ダッシュボードではねかえって、助手席のティムのもとまで届いた。「とにかく、捜査の指揮をとってるビル・ファウラーは、遺体の身元を――」ベアはいったん口をつぐんでから、いいなおした。「被害者がジニーだと確認すると、おまえともドレイとも親しいと知ってるおれに電話したんだ」

「どうしてビルが遺族に通知しなかったんだ？　ビルはドレイが警察学校を出て最初に組んだ相棒なんだぞ。先月、うちに来ていっしょにバーベキューをしたばっかりなんだぞ」ティムの声が高まって、難じるような調子になった。その声の高さから、ティムは自分がどうにかしてだれかの責任を問おうとしていることに気づいた。

「どうしてもいえないやつもいるのさ。両親に娘が――」ベアは途中でいいやめた。ベアも、それがティムの神経にさわることに気づいたようだった。

出口ランプにはいるとき、トラックは減速のためのこぶを乗り越え、大きく揺れた。

ティムはふうっと息を吐いて、ポーチからいままでのあいだに、容赦なくじわじわと体を満たした暗黒を一掃しようとした。「あんたが来てくれてよかったよ」自分の声が遠く聞こえた。その声から、ティムが抑えこもう、秩序づけようと苦闘している混乱はうかがえなかった。

「手がかりは？」

「くっきりしたタイヤ痕が小川の土手をくだってる。ぬかるみになってるんだ。保安官補たちがいまあたってる。じつははっきり知らないんだ……そっちはちらっとしか見なかったからな」ベアの無精ひげで乾いた汗が光った。幅のひろい柔和な顔は疲労の色が濃かった。
ティムの脳裏に、去年の七月、ディズニーランドでジニーを肩車していたベアの姿が浮かんだ。ベアは体重二十四キロのジニーを、羽の詰まった袋のように持ちあげたものだった。ベアは早くに両親を亡くしているし、まだ一度も結婚していない。ラックリー家とは家族同然のつきあいをしていた。

ティムは陸軍レンジャー部隊で十一年間勤務したあと、三年間、ダウンタウンの支局でベアとともに逃亡犯追跡班の一員として令状を執行した。ベアとは、逮捕対応班でもいっしょだった。逮捕対応班とは連邦保安局の特別機動隊《SWAT》にあたる特殊部隊で、大都会ロサンゼルスに隠れひそんでいた連邦政府の逃亡犯を、これまでに二千五百人、玄関のドアを蹴破ってはとり押さえ、手錠をかけていた。

五十七歳の定年までまだ十五年もあるというのに、ベアは近頃、定年退職が差し迫った悩みの種であるかのようなことをいいだしていた。そして退職後も戦いにかかわれるようにと南西ロサンゼルス司法研修学校の夜間コースを修了し、司法試験に二度失敗したのち、去年の六月、とうとう合格を勝ちとったのだ。ダウンタウンの裁判所でチャンス・アンドリューズ——ベアがかつてしょっちゅういっしょに裁判所の仕事をしていた判事——に仕切ってもらって弁護士就任の宣誓式を終えると、ベアはロビーで、ティムとドレイとともに紙コップでスパークリングワインの祝杯をあげた。免状は、ベアのオフィスのファイルキャビネットのひきだしの底で、将来の退屈に対する予防薬として埃《ほこり》をかぶっている。ティムがベアと組んで三年になるが、最近、ベアの顔のしわはめっきり深くなっていた。十九歳で陸軍に入隊したティムは、教練のおかげで、若さにともなうストレスに対する耐性を得た。レンジャー部隊を除隊したとき、ティムは熟練していてもくたびれてはいなかった。

「タイヤ痕か」とティムはいった。「そんなに計画性がないんなら、なにかわかるかもしれないな」

「ああ」とベアは応じた。「きっとわかるさ」

ベアは車のスピードを落とし、〝ヴェンチュラ郡死体安置所〟というずんぐりした看板の前をゆっくりと過ぎて駐車場に乗りいれた。そして堂々と障害者用スペースに停め、保安局の許可証をダッシュボードに放り投げた。ふたりは押し黙っていた。ティムは両のてのひらをぎゅっとあわせ、そのまま膝のあいだに振りおろした。

ベアはグローブボックスに手をのばし、ワイルドターキーのパイント瓶をとりだした。瓶のなかに気泡を立てながらふた口飲んで、ティムに差しだした。ティムは半口飲んだ。スモーキーなバーボンが口を洗い、喉を焼きながら通りすぎて、泥濘《でいねい》と化した胃袋へ消えるのを感じた。ティムはスクリューキャップの蓋を閉めてから、ふたたびあけてもうひと口飲んだ。瓶をダッシュボードに置くと、やや強すぎる力で蹴ってドアをあけてから、さえぎるもののないビニール張りの前部座席ごしにベアと向かいあった。

そのとき——はじめて——悲しみがこみあげた。ベアの目は腫《は》れていて、ふちが赤くなっていた。ベアはうちに来る途中で車を停め、トラックのなかでちょっと泣いたのかもしれないな、とティムは思った。

一瞬、とり乱してしまいそうな、わめきだして止まらなくなりそうな気がした。だが、これからやらなければならないこと——二重のガラスドアの向こうで待っている務め——を思いだし、自分でもどこに残っていたのかわからない強さのかけらをかき集めた。胃がぎゅっと締めつけられて音をたてた。ティムはわななく唇をきつく結んだ。

「だいじょうぶか?」とベアがたずねた。

「いいや」

ティムは車を降り、ベアが続いた。

清潔なタイルの床と、死体がしまわれている壁のステンレス製ひきだしが、この世のものとは思えないほどぎらつく蛍光灯の光を撥《は》ねかえしていた。検死台の真ん中で、ブルーのシートにおおわれている、ぴくりとも動かないいびつな塊《かたまり》がティムたちを出迎えた。

蹄鉄《ていてつ》形に髪が残っていて、いかにもな度の強い丸眼鏡をかけ、首からマスクをぶらさげている背の低い検死官はそわそわした。ティムはふらつきながら進んだ。シートをかぶせられているものは胸が締めつけられるほど小さく、ありえないほど釣りあいが崩れていた。たちまち臭気が襲ってきた。金属的な刺激臭と消毒薬の匂いの下に、土臭いような異臭がひそんでいた。ウイスキーが胃のなかで、逃げだそうとあがいているかのごとく波立った。

検死官は、やきもきしている几帳面《きちょうめん》なウェイターのように手をこすりあわせた。「ヴァージニア・ラックリーちゃんのおとうさんのティモシー・ラックリーさんですね?」

「はい」

「ええと、となりの部屋へ行っていただけますか。わたしがテーブルを窓の前まで運んでいきますから、その、遺体の確認をお願いします」

「娘とふたりだけにしていただけますか」

「いや、まだ、ええ、法医学的な検討がすんでいないので、それはちょっと——」

ティムが札入れをひらくと、連邦保安局員であることを示す星形のバッジが垂れさがった。

検死官は重々しくうなずいて、部屋を出ていった。たいていの事柄と同様、死者を悼《いた》むにも、ちょっとした権威があったほうがなにかと配慮してもらえるのだ。

ティムはベアのほうを向いて、「もういいぞ」といった。

ベアはつかのま、ティムをしげしげとながめ、顔のあちこちに視線を走らせた。目にしたものを信用したのだろう、ベアはあとずさって部屋を出ていった。そっと閉めたので、ラッチボルトはかすかな音しかたてなかった。

ティムは検死台の上のものを、まずじっと見つめてから歩みよった。シートのどちら端をめくればいいかわからなかった。ティムは死体袋に慣れていた。反対側をめくって、どうしても見なければならないところ以外を目にしたくなかった。仕事上の経験から、消せない記憶というものがあることを知っていたからだ。

検死官はきっと、ジニーの頭を戸口に近いほうに置いただろうと踏んで、塊の端をそっと押してみた。ジニーの鼻の隆起と眼窩《がんか》のくぼみがわかった。顔をきれいにしてあるのだろうか、とティムはいぶかった。きれいにしておいてほしいのか、それともジニーが息絶える寸前におぼえたはずの恐怖をより身近に感じるためにそのままであってほしいのか、自分でもわからなかった。

ティムはシートをめくった。腹に一撃を食らったようなあえぎが洩れ、息ができなくなったが、ティムはうつむかなかった。たじろがなかった。顔をそむけなかった。体のなかで悲嘆が荒れ騒いだ。鋭いふちが内面を傷つけた。ティムはそれがおさまるまで、娘の血の気のうせた、破壊された顔に目を凝《こ》らしつづけた。

震える手でポケットからとりだしたボールペンを使って、ジニーの口の端にかかった毛――ドレイのと同じまっすぐなブロンド――を払いのけた。ひどい損傷と暴力の痕《あと》がめだつからこそ、髪だけはきちんとしてやりたかった。だが、自分の手は使えなかった。いまのジニーは証拠だった。

ドレイの記憶にこの光景が残らないことが唯一の慰めだった。

ティムはシートをジニーの顔にそっとかけてから部屋を出た。待合スペースに並べてある、ゲロじみた緑色の安っぽい椅子からベアが弾《はじ》かれたように立ち上がり、検死官が紙コップに注いだ冷水器の水を飲みながら早足で近づいてきた。

ティムは話そうとしたが、声が出なかった。気をとりなおして、「娘です」と告げた。

2

ふたりは無言でドレイが待つ家に向かった。空になったボトルがダッシュボードの上で滑った。ティムは口をぬぐった。すぐにまたぬぐった。「ジニーは近所のテスの家にいるはずだった。テスってのは、ほら、赤毛で——髪をおさげにしてる子だよ。テスの家は学校から二ブロック離れた、ジニーの帰り道の途中にあるんだ。ドレイがジニーに、学校帰りにテスの家へ遊びに行くようにいったのさ。ジニーのほかの友達やその両親と準備ができるように。ジニーを驚かせられるように」

嗚咽《おえつ》が喉にこみあげた。ティムは飲みこんだ。ぐっと飲みこんだ。

「テスは私立の小学校に通ってる。テスのママに頼んでおいたんだ。子供たちは約束なしに友達の家へ遊びに行っても叱られたりしない。だれもジニーがあんな、あんなことになるなんて、夢にも思ってなかった。ここはムーアパークなんだぞ、ベア」ティムの声がしゃがれた。「ム、ー、ア、パ、ー、ク、なんだ。三、四百メートルしか離れてないところで子供が殺されるなんて、ありえない町なんだ」ティムは激しい悔恨と悔恨のあいまにはいりこんでいた。ひとり娘の命を守ることに——父親として、連邦保安官補として、男として——失敗したことに対する慚愧《ざんき》の念をしばし忘れた。

ベアは黙ってハンドルを握りつづけ、ティムはそのことをおおいに感謝した。

ベアの携帯電話が鳴った。ベアは電話に出て話しはじめ、ティムには意味不明な一連の単語と数字を告げた。ベアは携帯電話をぱちんと閉じ、トラックを道路の端に寄せて停めた。ティムは数分たってやっと、トラックが停まっていることに、ベアに見つめられていることに気づいた。ふと見やったベアは、びっくりするほど真剣な目をしていた。

がっくりと気を落としているティムはのろのろした口調でたずねた。「なんだ?」

「ファウラーだ。犯人を捕まえたそうだ」

ティムの胸裡で暗くおぞましく複雑な感情が交錯した。「どこで?」

「グライムス・キャニオンのはずれだ。ここからだと八百メートルってところだな」

「行ってくれ」

「立ち入り禁止のテープと逮捕の跡始末くらいしか見られないかもしれないぞ。逮捕の邪魔をしたり、犯行現場を汚染するわけにはいかないからな。それよりドレイのところへ——」

「行ってくれ」

ベアは空き瓶をとりあげ、軽く振ってからダッシュボードの上にもどした。「わかった」

トラックはタイヤで砂利を押しひしぎながら人気《ひとけ》のないうねうねした長い私道を走り、ちょっとした谷間の奥へいたった。三日月形に茂ったユーカリの木のそばに、ずっと以前に全焼した家の跡と、黒ずんで傾いている、改装した別棟のガレージが見えた。ガレージの側面の汚い窓で、裸電球が黄色い光をにじませていた。雨と時間が壁からベニヤ板を浮きあがらせていたし、シャッターはあちこちが腐食していた。ガレージ横の雑草のなかに、さびの浮いた白いピックアップトラックが停められていた。まだ乾いていない泥がタイヤの溝にこびりつき、フェンダーに飛び散っている。

一台のパトカーが、焼け落ちた家の草むしたコンクリートの基礎の上に、回転灯を光らせながら斜めに停まっていた。地元のパトカーの例に洩れず〝ムーアパーク警察〟とペイントされているが、実際には、ドレイを含めてふたり組の警察官はみな、ヴェンチュラ郡警察に所属する保安官補だ。その横には覆面パトカーが停められていた。サンバイザーで回転灯の光が反射していた。つきもののやかましいサイレンがないと、ストロボじみた光が奇異に感じられた。

嚙みタバコで下唇をふくらませたファウラーがトラックに歩みよってきた。息づかいが荒かった。興奮で頰を紅潮させ、まなじりを決していた。ホルスターのスナップをはずし、留めなおした。刑事は見あたらなかった。立ち入り禁止の黄色いテープも張られていなかったし、鑑識課員も作業していなかった。

ティムがまだトラックを降りないうちに、ファウラーは話しはじめた。「グティエレスとハリソン——殺人課の刑事だよ——が川岸でタイヤ痕を見つけたんだ。たしか、八七年から八九年にかけてのトヨタの純正ラジアルタイヤだった。それに、鑑識が現場で指の爪を発見したんだが――」

ティムはふらついた。ベアが、ファウラーから見えないように、手をのばしてティムの腰のあたりを支えた。

「その下に白の塗料片が付着してた。車の塗料だ。グティエレスは、思いきって半径十五キロで検索したんだが、なんと二十七台しかヒットしなかった。だから登録されている住所を片っ端から洗ってみることにした。ここはその三軒めだった。そして動かぬ証拠を見つけたんだ。犯人はすぐに吐いた。いいのがれのしようがなかったからな」ファウラーは短く笑い声をあげた。顔から血の気がひいていた。ふたたびホルスターに手をのばしてサムブレイク・ストラップのスナップをはずし、また留めた。「くそ、ラック、気の毒だったな。おれが……おれが知らせるべきだったんだが、捜査に専念して、一刻も早くホシを挙げたかったんだ」

「どうして現場を封鎖してないんだ？」とティムは質《ただ》した。

「それは……まだ犯人がいるからだ。あのなかだよ」

ティムは口のなかが乾くのをおぼえた。怒りが集束した。ナプキンリングを通したパラシュートのように絞りこまれた。焦点を結ぶと、怒りは悲しみへにじみださなくなった。ベアがすっと横に並んだ。赤信号でアイドリングしている車のようだった。

「鑑識は？　呼んでないのか？」

ファウラーは、突然、地面に興味を持った。「あんたを呼んだからな」といいながら、靴先でひからびた雑草をもてあそんだ。雑草がかさかさと音をたてた。「おれの娘があんなことになったら——」ファウラーはかぶりを振って想像を払いのけた。

「おれもみんなも、この事件のホシを逃がすつもりはないんだ」そういって、またもストラップのスナップをはずすと、ホルスターからベレッタを抜き、グリップを先にしてティムに差しだした。「あんたとドレイのために使ってくれ」

三人の男は拳銃を凝視した。ベアが喉の奥で形容しがたいうなり声を発した。ファウラーの顔はあいかわらず紅潮し、こわばっていた。額に血管の稲妻が走っていた。混乱した思考のどこかで、ティムはファウラーがベアに、無線ではなく携帯電話で連絡した理由をさとった。

ベアがティムのほうへ歩を移した。すぐ横に立ったが、反対側を向いていた。ファウラーに背中を見せ、暗い谷間へ視線を投げていた。「どうするつもりだ、ラック？」ベアは両の手をひろげてからこぶしを握った。「父親として。法の番人として」

ティムは拳銃を受けとった。そしてガレージに向かって歩きだした。ベアもファウラーもついてこなかった。ゆがんだシャッターから音が洩れていた。かすかな話し声だ。

ティムは二度、ノックした。木材のざらついた表面にあたった指のふしがちくちくした。「待ってくれ」と応じたのは、ファウラーのパートナーで、やはりドレイの同僚でもある保安官補のマックだった。ひきずるような足音。「下がってくれ！」

シャッターがスプリングをきしませながら上がった。意識したわけではないだろうが、マックは芝居がかったしぐさで、ティムの邪魔にならないように大きな体をわきへどかした。それで、グティエレスとハリソンが、ぼろぼろのカウチに座っている痩せこけた男の両わきに立っているのが見えた。ふたりとも見おぼえがあった――地元出身の刑事だ。ドレイは、ふたりがまだムーアパーク署の平巡査だったときにいっしょに仕事をしたことがあった。殺人課がふたりにこの地域を担当させているのは、土地鑑があるからにちがいなかった。

内部を見まわすと、血染めのぼろ切れの山が見えた。奥の壁の穴に、少女の指紋がべっとりついた綿のパンティが詰めこんである。すっかり刃こぼれがしてひん曲がった弓鋸《ゆみのこ》もあった。ティムはそれらを、想像を絶したものどもを忘れようと努めた。

ティムはガレージに足を踏み入れた。油染みたコンクリートの床はぬるついていた。男はきれいにひげを剃っていた。顎を剃刀《かみそり》で切った跡があった。前かがみになって両肘を腿《もも》のつけねあたりについていた。体の前で両手に手錠をかけられている。ブーツは、ベアと同じで泥だらけだ。トムが歩みよると、ふたりの刑事が男から離れ、ポリエステルとウールのスーツのしわをのばしはじめた。

マックが低い声で肩ごしにティムに声をかけた。「そいつはロジャー・キンデルだ」

「その人を見ろよ、カス野郎」とグティエレスがいった。「その人は女の子の父親だ」

男の目がティムに焦点を結んだが、理解も悔悟も浮かばなかった。

「おれたちの町でこんなことが起こるとはな」とハリソンが、会話の続きのような調子でいった。「けだものどもが北へ流れてきてるんだ。侵入してきてるんだ」

ティムはさらに歩を進め、裸電球のぼんやりした光がつくる自分の影がキンデルの顔に落ちたところで止まった。キンデルは嚙みしめた歯のあいだから息を吸うと、うつむいて両手に顔をうずめ、指で生え際を揉みはじめた。キンデルは、語尾の母音が強調された、やや喉にからんだだらしない口調でいった。

「おれがやったっていってるじゃないか。ほっといてくれよ」

ティムはこめかみで、喉で、血管が脈打つのをおぼえた。怒りを抑えこんだ。

キンデルはあいかわらず両手で顔をおおっていた。爪の下が三日月形に黒ずんでいる――乾いた血だ。

ハリソンが腕組みを解いた。漆黒《しっこく》の顔で汗が光っている。「その人を見ろ。見ろってんだ」それでも反応はなかった。ハリソンは電光石火の早業《はやわざ》でキンデルにのしかかった。片膝を腹に食いこませ、喉と顔を締めあげ、無理やりあおむかせてティムに顔を向けさせた。キンデルは鼻の穴をひろげて息をしながら、目を反抗的にぎらつかせていた。

グティエレスがティムに向きなおって、「吐いたんだ」といった。ティムが見おろすと、グティエレスのズボンが、足首のあたりでぽっこりふくらんでいた。キンデルを殺したあと、手に握らせて現場に残すための安物の銃だ。グティエレスはうなずいた。「見ざる、聞かざる、いわざる、さ」

ハリソンがキンデルから離れ、首をねじってティムにうなずいて見せた。「やるべきことをやってくれ」

マックはあけはなたれたガレージのドアの前で見張り役を務めていた。ベアとファウラーが、道路まで二十メートル足らずの、見通しのきくところにいるにもかかわらず、左右の闇に視線を配っていた。

ティムはキンデルを振りかえって、「ふたりにしてくれ」といった。

「いいとも」とグティエレスはいい、ティムの横で立ちどまって、手錠の鍵をこっそり渡した。「武器を持ってないことは確認ずみだ。ただし、ヤバい痕跡は残さないでくれよ」

マックはティムの肩をぎゅっとつかんでから、ふたりの刑事に続いて出ていった。ティムは手を上にのばし、ぐらつく取っ手をつかんでひいた。シャッターはまたもきしみ、徐々に速度を増して、がしゃんと閉じた。キンデルは眉ひとつ動かさなかった。

キンデルはティムの手の内で銃口を床に向けているベレッタを目にとめ、漠然とした無関心を表明するかのように壁のほうを向いた。キンデルは短髪だった。毛皮を思わせる、のびすぎたクルーカットだ。

考えるより先に、質問がティムの口をついて出た。「娘を殺したのか？」

裸電球がブーンという耳につく音をたてていた。ティムはじっとりしたシンナー臭い空気につつまれていた。

キンデルがティムに向きなおった。額が並はずれて平らで細長いせいで、のっぺりした顔だった。手を膝の上で重ねていた。質問に答える気はなさそうだった。

「娘を殺したのか？」ティムはくりかえした。

考えに沈んだような間《ま》を置いてから、キンデルはゆっくりと一度うなずいた。

ティムは呼吸が静まるのを待った。どうにか唇の震えを止めた。「なぜだ？」

あいかわらず、スロー再生しているような間延びした抑揚で、「そりゃあ、かわいかったからだよ」とキンデルは答えた。

ティムはベレッタのスライドをひいて弾丸を薬室に送りこんだ。キンデルはくぐもったすすり泣きを洩らし、涙を流した。はじめて見せる感情の兆候だった。そしてティムを、挑むようににらんだ。そのとき、鼻水が上唇を乗り越えた。

ティムは拳銃を構えた。怒りで手が震えていたので、キンデルの額という大きな的にねらいを定めるのにしばし時間がかかった。


ベアは太い腕を組み、ほかの四人をながめながらトラックにもたれていた。

「保安官補の家族には危害を加えないってのが不文律《ふぶんりつ》なんだ」とグティエレスがいった。そして丁重にベアに会釈《えしゃく》した。「もちろん、連邦保安局員の家族にも」

ベアは会釈を返さなかった。

ファウラーが口をはさんだ。「いまじゃ、だれもそんなこと気にしないのさ。ひどいもんだ」

「まったくだ」とグティエレス。

「あいつは保育園にサリンガス爆弾をしかけるような野郎だよ。エゼキエルだかジェデダイアだかが予言したとおりだよ」とハリソンは首を振った。「ひどい世の中だ。世も末なんだ」

「ドレイはどうしてる？」とマックがたずねた。「だいじょうぶか？」

またもグティエレスがいった。「ラックがちょっとしたニュースを持って帰れば気が晴れるさ」

「そうともかぎらないぞ」とファウラー。

「ドレイは強いからな」とベア。

「あんたはティムと親しいのか?」とベアがたずねた。

グティエレスは片方の靴からもう片方の靴に体重を移動させて、「噂はよく聞いてるよ」

「ラックと呼ぶのは親しい友人だけなんだがな」

「おいおい、ジョワルスキー」マックがなだめた。「ティートに悪気はないんだ。おれたちは味方なんだぞ」

「そうかな?」とベア。

男たちは待った。閉ざされたガレージのシャッターをちらちらと見ながら。いまにも銃声が静けさを破るかもしれないと思いながら。あたり一帯がコオロギの神経質な鳴き声で満たされていた。

寒い夜だったのに、マックが腕で額をぬぐった。「どうなってるんだろうな」

「ティムは殺さないさ」とベアがいった。

全員が驚きの表情でベアを見た。ファウラーがにたにた笑って、「あんたはそう思うってわけだ」といった。

ベアはおちつかなげに身じろぎしてから、腕を組んでぴくりとも動かなくなった。

「なんで殺さないんだ？」グティエレスがたずねた。

ベアはおぞましいものを見る目をグティエレスに向けた。「まず第一に、一生、あんたらに負い目を感じたくなんかないだろうな」

グティエレスはいい返そうとしたが、ベアの前腕の盛りあがった筋肉を見て口をつぐんだ。コオロギの鳴き声が続いていた。男たちは互いに目をあわさないようにした。

「もうたくさんだ。迎えにいってくる」ベアがトラックから身を起こした。ベアと並ぶと、マックですら小柄に見えた。ベアはガレージに向かって一歩踏みだしたが、はたと足を止めた。頭をうつむけて目を地面に落としたまま、進むことも退《ひ》くこともできなくなった。


ティムはベレッタをキンデルの頭に向けつづけていた。拳銃を撃つ人をかたどった鋼鉄製の像のように微動だにしなかった。やがて、銃を持つ手が震えだした。目がうるんでいた。肩を揺らしながら、ぎこちなく息を吸い、そして吐いた。だしぬけに、どきりとするほどの明白さで、自分はキンデルを殺さないと確信した。意志の焦点がぼやけた意識は娘のもとへひきもどされた。むきだしで盲目的で苛烈で、胸が潰《つぶ》れてしまいそうな悲しみに襲われた。これまで感じたことのない、凄《すさ》まじく深い悲しみだった。ティムは銃口を下げ、両のこぶしを腿にあてて前かがみになり、悲嘆の嵐が過ぎるのを待った。

おちつきをとりもどし、楽に息ができるようになると、できるかぎり体をまっすぐにした。

「ひとりでやったのか？」

またぞろ頭が上へ、下へ、上へと動いた。

胸が絶えずずきずきと痛んで、関節炎をわずらっている老人のように背中が丸まってしまった。ティムの声は弱々しくかすれ、ほとんど聞きとれなかった。「おまえが……おまえが娘を殺そうと決めたのか？」

キンデルは目をぱちくりさせ、手錠をかけられた両手を、毛づくろいをしているリスのように顔にあてた。「殺すことにはなってなかったんだ」

ティムはさっと背筋をのばして直立不動になった。「〝ことにはなってなかった〟っていうのはどういう意味だ？」答えはなかった。「ほかにもだれかいたのか？」

「彼はだめだって――」キンデルはいいかけて目を閉じた。

「〝彼〟ってのは何者だ？　彼はなにが〝だめだ〟といったんだ？　だれかが娘を殺すのを手伝ったのか？」必死の形相になったティムは、怒りに震える声で、「答えろ、ちくしょう、答えるんだ！」

キンデルはそれでもティムの詰問に反応を示さなかった。閉じたまぶたのなめらかな楕円《だえん》形が、筋のはいった卵のようだった。

ガレージのシャッターが勢いよく上がってがしゃんと音をたて、雑草が生い茂った地面に光がこぼれた。キンデルがよろけながら出てきた。ティムに押されたのだ。手錠はうしろ手にかけられている。ティムもすぐに追いついた。手錠の鎖をつかんでひきあげたので、キンデルの両腕が背後でまっすぐにのびて固定された。キンデルは顔をしかめたが、声はあげなかった。

ベアもほかの男たちも、ふたりが歩いてくるのを黙って見ていた。ティムがすぐ背後まで近づいたとき、キンデルはつまずいて転び、両膝と胸を地面にぶつけた。犬の吠え声のようなうめきが洩れた。

キンデルは立ちあがろうともがいた。あざもなければ、虐待の兆候もなかった。「ちくしょうめ。こんちくちょうめ」

「言葉に気をつけろよ」とティムがいった。「いまはおれが唯一の味方なんだからな」

ベアは頬をふくらませ、ふうっと低く音をたてながら息を吐いた。

ファウラーはへそを曲げた女性のようにティムをにらんだ。グティエレスとハリソンも渋い顔になっていた。

「ちょっといいかな」とファウラーがいった。顎の皮膚がこわばっていた。

ティムはうなずいて、マックとベアをその場に残し、やや離れたところまで三人についていった。

「やつは人間のくずだ」とファウラーが声をひそめていった。

ティムは応じた。「まちがいない」

ファウラーは茶色い唾《つば》を茂みに吐いた。「ああいう人間のくずを野放しにするつもりか？」

ティムはファウラーをじっと見つめつづけ、とうとうファウラーは目をそらした。

「なんだってんだ、ラックリー？　おれたちはあんたのためを思ってるんだぞ」

グティエレスが、親指と人差し指で口ひげをなでつけながら、「あいつはあんたの娘を殺したんだぞ。どうして撃ち殺さないんだ？」

「おれは陪審員じゃない」

「ドレイの意見はきっとちがうだろうな」

「かもな」

「陪審員なんかくそくらえだ」とファウラー。「陪審員なんか信用できるもんか」

「それなら、シエラレオネに移住するんだな」

「聞けよ、ラックリー――」

「いいや、あんたこそ聞いてくれ」十メートルほど離れたところで、ベアとマックが頭をさっとティムたちのほうへ向けた。「あんたらは、きれいさっぱり片づけようとして、継続中の捜査をめちゃくちゃにしようとしてるんだぞ」

腕組みをしたハリソンが断じた。「明々白々な事件じゃないか」

「共犯がいるんだ」

グティエレスが食いしばった歯のあいだから勢いよく息を吐いた。「なんだって？」

「何者かが手を貸したんだ」ティムは片手を小刻みに動かし、親指で腿を叩いていた。

「そんなことはいってなかったぞ」

「それなら、取り調べが甘かったんだろうな」

マックとキンデルを残して、ベアがブーツをきしませながらやってきた。三人ににらみをきかせてから、かばうようにティムのとなりに立った。「どうかしたのか？」

「あんたのお友達は、ちっとも複雑じゃない事態を複雑にしたがってるんだ」とグティエレスはティムをねめつけた。「感情的になってるんだよ」

「あたりまえだろう」

「どうして共犯がいるとわかったんだ？」グティエレスはかぶりを振って、地面にうつぶせになったままのキンデルを示した。「やつはなんといったんだ？」

「はっきりとはいわなかったが――」

「はっきりとは、か」ハリソンがさえぎった。「第六感ってやつか？」

ティムの骨に響くほどの低い声で、ベアがいった。「今晩、なにがあったのか思いだして、そのけったくその悪い口をつつしんだほうがいいぞ」

ハリソンのにやけ笑いが一瞬で消えた。

「だからこそ、裁判なしで人を殺すことは許されないんだ」ティムは三人を見まわして、「鑑識を呼んでくれ。捜査をはじめてくれ。証拠を収集してくれ」

ファウラーが首を振りながらいった。「めちゃくちゃだ。キンデルに聞かれてるんだぞ。なにをしようとしたか知られてるんだぞ」

グティエレスは両手をひろげてお手あげのポーズをとった。「いいだろう。それなら、通常の手順を開始しようじゃないか。ただし、あのくそ野郎が公選弁護人にチクったら、おれたちは厄介事に巻きこまれるんだぞ」ティムとベアをにらみながら、「おれたち全員がな」

今夜はそんな心配につきあっていられる心境ではないといってやろうか、とティムは考えたが、それを口にする気にもならなかった。

背後で、マックが手を貸して、キンデルを立ちあがらせた。

「あんたらは来なかった」とハリソンがいった。「なにがあっても、そこのところは忘れないでくれよ」

ベアが不快そうに咳をひとつした。ふたりは白い息を吐きながらトラックへもどっていった。

「運のいい野郎だぜ」とグティエレスが、どうにか立ちあがったキンデルにいった。そして肩と胸の境目あたりを強く突いた。「聞いてるのか？　おまえは運のいい野郎だといったんだぞ？」

「ほっといてくれ」

ベアはトラックをまわりこんで乗りこみ、エンジンをかけた。

マックが咳払いをしてティムに声をかけた。「ティム、なあ、ほんとに……気の毒だったな。ドレイにお悔やみを伝えといてくれ。おれが気の毒に思ってると」

「ありがとう、マック」とティムは応じた。「伝えるよ」

ティムが助手席に乗りこむと、ベアはエンジンを始動させ、カーニヴァルのイルミネーションじみた薄青色の闇のなかで浮かびあがっている四人の警察官とキンデルを置いてトラックを発進させた。

3

ベアがトラックを道路のわきに寄せて停めた。ティムは降りようとしかけたが、ベアに肩をつかまれた。

「おれが止めるべきだった。割ってはいるべきだった。おまえはああいう判断ができる状態じゃなかったんだ」ベアはハンドルを握りしめた。

「あんたに責任はないさ」とティムはいった。

「相棒が無理からぬ怒りに駆られてくそ野郎を殺すかもしれないってときには、手をつかねている以上のことをする責任があるさ。おまえは連邦職員なんだぞ、田舎の保安官補じゃなく」

「あの連中は、頭に血がのぼってただけさ」

ベアは掌底をハンドルに叩きつけた。そんなふうに怒りをあらわにするのはベアらしくなかった。「ばかどもめ」頬が濡れていた。「救いがたい大ばか者どもめ。おまえをあんなことに巻きこみやがって。捜査をめちゃくちゃにしかけやがって」

ティムにはベアが、悲しみを怒りに変え、手近な標的にぶつけているのがわかったが、ベアのいうとおりなのもわかっていた。ティムは淡々といった。いま悲しみに触れたらとり乱してしまうに決まっていたからだ。「なにも起こらなかったじゃないか」

「いまのところはな」ベアはごしごしと頬をぬぐった。「だが、おれたちが行く前にあのとんまどもがなにをしでかしたのか、どこまできちんと現場を保全したのか、わかったもんじゃない。共犯者も捜してなかったしな。立件する気がなかったんだ。地方検事を気にして細心の注意を払ってなかったんだ。裁判になると思ってなかったんだ」

「でも、いまは公明正大にやらざるをえなくなった。おれたちが行ったあとは」

「まあな。これで、事件の行方は連中の能力しだい、というかアホさしだいになったってわけだ。それにおれたちの運命もな」ベアは水を振り払う犬のようにぶるっと体を震わせた。「悪かった。おまえにはほかに考えなきゃならないことがあるってのに」

ティムはどうにかかすかな笑みを浮かべた。「田舎の保安官補であるおれのかみさんの様子を見にいったほうがよさそうだ」

「くそ、失言だったな」

ティムが笑い声をあげ、ベアも続いた。ふたりとも、まだ頬をぬぐっていた。

「おれも……行こうか?」

「いや」ティムはいった。「だいじょうぶだ」

ティムが玄関のドアを閉めたときも、ベアはまだ道路わきでトラックをアイドリングさせていた。家は暗く、空っぽだった。居間のプラスターボードの壁にふたつ、ふちがぎざぎざの穴があいていた。家を出たときは、ジニーのバースデーパーティーを手伝いに来てくれたドレイの友人ふたりがついていてくれたが、家が静まりかえっていても、ティムは不思議に思わなかった。動揺したとき、ドレイはひとりになりたがる。四人の兄と六年あまりの勤務経験から身についた習性だ。

ティムはこぢんまりとした居間を抜け、キッチンにはいった。簡素な室内は、ティムの長年にわたるこまめな手入れと改良の賜物《たまもの》だった。ティムは廊下と寝室の床材を剝がして硬材を敷き、真鍮《しんちゅう》めっきと模造クリスタルのシャンデリアを埋めこみ式照明に変えていた。

カウンターに切り分けられていないジニーのケーキがあった。上部が蠟《ろう》だらけになっている。料理の腕前はお寒いかぎりなのに、ドレイは自分でケーキを焼くと言い張った。でこぼこで左に傾いているケーキを平らに見せようと、何度も糖衣がけしてあったが、むなしい努力だった。隣家の主婦で、子供が独立したばかりのジュディ・ハートリーが、代わりにケーキを焼こうかと申し出たが、ドレイは断った。ドレイはジニーの誕生日に毎年そうしているように、仕事を休み、借りた料理の本を何度も読みかえし、根気よく粘り強く、まずまずの出来のものができるまでオーブンからケーキをとりだしつづけた。

ドレイの姿はなかったが、酒をしまってある戸棚があきっぱなしになっていた。ウォッカの徳用瓶が消えていた。

ティムは足音を忍ばせて廊下を歩き、寝室に向かった。きれいに整えられたベッドがティムつぎを見つめかえした。こんどはバスルームのなかを見た――そこにもドレイはいなかった。つぎに廊下の向かいのジニーの部屋のドアをあけた。暗闇のなか、ドレイが半ガロン瓶を脚のあいだに置いて床に座りこんでいた。ポカホンタスのナイトライトがドレイの横顔を変色させていた。ドレイの前のカーペットには、コードレス電話と、バックライトが点灯したままの携帯情報端末《パームパイロット》が置いてあった。

ドレイは悲しみで憔悴《しょうすい》しきっていた。三年前、ドレイは、ヴェンチュラ郡のオフィスビルから持てるだけのノートパソコンを盗んで逃げようとしている十五歳の少年を発見した。少年がニッケルめっきの二二口径を撃ってきたので、ドレイは二発連射し、銃弾を同じ位置に命中させた。そのあと帰宅したときのドレイの顔も、いまほどひどくなかった。もの思いにふけっているのか酔っているのか、ドレイはわずかに頭をうつむけていた。

ティムはドアを閉め、部屋を横切ると、壁に背をつけてずるずると腰を落とし、ドレイの横に座った。そしてドレイの、汗ばんでいて熱い手を握った。ドレイは顔を上げなかったが、必死でしがみついているかのように強く握りかえしてきた。

ティムはジニーのベッドを見つめた。いまは闇にやわらげられている、あざやかな黄色とピンクの花柄の壁紙は、部屋の角でも模様がぴったりあうように張られていた。

ティムはジニーの人生最後の数分に思いをはせ、そのとき自分はなにをしていただろうと考えた。娘がさらわれたとき、ティムは銃をガンロッカーにしまったままだった。解体がはじまったとき、ピンクのロウソクを買いに車を走らせていた。

キンデルの共犯者がのうのうと歩きまわっているのになにもできないという無念さが悲嘆をつのらせ、自分には世界に対する主導権があるという思いこみをあらためて嘲笑した。ふたりの男があのために協力したのだと――かがみこんで少女をばらばらにしたのだと、幼い体を切り刻んだのだと――考えると強烈な吐き気をおぼえた。ティムはキンデルの愚鈍そうな顔を思いだし、子供殺し専用の地獄はあるのだろうかと考えた。そして、ああもあろう、こうもあろうと責め苦を想像した。ティムは信心深くなかったが、その想像は心の奥まった暗い場所から、理性の光があたらない陰になった片隅から抜けだしてきた。

平静だが泣いていたせいでかすれているドレイの声で、ティムはもの思いからさめた。

「ずっとここに座ってたのよ。子供たちは家に帰して、トリーナとジョーンといやったらしいジュディ・ハートリーとこの部屋にいたの。身元を確認したという知らせを待って。親類に電話をしたわ。テレビや……新聞で……はじめて知るようなことになったら……」ドレイはのろのろと顔を上げた。前髪が両目にかかっていた。ドレイはまたひと口ウォッカをあおった。

「ファウラーが電話してくれたわ」

「ドレイ――」

「どうしてまっすぐ帰ってこなかったの？」

ティムは悲しみでいっぱいの心に恥じいるだけの余裕はないと思っていたが、そうではなかった。羞恥《しゅうち》の念はちっとも減じなかった。「悪かった」

ふたりのあいだの距離を、ティムは胃の痛みとして体感した。そしてふたりが、激しく、凄まじいほどの速さで恋に落ちたときのことを思いだした。ティムもドレイも、大人として必要とされたことが一度もなかった――ふたりとも、だれかを頼るたびに手ひどく失望させられるというつらい子供時代を送ったのだ。だがあのころ、ふたりは堅く揺るぎないきずなで結ばれ、音を消したテレビのちらつく青っぽい光に照らされながら、ひと晩じゅう語りあったり、体をあわせたりしていた。朝、別れて、夜、再会するまで待てないという理由で、車を飛ばしていっしょに昼食をとった。最初のひと月のことは、いまもあざやかに思いだせた――夕食の、映画の、夜の浜辺の散歩のあと、右手をドレイとつないだままでどんなふうにハンドルをさばき、しかもギヤを変えたかを。ドレイがほほえみながらくすっと洩らした笑い声。べたぼめしたらドレイが顔をしかめ、赤らめたあと――なんだかちくちくするの、とドレイは訴えた――苦笑いしながらふくらませた頬をさすりつづけたので、とうとう代わりにさすってやったこと。つい先週も、深夜のテレビ映画劇場でエルヴィスが甘い歌声を披露しはじめたとき、ティムはドレイをスローなダンスに誘ったものだった。ジニーは、おえっといって自分の部屋にひっこんだ。

だがいま、ドレイとその部屋にいるというのに、心の痛みと酒臭さとつかえた悲嘆が充満してねっとりした暗闇のなか、ティムはほとんど妻を感じられなかった。

ティムは言葉を見つけようと、きずなをつなぎなおそうとした。「電話があったんだ。八百メートルくらいしか離れてなかった。自分の目で確かめずにはいられなかったんだよ」

「へえ、確かめにいったわけね」

ティムは深々と息を吸った。「ホシが吐いたんだよ」

ドレイはおだやかに話そうと努めていたが、ティムはいらだちを感じとった。「ティム、あなたは犠牲者の父親なのよ。あなたは復讐《ふくしゅう》のための人殺しをするべく、犯行現場に違法に招かれたのよ。せめて、そいつがなにを吐いたのか説明してちょうだい」ドレイは瓶をどしんと床に置いた。「その男は、娘をさらって犯したのよ。ばらばらにしたのよ。それなのにあなたは、その男のもとへ行きながら、犯行現場を汚染し、犯人逮捕をあやうくする危険を冒しながら、なにもしないで帰ってきたのよ」

「共犯者がいたんだと思う」

ドレイの両眉が持ちあがり、ひろがった。「ファウラーはそんなことといってなかった」

「キンデルは、ジニーを殺すことには〝なってなかった〟といったんだ。だれかとのあいだに事前の取り決めがあったみたいに」

「殺す〝つもりはなかった〟って意味でいったのかもしれないじゃないの。それとも、違法なのはわかっていたという意味かも」

「かもしれない。でも、やつはそのあと、何者か――〝彼〟――について話そうとして、途中でいいやめたんだ」

「それなら、どうしてグティエレスとハリソンはそのことを調べてなかったの？」

「気がついてなかったんだろう」

「いまは調べてるの？」

「だといいんだが」

ジニーの枕元の時計がやわらかなチャイムで時を告げた。その音に不意をつかれ、ティムは飛びあがりそうになった。ドレイが顔をひどくゆがめた。そしてあわててまたウォッカをあおった。つかのま、ふたりは私事をわきに置いているような、ふたりの警察官が話しあっているような気になっていたのだ。

ドレイは頬の涙を、若い娘のように折りかえしているトレーナーの袖でぬぐった。「じゃあ、犯行現場がめちゃくちゃになってるっていうのに、単独犯じゃなくて共犯がいる可能性が出てきたというわけなのね？」

「そんなところだな、残念ながら」

「怒ってさえいないのね」

「怒ってるさ。でも、怒ったって無駄だ」

「なんなら無駄じゃないの？」

「それをつきとめようとしてるんだよ」ティムは目をそらしていたが、音でドレイがまたウォッカをあおったのがわかった。

「あれだけの訓練を――特殊部隊だの戦闘工兵隊だの連邦法執行訓練センターだので――受けてるんだから、プレッシャーに耐えることを学んでるはずじゃないの。あなたはあそこに行くべきじゃなかったのよ、ティミー」

「その呼びかたで呼ぶな」ティムは立ちあがって、両のてのひらをズボンでぬぐった。「なあ、ドレイ、おれたちはふたりともひどく打ちのめされてるんだ。このまま話しつづけたって、いいことはなにもないよ」

ティムはドアをあけて部屋を出た。ドレイの声が、冷えびえとした廊下まで追いかけてきた。「どうしてそんなにおちついていられるの？　ジニーがただの被害者みたいに。会ったこともなかった犠牲者みたいに」

ティムは廊下で足を止めた。あけはなったドアに背を向けたまま、立ちつくした。振りむいて、部屋にひきかえした。ドレイは片手で口をおおっていた。

ティムは舌を前歯の先にそって左右に滑らせながら、息が胸でつかえずに呼吸できるようになるのを待った。ややあって口をひらき、かろうじて聞きとれる小声でいった。「きみがいまどんなに動転してるか――どんなに打ちのめされてるかはわかってる。おれだって同じだ。でも、二度とそんなことはいうな」

ドレイは手をおろした。戦争神経症になった兵士の目をしていた。「ごめんなさい」とドレイは謝った。

ティムはうなずいて、静かに部屋を出た。

ティムは寝室のガンロッカーのダイヤルをまわし、特殊部隊に制式採用されている九ミリ口径のシグ・ザウエルP226、いちばん気にいっている三五七口径のスミス&ウェッソン、ずっしりと重い四四マグナムのルガー、それに九ミリ弾と四四マグナム弾の五十発入りの箱をふた。たつとりだした。職務に使っている三五七用には、さまざまな弾丸を用意してあった。銅被甲弾でも公用の一一〇グレイン・ホローポイント弾でもなく、ワッドカッター弾を選んだ。連邦保安官補は隠して携行する機会が多いことから、保安局は三インチ銃身のS&Wを支給してい

ジニーの部屋にもどると、ドレイはさっきと同じ姿勢のままだった。「ごめんなさい」とドレイはまた謝った。「ほんとにひどいことといっちゃって」

ティムはひざまずいて両手を妻の膝に置き、額にキスをした。額は湿っていた。ドレイの顔はひどく酒臭かった。「いいんだ。ほら、石とガラスの家がどうとかいうことわざがあるじゃないか」

ドレイは口をすぼめた。ほほえんでいるようには見えなかった。「石のなかに住んでいるならガラスの家は投げるなってやつね」

「おたがい傷をえぐらないほうがいいな」

「撃ちにいったほうがいいんじゃない?」質問ではなく提案だった。

ティムはうなずいた。「いっしょに来るかい?」

「しばらくここで、ぼうっとしてるほうがよさそう」

ティムはふたたび額にキスしようとかがんだが、ドレイは頭をうしろにそらせて唇で受けた。熱くて乾いていて、ウォッカが鼻をつくキスだった。できることなら、キスに浸って時を忘れたかった。

ガレージには、ティムのシルバーのBMW-M3——全米財産押収・没収プログラムを通じて連邦保安局が差し押さえた車だ——が停めてあり、作業台が据えてあった。ティムは用具一式をトランクに放りこんでバックでガレージを出ると、私道に停めてあるドレイのブレイザーを慎重によけた。町はずれまで行くと、未舗装の道に折れ、数百メートル進んだ。

ティムは車を土の道のわきの平らなところに停め、エンジンを切らずにハイビームの角度を調節して、二本の棒のあいだ、高さ百五十センチほどのところにロープが渡してある射撃場を照らした。ティムは色分けされたトランスター型と旧式のB27型が混じった人形《ひとがた》の標的の束をとりだし、ロープに吊るした。そして地面に腰をおろしてシグに弾倉《マガジン》を押しこみ、二丁のリボルバーそれぞれのためにスピードローダーを準備した。円筒形の基部に六発の弾丸がセットされたスピードローダーの先端は、六本の牙のようにとがっていた。その一本ずつが回転弾倉《シリンダー》の穴にすっぽりとおさまるのだ。

利き目が左で利き腕が右のティムは、右腰の高い位置につけるホルスターを使っていた。クロスドロウだと射線をあわせにくいため、保安局はショルダーホルスターを認めていないが、いずれにしろティムは、抜いてすぐに撃てるほうが好きだった。ショルダーホルスターは、だてに後家づくりと呼ばれているわけではない。まずはシグを手にとった。反応射撃のウォーミングアップのため、三メートルほどの距離から何発か抜き撃ちをした。つぎに七メートルに、さらに十メートルまで距離をのばした。

市街戦訓練コースで学び、ジョージア州グリンコにある連邦法執行訓練センターで受けた

〝マリブの迷路〟で磨きをかけたティムの射撃はきわめて正確だった。いかにも大仰な名前がつけられている〝マリブの迷路〟とは、ストロボライトと耳をつんざく音楽と増幅された悲鳴からなる混乱のなか、飛びだしてきたり揺れたりしている標的を実弾を使って攻撃しなければならない、新米連邦保安官補のための射撃訓練だ。現実離れした雰囲気に神経をすり減らし、大の男が泣きながら出てくることもある。迷路を抜けると、連邦保安官補は重罪犯を演じている俳優をとりおさえる。メソッド演技を少々やりすぎて、ティムの腕にがぶりと噛みついたジュリアード音楽院の中途退学者は、殴られて気絶したものだった。

二月の高所のきびしい冷気に白い息を吐きながら、ティムは撃ちつづけた。九ミリ弾を撃ちつくすと、三五七に持ち替え、二十五メートル地点のコンクリートの出っ張りに左の爪先をつけた。

前傾姿勢で左足を前に出し、足を肩幅にひらいて立つという、変形ウィーヴァー・スタンスをとった。あたりはティムの心境にふさわしい光景だった――土と岩しかない不毛の地。ヘッドライトが、夜陰を貫く対の円錐となって暗鬱な曠野《こうや》の一隅を照らしている。四角い紙製の標的だけが白く浮かびあがっており、果実のように揺れていた。はらわたを抜かれたけもののようなうつろな闇につつまれながら、ティムは暗夜に目を凝らした。見つめかえしてくるのは、ロープに吊られてひらひら揺れている、人をかたどった薄っぺらい標的だけだった。

微動だにしていなかったティムの右手がいきなり下がって、拳銃をつかんだ。革のホルスターを離れたとたん、銃は弧を描いて前方へ突きだされた。すでに待ち受けていた左手が、右手の上からグリップを支えた。ティムはまだ腕がのびきらないうちに照準をあわせた。右腕が静止した。左腕はわずかに湾曲したままだ。右手人差し指の腹の中央が引き金に触れていたので、弾着が右上や左下にずれたりはしないはずだった。そしてティムは、反動に備えて身構えたり、余分な力をこめたりすることなく、すばやく安定した圧力をダブルアクションに加えた。銃声が轟《とどろ》き、トランスターの胸部、ど真ん中に穴があいた。一発撃つごとにほとんど瞬時に照準をあわせなおしながら、つづけざまにもう五発撃った。まだ硝煙が立ちのぼっている銃の左側のレバーを親指で押し、きちんと油を差したシリンダーを開放した。銃をうしろへ傾けながら、左手をベルトポーチに突っこんでスピードローダーをとりだした。空薬莢《やっきょう》が真鍮の雹《ひょう》となって地面に転がった。一連のなめらかな動作で、ティムは銃を前に傾けて装塡《そうてん》した。六発の新しい弾丸が薬室に滑りこんだ。そして空になったスピードローダーが地面に落ちるまでにその六発も撃ちつくして、五重の輪が描かれているトランスターをスイスチーズのように穴だらけにした。

紙を貫くのに最適のワッドカッター弾は満足のいく穴をうがっていた。ティムはなにも考えずに射撃を続けた。没頭した。火薬をコンパクトに爆発させて弾丸を撃ちだし、それによって憤怒を発散した。怒りは浴槽から水が抜けるようにゆっくりと減じていった。怒りを感じなくなると、残った悲しみを、同じように銃弾にこめて吐きだそうとしたが、悲しみは消えなかった。静止射撃から横へ移動しながらの射撃に切り換えて撃ちつづけているうちに、両手首が痛みだした。両手の親指のつけねが反動で擦りむけていた。

そしてルガーに細長い四四口径を装塡し、親指が血まみれになるまで撃ちつづけた。

真夜中過ぎにもどると、家は空っぽだった。ジニーの部屋の床に置いたままの、かなり減ったウォッカの徳用瓶がドレイの唯一の痕跡だった。ドレイのブレイザーは私道に停められていたし、ボンネットは冷たかった。

ティムは車に乗って、六ブロック離れたところにあるマックの父親がオーナーの本格風アイリッシュ・バー、マクレーンズへ行き、駐車場のクラウン・ヴィクとビュイックのあいだに停めた。ずっしりしたオーク材のドアを押してなかにはいった。客は、何人かの常連と、奥のビリヤード台のそばに固まっている保安官補と刑事のグループしかいなかった。口ひげだらけだ。酒棚の上に、古いパトカーの横長警告灯が飾ってある。典型的な警官のたまり場だ。カフスつきシャツ姿の不機嫌なトム・セレックじみた顔でグラスを拭いていたダンディなバーテンダーが顔を上げた。「悪いけど、もう閉店なんだ」

ティムはバーテンダーを無視してバーを横切り、奥の男たちのほうへ向かった。マック、ファウラー、グティエレス、ハリソン、そしてそのほかに五人ほどいた。男たちを見おろすように立っているドレイは、腰をかがめ、右手の肘から先を上げて、人差し指を非難の形にのばしていた。どういうわけか、制服を着ている。制服を着たまま飲酒してはならないという規則を破って。酔っぱらいの大声が響いた。

「——よくも夫をあんなことに巻きこんだわね。せめて——あんたたちの同僚である——わたしに電話してくれたってよかったじゃないの」

「うまくやると思ったんだ」とファウラー。

「ティムが男だから？」

「いや。つまり、その、軍人向きだったからだよ」

「軍人向きか。だからティムは傷つかないってわけね」ドレイはくるりと振りむいて刑事たちと向きあった。酔いでふらついていた。「共犯者についてはなにがわかってるの？」

グティエレスが代表して、まるで政治家のように——両手をひろげ、慈悲深く請けあっているかのような慇懃《いんぎん》さで——答えた。「いま調べてる。でも、おれたちは、きみの旦那ほど見込みがあるとは思ってないんだ」

「陰謀説みたいなもんさ」とだれかがつぶやいた。

ティムが歩いてくるのに最初に気づいたのはファウラーだった。続いてほかの男たちも振りかえった。ドレイを除く全員が。「ひと言いわせてよ」いまやドレイはろれつがまわっていなかった。「わたしのことはいくらばかにしたってかまわない。だけど、あとひと言でも夫を茶化したら、歯を叩き折って喉に詰まらせてやるから」

バーテンダーがカウンターから出て、ティムのうしろに迫ったが、マックが手を振って下がらせた。「いいんだ、ダニー。仲間なんだよ」

「そうなのか？」とグティエレスはおだやかにいった。ふたりの保安官補が、ティムを見やってささやきあった。

ティムは妻だけに話しかけた。「さあ、ドレイ、家に帰ろう」

ようやくティムに気づいて、ドレイは一歩踏みだしたが、バランスを崩してどさっと座った。マックがドレイの背中に片腕をあて、肩に手を置いて支えた。ほかの男たちはドレイの左右で座ったまま身構えた。

マックが空いた手を、おちつけというようにひらひらさせた。「なあ、ティム、悪気はなかったんだ。家から連れだしたほうがドレイのためになると思ったんだよ。あんな──」

「黙れ、マック」ティムはドレイから目を離さなかった。ドレイの頭は傾いていた。ほかの男たちも、ドレイとさして変わらないくらい飲んでいるようだった。ドレイは目をつぶり、頭を傾けてほおづえをついていた。ティムは歯を嚙みしめ、口角をひき締めた。「アンドレア、さあ、帰ろう」

ドレイは立ちあがろうとしたが、ぐったりとテーブルにもたれてしまった。

ファウラーは空のショットグラスを持ちあげ、照準ででもあるかのように、それごしにティムを見た。「つぎは、だれかが堪忍袋の緒を切らすぞ。おぼえておいたほうがいい」とわずかに舌をもつれさせながらいった。「おれもティートも、あんたのためを思ってやったんだからな」

マックがドレイの肩にまわしていた腕をはずして立ちあがった。マックはなにもせずとも魅力的なタイプで、髪はほどよく乱れ、頰は一日分の無精ひげでおおわれていた。ティムは身だしなみに気をつけないといけないタイプだった。

「なあ、きょうはみんな、長い夜を過ごしたんだ」マックはいった。「かっかするのはよそうぜ」

「そうとも。勲功章受章者にはやさしくしようぜ」とハリソン。

グティエレスはくすくす笑った。ティムはグティエレスのほうをにらんだ。ほかの男たちの期待と目の前のテーブル上に並んだ空き瓶に力を得て、グティエレスはにらみかえした。「いいかげんに気づけよな。奥さんはおれたちと仲良くやってるんだ。ほっといてくれよ」

ドレイが憤然としてなにやらつぶやいた。

ティムは向きを変え、戸口に向かった。背後から、男たちがいっせいにつぶやく声が聞こえた。

「――逃げ足が速えな――」

「――さっさと行っちまえ――」

戸口に達すると、ティムは鍵をかけた。かちゃんという音が響いた。店内が静まりかえった。ティムは男たちのもとへもどった。居残っていた数人の酔っぱらいが、スツールに座ったままティムに顔を向けた。

ティムは男たちのもとに着くと、彼らから顔をそらし、カウンターのほうを向いた。そしてスミス＆ウェッソンを、ベルトホルスターにおさめたままはずし、カウンターに置いた。続いてバッジでふくらんだ財布も。上着はスツールの高い背もたれにきちんとかけた。シャツの袖をていねいに、二回ずつ折りかえした。

ティムが向きなおったとき、保安官補たちの酔いは何段階かさめていた。ティムはグティエレスに歩みよった。「立て」

グティエレスは座ったまま身じろぎして椅子の背にもたれ、タフガイそうに、怖がっていないように見せようとしたが、どちらも成功しなかった。ティムは待った。だれも口をひらかなかった。べつの保安官補がビールをひと口飲み、瓶をテーブルに置いたとき、とん、という小さな音がした。とうとうグティエレスが顔をそむけた。

ティムは上着を着直し、銃とバッジをつかみあげた。そしてテーブルをまわりこんだが、そのときにはもう、ドレイは立ちあがって夫を待っていた。ドレイはティムに体を預けた。装備一式とあわせて六十キロ以上になる体を。

ティムは妻の腰に腕をまわし、戸口へいざなった。

ティムは子供の服を脱がせるようにしてドレイの服を脱がせてやった。しゃがんでブーツを脱がせているあいだ、ドレイはティムの肩にもたれていた。ベッドに寝かせると、ドレイはシーツをはねのけた。汗をかいていた。ティムはドレイのじっとりした額にキスをした。ドレイはティムを見あげた。闇のなかではしわひとつない若々しい顔に見えた。ドレイの声は震えていた。「どんなやつだったの?」

ティムは説明した。

ティムは妻の涙をぬぐってやった。親指でまず片方の頬を、つぎにもう片方の頬を。

「なにがあったのか教えて。小屋のなかであったことを。一部始終を」

ティムは、ときどき涙をこらえ、ドレイの涙をぬぐってやりながら語った。

「殺してくれればよかったのに」とドレイはいった。

「そうしたら、真実を知る機会がうしなわれてしまったんだよ」

「だけど、その男は死んでたわ。この星からいなくなってたのよ。消えてたのよ」ドレイの頰を、ぬぐうのがまにあわないほどの涙が流れた。ドレイはティムの手を両手でつかんで握りしめ、涙がこめかみを伝って枕に落ちるにまかせた。「わたしは怒ってるの。腹がたってたまらないの。なにもかもに。だれもかれもに」

喉が詰まったので、ティムは一度、強く咳払いをした。

「あなたは寝るの？」とドレイがたずねた。

「眠れそうにないな」

ドレイはつかのまどろんでから目をひらき、「わたしもよ」といって眠そうにほほえんだ。

「しばらくテレビを見るよ。ごそごそしてきみを起こしたくないから」そういって、ティムはドレイの目から髪をやさしく払いのけた。「すくなくとも、どっちかは睡眠をとるべきだよ」

ドレイはうなずいた。「そうね」

ティムは居間のカウチに、服を着たままの胸の上で両手を組み、棺《ひつぎ》に横たわるようにして横たわった。天井を見あげて、人生の新しい現実を把握しようと努めた。とてつもない喪失以外のことは考えられなかった。やがて闇へ、底知れぬ深さの闇へ落ちていった。コメディドラマの録音ずみの笑い声が、眠りを誘う間隔で響いていた。ティムはその音以外のすべてを頭から締めだした。笑い声はまだ存在するんだ、とティムは思った。そのことを思いだしたければ、あの小さな箱のスイッチを入れるだけで笑い声が聞けるんだ。

午前三時半ごろ、上掛けをひきずってカウチまで歩いてきたドレイがティムを起こした。ドレイはティムの上に乗って、首に顔をうずめた。

「ティモシー・ラックリー」とドレイは、眠たげなやさしい声でいった。

ティムはドレイの髪をそっとなでてから、ひきよせて、やわらかなうなじをさすった。からみあうように居心地悪く抱きあったまま、ふたりは眠った。

4

目をあけたとたん、ティムはそれがなにかをさとる前から、ずっしりと重い恐れをおぼえた。両脚をさっとカウチからおろし、床に足をつけた。ドレイはキッチンでごそごそしていた。

ティムは悲嘆をたんに思いだしたのではなかった。ふたたび思いしったのだった。立ちあがるつもりで、前に体重をかけ両手を上げたまま、数分間、カウチに腰かけていた。悲しみで麻痺していた。身動きできなくなっていた。ティムは呼吸に意識を集中した。三度息ができれば、あと三度息ができるだろうし、三度ずつ息をくりかえして生きていくことができるだろう。

ようやく、立ちあがれるだけの力を奮い起こした。シャワーに向かいながら、夜、テレビから寝室まで、同じコースをたどって運んだときの娘の、わざとらしい重さを思いだすまいとした。ジニーは頭をのけぞらせ、目をぎゅっと閉じ、酔っぱらったマンガのキャラクターのように口から舌を飛びださせていた。眠っている振りをして、わずかでもテレビの時間を長引かせようとしていたのだ。

朝の光のなかだと、娘の死は現実味を帯びていた。家のいたるところから娘の死を感じられた。床の埃からも、がらんとした天井からも、娘の部屋の前を通るときの、なんの反応も引き起こさない、自分のかすかな足音からも。

熱いシャワーを浴びると、ティムは服を着て、キッチンにもどった。

ドレイはテーブルでコーヒーを飲んでいた。目が腫れ、髪は寝癖がついていた。テーブルにはコードレス電話が置いてあった。「いま」とドレイはいった。「地方検事に電話したところ。あなたたちのせいでキンデルを起訴できなくなったわけじゃなさそうよ」

「よかった。それはよかった」

ふたりはつかのま見つめあった。ドレイが、抱いてほしがっている子供のように両手をのばした。ティムは歩みよって、ドレイを抱きしめた。ドレイはティムの腹に顔を預け、ティムはドレイの頭のうしろの髪をくしゃくしゃにした。ドレイがうめいた。

ティムはドレイのとなりの椅子にぐったりと腰をおろした。

ドレイの目の下に黒い半月が生じていた。「かすでくずでごみ同然の、最低最悪な人でなしだわ」とドレイはいった。

「まったくだ」とティムはいった。

「キンデルは拘置所に収容されたそうよ。前科は三犯——猥褻《わいせつ》物陳列と二件の未成年に対する痴漢。どっちの女の子も十歳以下だった。手首を三度、ぴしゃりとやられてるってわけね。前回、キンデルは抗弁した。そして判事は心神喪失を理由に無罪判決を出した。けっきょく、キンデルはパットンで一年半過ごした。温かい食事が出る病院の病室で」ドレイは早口で、吐き捨てるようにいった。

「こんどの事件は？」

「キンデルは完全に黙秘してる――頑《がん》として口を開こうとしてない――けど、狭い小屋じゅうに証拠があった。けさ、血液型の一致が確認されたわ。弓鋸に……弓鋸に付着していた……」

ドレイは言葉を詰まらせてうつむいた。背中をまるめて二度、空えずきをした。

ティムはドレイの髪をそっとかきあげてやったが、ドレイは嘔吐《おうと》しなかった。ドレイは背筋をまっすぐにのばすと、口元をぬぐい、長々と息を吐いてから、ふたたび話しはじめた。「地方検事は特殊事情をすっかり洗いだそうとがんばってるみたい。罪状認否はあしたよ」そういって、コーヒーマグをぐるりとまわした。もういっぺんまわした。

「まだ共犯者が残ってるじゃないか」

「殺害にかかわったのに、キンデルとちがって足跡の消しかたを心得てるやつがね」

「それとも、仲間割れしたのかもしれない。裏切ったのかもしれない」

「それとも、地方検事が考えてるみたいに、キンデルの単独犯行だったのかも。ジニーはテスの家に行く途中で、運悪くキンデルと出くわしたのかも」

「地方検事の野郎には追及する気がないってわけか？」

「共犯の可能性を捨てるつもりはないって、彼女は個人的に保証してくれたわ。だけど、乗り気ではなかったわね」

「どうして？」

「注目度が高くて、あっさり解決できそうな事件だからよ。グティエレスとハリソンが、あなたが探りあてた手がかりを熱心に追うとは、とても思えない」

ティムはキンデルの家の外のひからびた雑草と軟らかな土を思いだした。あそこに足跡か、第二のタイヤ痕が残されていたかもしれなかった。だが鑑識が到着する前に——自分とベアを含めて——大勢がその上を行ったり来たりして、証拠を損ない、現場を汚染してしまった。自責の念が、悲嘆の上にずっしりと積み重なった。

「きっと、やらなきゃならないことがいろいろあるんでしょうね。そういうものらしいから」

ドレイは顔をゆがめて泣きだしそうになったが、涙は流さなかった。

ティムはコーヒーを自分のマグにつぐことに集中して、感情に流されまいとした。

「署のピクニックのこと、おぼえてる？　ジニーが四歳のときの」

「やめてくれ」ティムはいった。

「ジニーは、あなたのおばさんがくれた黄色のチェックのシャツを着てた。飛行機が上を飛んだのよね。あれはなにってジニーが訊いた。そうしたらあなたは、あれは飛行機だよって答えた。あのなかに大勢の人が乗ってお空を飛んでるんだよって」

「やめてくれ」

「そうしたらジニーが、飛行機を見あげながら、まるまるとした小さな親指と比べて、なんていったかおぼえてる？　〝嘘だあ〟っていったのよ。〝はいりっこないもん〟って」ドレイの頰を涙が伝った。「あのころ、ジニーの髪はくるくるだった。手でさわれそうな気がするほどはっきりとおぼえてるわ」

呼び鈴が鳴ったので、これ以上ドレイの話を聞かなくてよくなったことに感謝しながら、ティムは立ちあがって玄関に向かった。玄関先には、マック、ファウラー、グティエレス、ハリソン、それにその他数人の、昨晩、バーにいた保安官補たちが立っていた。全員、ばかていねいなセールスマンのように帽子を脱いでいた。

「その、ラック、おれたちは……」ファウラーは大きく咳払いをした。コーヒーと昨晩の酒の匂いがした。ファウラーは気をとりなおしたようだった。「ドレイもいるかい？」

ティムはジーンズの背中側のベルト通しをひっぱられたのを感じた。ドレイが背伸びをして、ティムの肩に顎を載せた。

ファウラーはドレイにうなずいて見せてから続けた。「みんなで謝りに来たんだ。バーでのことで。それにその前のことで。きのうの夜は、その、みんながつらかったんだ――もちろん、あんたらふたりがいちばんつらかったのはわかってる。でも、おれたちもあんなことには……とにかく、おれたちはあんたらの気持ちも考えないで先走ったことをしちまって、その……」

グティエレスが続けた。「ほんとに恥ずかしいよ」

「ちゃんと追ってるよ」ハリソンがいった。「事件のことだけど。全力で追ってる」

「おれたちにできることがあれば……」マックがいった。

「ありがとう」ティムはいった。「来てくれてうれしいよ」

保安官補たちはつかのまもじもじしてから、ひとりずつ進みでて、ティムと握手した。ばかげていたし妙に儀式張っていたが、それでもティムは感動した。ドレイがうしろからティムを抱いた。かすかに震えていた。

保安官補たちは私道をもどっていき、パトカーがつぎつぎに発進していった。ティムとドレイはその車列を、最後の一台が視界から消えるまで見送った。


それからの四十八時間は、ぎざぎざの腎臓結石のように不快で苦痛だった。やることなすことがぞっとするほど重大で、予期せぬカーブと暗い隅だらけだった。親類と友人に電話をかけた。検死官からジニーの遺体をとりもどそうとした。地方検事がキンデルをどのように起訴しようとしているかについての情報を集めた。ささいな作業をひとつこなすだけで、ティムとドレイは疲労困憊《こんぱい》した。

キンデルが勾留に対する異議を申し立てず、裁判の延期を断り、早く予備審問を開くように要求していることは意外ではなかった。公選弁護人が州刑法第一五三八条にもとづく証拠不採用の申し立てをおこなったと知ったドレイは、激怒して地方検事事務所に電話をかけたが、その申し立てについては心配するまでもない、公選弁護人はあとで控訴審の弁護士にあれこれいわれないための予防措置として、しょっちゅうその申し立てをするのだと説明された。公選弁護人が抜かりなく仕事を進めているのは悪い兆候ではなかった。その公選弁護人はほら吹きとして有名だったし、その最大の望みは裁判のあとでキンデルから弁護が有効ではなかったとして訴えられないことだった。

捜査官やお悔やみを述べる人々やマスコミからの電話が鳴りつづけ、その騒音がアルミホイルでつつんだ料理と同情ですぼめられた目からなるパレードを飾る、神経にさわるマーチングバンドの演奏となっていた。しかし、心の傷になりそうな出来事やかなりの責め苦続きだったにもかかわらず、その二日は、頭が変になりそうなほどなにも起こらなかったように感じられた。さまざまな音や憤《いきどお》りやささやかな前進があったにもかかわらず、氷の上を走っているようだった。

悲嘆とストレスのせいで心が安まるいとまがなかったため、ティムとドレイはぼろぼろになり、ほとんど余裕をうしなった。ふたりは慰めあい、抱きしめあい、悼みあおうとしたが、相手の苦しみを目《ま》のあたりにし、自分の無力さを痛感させられると、痛みがいっそう増すように思えた。ふと気づくと、ふたりはどんどんみずからの痛みにひきこもり、そこから抜けだす力を奮い起こせなくなっていた。

ふたりは互いに適当な距離を置きはじめた。ルームメイトのように。ふたりは頻繁にうたた寝したが、いつもべつべつにだった。食事はめったにとらなかった。冷蔵庫にはタッパーウェアがぎっしり詰まっていて、ほとんど一時間ごとに隣人と友人が補給しに来てくれていたのだが。顔をあわせると、短く、よそよそしい言葉をかわした。家庭生活のパロディを演じているかのようだった。ドレイを見るたび、ティムは妻の助けになれないことに激しい羞恥をおぼえた。そしてドレイの表情から、彼女もまた同様に打ちのめされていることがわかった。

地方検事事務所は、事件に関する進展をきちんと伝えてくれたが、具体的な詳細については慎重だった。ドレイは同僚たちとの会話から得たグティエレスとハリソンの捜査にかかわる断片的な情報をつなぎあわせて、彼らが共犯説を捨て、キンデルの犯行を証明することに全力を注いでいることを突きとめた。

ティムの脳裏には、キンデルの小屋での記憶が執拗によみがえりつづけた。油じみた床の滑りやすさから強いシンナー臭にいたるまでのこまごまとした事柄が。

殺すことにはなってなかったんだ。
彼はだめだって――

キンデルの言葉のせいで、疑惑の深淵がぱっくりと口をあけた。知らずにいることの苦痛は、喪失の苦痛に匹敵するほどだ。なぜならそのせいで、悲しみが遊園地の鏡の館《やかた》のように、あるときは拡大され、あるときはゆがめられてしまうからだ。ほんとうはなにがあったのかわからなかったら、なにをどう嘆けばいいんだ？　ジニーは死んだ。だが、まっさらなキャンバスに絵を描き、怒りと恐怖を写して、娘がどんな目に遭わされたのか、そしてだれに殺されたのかを明らかにしなければならなかった。キンデルは刑事たちと地方検事の食欲を満足させていた。しかしティムは、まだ掃除しなければならない排水溝が残っていることを知っていた。

娘の最期の時間を満たした一連のおぞましい出来事は、過ぎ去った時間のなかで凍りつき、復元されるのを待っていた。

水曜日の夜、ティムとドレイはドライブに出かけた。ジニーが殺されて以来、はじめての外出だった。環境の変化と気持ちのいい夜気が夫婦仲を修復してくれることを期待しながら、ふたりは黙りこくったままぎこちなく座っていた。家に帰る途中でマクレーンズの前を通りかかった。ドレイは首をのばして暗い駐車場に停まっている車に視線を走らせて、「グティエレスの車があるわ」とつぶやいた。

ティムはUターンして車を駐車場に入れた。ドレイは首をねじってティムを見つめた。驚いているというより、好奇心をそそられているようだった。

グティエレスは奥でハリソンと玉を突いていた。グティエレスは会釈してから、近頃ではだれもがティムとドレイに出すやさしい声で、「やあ、元気にしてたかい？」と声をかけてきた。

「ありがとう、元気だよ。ちょっといいかな？」

「もちろんさ、ラック」

ふたりの刑事はティムとドレイについて裏の駐車場へ出た。

「きみたちが共犯の線を捨てたって聞いたんだがね」とティムがいった。

ハリソンが表情をこわばらせた。グティエレスはわずかに首をかしげて、「なんの成果もなかったんだ」と答えた。

「キンデルの前科《まえ》は洗ったのか？　共犯がいたことは？」

「地方検事とは緊密に連絡をとりあってるが、ほかの人間がかかわっていることを示す証拠はまったくあがってない。なにも見逃してないはずだ。ところで、あんたもよく知ってるように、捜査に犠牲者の両親の介入を許すことは――」

「もう手遅れね」とドレイが口をはさんだ。

「あんたらは感情的になりすぎてる。主観的になりすぎてる。先入観にとらわれてるなんてもんじゃないんだ。あんたがあそこでなにを聞いたと思ったかは知ってるが――」

「どうやってジニーの死体を」とティムはたずねた。「あんなに早く見つけたんだ？　あの小川は住宅地からかなり離れてるじゃないか」

　ハリソンの吐く息は冷たい夜気に触れて白くなっていた。「匿名《とくめい》の通報だよ」

「男と女のどっちだったんだ？」

「なあ、そういうことは――」

「男の声だったのか、それとも女の声だったのか？」

　グティエレスが腕を組んだ。いらだちが怒りに変わりかけているようだった。「男の声だったよ」

「探ってみたのか？　通話は録音されてるのか？」

「いいや。デスクで仕事をしてた保安官補の個人電話にかかってきたんだ」

「９１１じゃなく？　通信指令室にじゃなく？」とドレイがたずねた。「どうして個人の電話番号を知ってたのかしら？」

「跡をたどられないようにしたんだろうな」とティム。「かかわりあいになりたくなかったか、身元を知られたくなかったかのどっちかだ。共犯者だったのかもしれない」

ハリソンがティムに詰めよった。「なあ、フォックス・モルダー（テレビドラマ《X－ファイル》の主人公）さんよ、あんたは匿名の通報がどんなに多いか知らないんだろうな。匿名で通報したからって、その男が殺害にかかわってたとはかぎらないんだ。市街地を離れた小川のほとりを歩いてたやつは、たぶんガールスカウトのクッキーを売ってたわけじゃないんだろうな。前科持ちだったのかもしれないし、殺人事件とかかわるのが怖くなったガキだったのかもしれない。シンナーを嗅いでるホームレスだったのかもしれない」

「シンナーでふらふらになったホームレスが、ムーアパーク警察の保安官補の個人電話番号を知ってたってわけね？」とドレイが皮肉った。

「電話帳に載ってるよ」

「ホームレスが電話帳を持ってるもんか」とティムがいった。

「なあ、あんたは片をつけるチャンスをみすみす逃したんだ。せっかくお膳立てしてやったのに。なのになんだってんだ？　あんたはすべてを表沙汰にすることを望んだ。それならそれでいい。あんたの意志は尊重するよ。だが、そうなったら、あんたらはもう口出しできないんだ。先入観にとらわれている人々、犠牲者の両親なんだからな。あんたらが事件に口出ししようとしたら、おれたちはぴしゃりとはねつけなきゃならないのさ。だれも芝生の丘から銃で撃ったりしなかったんだ（ケネディ大統領が暗殺されたとき、芝生の丘の上に第二の狙撃者がいたという説がある）。あんたらの娘は殺された。で、殺した野郎をおれたちが捕まえたんだ。ふたりで家に帰れよ。そして悲しむんだな」

「ご親切にどうも」ドレイはいった。「それじゃ、ご高説にしたがうことにするわ」

ふたりは無言でティムの車にもどり、乗りこんで座った。

「彼のいうとおりだ」ティムの声は低く、しわがれていた。打ちひしがれていた。「おれたちはかかわっちゃいけないんだ。この事件の捜査におれたちが、公正に、客観的に参加できるはずがない。キンデルがびびって司法取引に応じることを期待しよう。それとも、キンデルが証言台で口を滑らして、そこから道がひらけるかもしれない。公選弁護人が、弁護の手段として共犯説をひっぱりだすかもしれない。可能性はいろいろあるさ」

「自分が役立たずになったみたいな気分だわ」とドレイがいった。

パトカーが駐車場に滑りこんできて、反対側に停まった。マックとファウラーが、ジョークをいいあい、くすくす笑いながら降りてきて、バーにはいっていった。

ティムとドレイは笑い声の残響を聞きながら、ダッシュボードを見つめて座っていた。


翌朝、ティムがキッチンにはいると、またも礼状とお悔やみ状の返事を書いていたドレイが顔を上げた。ドレイはティムが持っているポケットベルに目を向けた。そしてベルトに留めてあるスミス&ウェッソンに視線を移した。「出勤するの？　もう？」

「ベアが困ってるだろうからな」

おろしたブラインドから差しこんでいる黄色い光がドレイの顔にあたっていた。「わたしが困るわ。ベアはひとりでもだいじょうぶよ」

電話が鳴ったが、ドレイは首を振って「マスコミよ」といった。「午前中はずっとなの。泣き暮れる母親と悲しみをぐっとこらえている父親の談話がほしいのよ。あなたはどっちの役をやりたい？」

ティムは電話が鳴りやむのを待ってから話を続けた。「けさ、情報屋からたれこみがあったんだ。大捕物になりそうだから、行かないわけにはいかないんだよ」

ベアとティムの情報屋のひとりが、ゲイリー・ハイデルの匂いがぷんぷんする取引を嗅ぎつけたのだった。逃亡犯追跡班は、この五カ月間、かなりの時間を費やして、重要逃亡犯トップ15リストにはいっているハイデルを追っていた。一件の第一級殺人と二件の麻薬密売で有罪判決を受けたあと、ハイデルは裁判所から刑務所へ護送される途中で脱走した。二名のヒスパニック系共犯者が、ピックアップトラックでセダンに体当たりして並木とのあいだに挟んで停め、ふたりの連邦保安官補を撃ってハイデルを脱走させたのだ。

ティムは、ハイデルがすぐに金を必要とするだろうと踏んでいた。そして、ハイデルのような輩《やから》がてっとりばやく金を得られることをするだろうと。ハイデルのやり口は決まっていたから——メキシコのチワワで水に溶かしたコカインを手に入れ、それをワインボトルに詰めて運び屋に国境を越えさせる——ティムとベアにとって街で関連情報を収集するのは容易だった。そしてとうとう、警戒が報われたのだ。情報屋がベアに信頼できる情報を伝えたのなら、きょうの午後か夜にでっかい取引があるはずだった。

「ほんとにもう働けるの？」

ティムは木のテーブルに散らばっているカードをちらりと見た。茶灰色の紙にくすんだ色で花輪が印刷してある。「ほかにどうすればいいかわからないんだ。頭がおかしくなりそうなんだよ。仕事をしなかったら、なにかばかなことをしでかしそうなんだ」

ドレイは目を伏せた。ドレイはおれがこの家から出たがっていることを察してるんだ、とティムは思った。「それなら行って。自分がまだ働ける状態じゃないことにちょっと動揺しただけよ」

「ほんとにだいじょうぶかい？　なんならベアに電話して――」

ドレイは手を振ってティムをさえぎった。「ひどいありさまだったあの最初の夜に、あなたがいったじゃないの」と、どうにかかすかな笑みを浮かべた。「すくなくとも、どっちかは睡眠をとるべきだって」

ティムは戸口で立ちつくし、なかなか出ていかなかった。ドレイは前かがみになってカードを書いていた。集中するといつもそうなるのだが、顎にやや力がこもっていた。窓から差しこんでいる早朝の光を受けて、髪の端が淡い金色に輝いている。

「もちろん、あの日のピクニックのことはおぼえてるよ。ジニーと飛行機のことは」とティムはいった。「ジニーのことはぜんぶおぼえてる。特に、悪いことをしたときのことは――どういうわけか、そういうときのジニーの思い出がいちばん胸を締めつけるんだ。たとえば、ジニーが張り替えたばっかりの居間の壁紙にクレヨンで――」

ドレイの顔がぱっと明るくなった。「それなのに自分じゃないっていいはった」

「おれがいたずら書きしたみたいにね。それともきみが。それに、学校をさぼろうとして、体温計を電球にくっつけたことも――」

ティムだけでなく、ドレイもほほえんでいた。「わたしが部屋にもどったら、体温計の水銀はなんと四十二度まで上がってたのよね」

「おてんばなお姫さまだったな」

「とんだいたずらっ子だったわ」愛情にあふれたやさしい声を詰まらせ、ドレイはこぶしを握った片手を口元にあてた。

ティムは涙をこらえているドレイを見つめてから、下を向いて視界がはっきりするのを待った。「だから……だから思いだしたくないんだ。ジニーのことを話すと、あまりにも……ありありと……おれにはとても……」

「わたしは話したい」ドレイはいった。「思いだしたいの」

ティムは手ぶりをしたが、自分でも、なにを伝えようとしたのかわからなかった。言語の無力さと、感情をまとめ、言葉として表現できない自分自身に、またも落胆した。

「ジニーはわたしたちの人生の一部なのよ、ティム」

ティムの視界がまたもにじみだした。「いまはもうそうじゃないよ」

ドレイはティムをじっと見つめつづけ、やがてティムは目をそらした。「仕事へ行って」とドレイはいった。

5

ティムはスピードを上げてダウンタウンを走り、連邦政府関係の建物と裁判所に囲まれたフレッチャー・ブラウン広場に着いた。逃亡犯追跡班のオフィスは、連邦ビルと呼ばれている、コンクリートとガラスからなるずんぐりしたビルのなかにある。正面の壁を飾っている頭が四角い女たちのモザイク壁画を、ティムは理解しかねていた。二、三度、ジニーをオフィスに連れてきたことがあったが、ジニーは害がありそうに思えないその壁画を怖がって、前を通るときずっと顔をティムのほうに向けていた。ジニーはしょっちゅう、ティムには理由がわからないものを怖がった。ほかにも、映画館や七十を超えた老人やコオロギやエルマー・ファッド(アニメ《ルーニー・テューンズ》のキャラクター)を怖がった。

ティムは入口でIDバッジをつけ、階段で二階へ上がって、壁にさまざまなものが張ってある白いタイル張りの廊下を進んだ。

オフィス自体にべつだん変わったところはなかった。金属製の事務机が置かれ、ペプトビズモル（あざやかなピンク色をした液状の胃薬）混じりのゲロの色をした布張りのパーティションで仕切られた個人用スペースが乱雑に詰めこまれている。何カ月も前から、上層部は連邦保安官補たちに、となりのもっとましなロイバル・ビルに引っ越すと約束していたが、その約束は先のばしにされつづけていた。不平の声は昼間のトークショーの観客並みに高まっていたが、いかんともしがたかった。連邦のお役所仕事が関節炎をわずらっている亀のようにのろいことを思いしらされるのは、連邦保安官補がはじめてではなかった。それに、公平を期すためにいえば、オフィスが安っぽくても、外出《そとで》を好む連邦保安官補たちにとってはたいした問題ではなかった。パーティションは新聞の切り抜きや犯罪統計や重要指名手配犯の顔写真で埋めつくされていた。目つきが陰険そうで顎がひっこんでいるジョン・アシュクロフト司法長官の写真も混じっていた。ティムがパーティションの迷路に踏みこんで自分のデスクへ向かうと、同僚の連邦保安官補たちがもぐもぐとお悔やみをいって目をそらした。まさにそういう対応をされるのがいやで出勤したというのに。

ベアがデスクとデスクのあいだの狭い空間を巨体で満たしながら、ほとんど全力疾走でティムのほうに走ってきた。ベアはすっかり準備をととのえていた——小脇にかかえた防弾ヘルメット、首にかけたゴーグル、薄い綿の手袋、マイク一体型携帯無線機、マットブラックの手錠ふた組、肩にかけた硬質プラスチック製伸縮手錠の束、鋼板入りの黒のブーツ、ヒップホルスターにおさめたベレッタ、メース催涙ガス、吊りケースに入れて右肩の前に下げている予備の弾倉。レベル3の防弾ベストは、クリスマス皿のようなトラウマプレートを装着する旧式よりも柔軟なのに、ほとんどの弾丸を阻止できる。総重量は十八キロ以上。そこに、メインの突入用の銃、十二ゲージで滑空《スムースボア》銃身でポンプアクションの、短いレミントン・ショットガンが加わる。レミントンにはダブル・オー・バックを装填し、十四インチの銃身とピストルグリップのストックを装着してある。ショルダーストックがないので、十五キロ以上の反動を腕で吸収しなければならない。これは、ベアにとってはなにほどでもないが、ティムは細身の連邦保安官補が転んで尻もちをつくのを見たことがあった。

逮捕対応班のほかのメンバーと同様、ティムはねらいをつけやすいショルダーストックつきのMP5サブマシンガンを選んでいた。両手がふさがってしまうし、閉鎖空間での貫通力に問題があるので、ティムはショットガンというベアの選択に疑問を抱いていた。ベアは証人保護に従事していたときにレミントンを愛用するようになったのだが、レミントンにも、がちゃりと弾を装填すると逃亡犯がおおいにびびるという長所があった。

逮捕対応班は特に能力の高い連邦保安官補で構成されている。ベルが鳴ると、メンバーは通常任務を離れて防弾ベストを身にまとい、逃亡犯をふんづかまえるために精密攻撃を加えるのだ。特殊部隊に在籍していた経歴と、それまでの令状執行の経験から、さいわいにもティムは、アカデミー卒業後まもなく逮捕対応班に配属された。そしてふた月めにあった逃亡犯の一斉検挙の際、ティムの班は一日で十五軒の隠れがに踏みこみ、毎回、銃を抜くはめになった。半数の隠れがの扉を蹴りあけたが、半数以上の逃亡犯が武装していた。

ベアはティムのもとまで到達してもさして足をゆるめなかったので、正面衝突を避けるため、ティムは向きを変えていっしょに歩きださなければならなかった。

「やっと来たか。下へ行こう。作戦については途中で説明する」

「なにがあったんだ？」

「情報屋から、仲間のひとりがワインを装った麻薬を密輸して通関をすませたというたれこみがあったんだ。通関手続港はサンディエゴ。取引相手の人相はハイデルと一致する」

「受け渡し場所は？」

ベアが歩くにつれて、革製ベルトクリップについている連邦保安局の金の星が光った。「ピコとパロマの角のマルティア・ドメス・ホテルだ」

部屋まで持っていくと人目を惹《ひ》くので、運び屋はおそらく、ドラッグを駐車場に停めたトラックに置き去りにしているはずだった。そしてモーテルで最初の報酬を受けとってから密売所へ移動し、そこで〝ワイン〟から水分をとりのぞき、コカインを抽出するのだろう。

「どうやって場所をつきとめたんだ？」

「ESUだよ。ハイデルは抜け目のない野郎だ。ほとんど一日おきに電話を変えてる。だが情報屋が新しい番号を吐いたし、その番号がパロマと十二番の角の基地局にひっかかったのさ」

電子監視班《ESU》は、逃亡犯を追跡するにあたって、他に類を見ない手段を駆使する。携帯電話はすべて、位置情報を含む固有の周波数の電波を発しているので、携帯電話網内のどこに位置しているかを特定することが可能だ。連邦保安局や国家安全保障局（NSA）のような最高度の機密情報取扱許可を持つ政府機関が奥の手に訴える気になれば、全国の携帯電話会社のシステムは、特定の携帯電話が地域会社のカバーエリア内のどこに位置するかを、半径二百七十五メートル以内まで特定できるようになっている。費用——携帯電話の通話の逆探知には人員と車両と携帯用GPS端末が必要になる——と法的承認という厄介な問題と民間通信事業者の信頼性から、この手はまれにしか使われない。連邦保安官局はハイデル逮捕のために全力をあげているのだ。

「マルティア・ドメスはそのブロックで唯一のホテルだし、情報屋によれば取引相手はホテルの九号室にいるんだ」ベアは続けた。「取引相手があらわれるのは午後六時のはずだが、トーマスとフリードが二十分ほど前に車で通過したところ、その部屋に人の気配があったそうだ。そしてついさっき、さらにふたりの男がやってきた」

「どっちかがハイデルの人相に一致したのか？」

「いいや。だが、そのふたりはハイデルの脱走を助けたヒスパニック系らしい。トーマスとフリードは電子監視班の連中と張りこんでる——ふたりには、われらのエルヴィスが退場する前に飛んでいってひきつぐから、ぜったいに気づかれるなといっておいた」

ベアが勢いよくドアをあけた。壁にドアの跡がついた。出ていくふたりを、ほかの連邦保安官補が羨望の目で見送った。

ビースト号が一階で待っていた。中古の軍用救急車を改造したビースト号の二列のベンチには、十二名が向かいあわせに座れる。黒い車体に大きな白い文字——連邦保安局警察——がめだっている。逮捕対応班のメンバーのTシャツにプリントされている文字とほぼ同じ書体だ。連邦保安局が支給する服や装備には、機関名よりも大きく〝警察〟と記されている。というのも連邦保安官補は、できることなら、連邦保安官補とは何者かを一般市民が思いだすまで待ちたくないからだし、〝警察〟は〝銃をあっさりぶっぱなせる資格〟を意味する世界共通の言葉だからだ。ジャケットに縫いつけられた黄色い文字とシンボルマークも、逮捕対応班が強盗とまちがわれる危険を減らしてくれている。

ティムは自分の車のトランクから装備をつかみあげると、ビースト号の後部に飛び乗り、何人かと手を打ちあわせてからベアとブライアン・ミラーのあいだに座った。ミラーは逮捕対応班と爆発物探知犬班を率いている統轄保安官補だ。ミラーの秘蔵っ子、ジェイム・ガム（《羊たちの沈黙》に登場する連続殺人犯バッファロー・ビルの本名）のプードルにちなんでプレシャスと名づけられた黒い雌のラブラドルが、ティムの股間に鼻をすりつけ、ミラーに所定の位置へひきもどされた。

ティムはベンチに座っているほかの八人を見まわした。ヒスパニック系のメンバーがふたり座っていても、意外ではなかった。二名の連邦保安官補を殺害したハイデルの共犯者がラテン系だったので、人種的報復という批判に対する予防措置として、ミラーはヒスパニック系メンバーを参加させたのだろう。ナンバースリーのメンバーの定位置に座っているゲレラというキューバ系の青年は、ハイデルの部下に撃たれた連邦保安官補の義理の弟だ。逮捕が公正で正当なものだと受けとめられ、部下たちが作戦後の、直腸検査並みに執拗なロサンゼルスのマスコミによるあら捜しを生き残れるように、ミラーは万全の備えをしていた。

ティムの向かい側のベンチに腰かけているメンバーたちは、いかにもきまり悪そうだった。

「頼みがあるんだ。娘のことをどれだけ気の毒に思ってるかは口にしないでくれ。みんなの気持ちはよくわかってるし、ありがたく思ってる」

各人が、うなずいたりなにやらつぶやいたりした。ベアがティムのホルスターにおさめられている三五七を指さして気まずさを破った。「なあ、ワイアット・アープ、いつになったらオートに替えて、二十一世紀に突入するんだ？」

ティムが弱っていないことをみなに示すための、ベアのちょっとした計略だった。ティムは感謝しながら調子をあわせた。「通常の銃撃戦は、三メートル足らずの範囲内で発生し、七秒しか持続しない。平均何発の銃弾が発射されるか知っているかね？」

ベアはティムのわざと堅苦しくした口調に口元をゆるめた。数人がベアに続いた。「いいえ。知りません」

「四発だ」ティムは拳銃を抜いてシリンダーを回転させた。「したがって、じつのところ、予備の弾丸が二発装塡してあることになるのだよ」

車両が重々しく発進し、駐車場を出て、ロイバル・ビルの金属の彫刻の前を通りすぎた。その彫刻は、四人の巨大な人間をかたどっているらしかったが、ボニーとクライドを射殺した警官隊が通気をよくしたように見えた。ティムは頭が四角くて穴だらけの男女像を見て、政府は芸術に手を出さず、予算の配分に専念すべきだと強く感じた。

フランキー・ポールトンが片腕を頭の上にのばして顔をしかめるのを見て、ジム・デンリーが鼻を鳴らした。「ヒモに殴られでもしたのか?」

「かみさんがなんとかスートラって本を家に持ってきたんだよ。ほら、いろんな体位が載ってるやつさ――」

ティムはゲレラのMP5が三点バーストにセットされていることに気づいて、中指と人差し指でまず自分の両目を示し、つぎに銃のセレクターを指さした。ゲレラはうなずいて、セレクターをセフティに切り替えた。

「――で、きのうの夜、いまいましい牛の体位をやらされたんだ。あれはやめといたほうがいいぞ。肩の筋をちがえちまったらしい」

テッド・メイベックが前かがみになって、足元の床を探った。「くそ。こんちくちょう」

「どうかしたのか、メイベック?」とミラーがたずねた。

「い、おれの破壊槌《づち》を忘れちまったんです」

「前に、破壊槌が二本とハンマーが一本あるさ」

「でも、自分のじゃないとだめなんです。セントルイスから持ってきたんですよ。あれはおれの幸運の――」

「いうな、メイベック」五連発の拳銃に装填していたベアが顔を上げてうなった。「それはいうんじゃない」

ティムはミラーのほうを向いて、「状況は?」とたずねた。

「トーマスとフリードはいまも張りこんでいて、ひきつづき様子を探ってる。ESUは携帯の信号に目を光らせて、対象が移動していないかどうかを確認してる。みんなも知ってるように、ハイデルは武装していて、きわめて危険だと思われる。やつが登録することに決めた四丁の銃が参考になるとしたら、やつはリボルバーを好む。逮捕するとき、手を背中にまわすように命じるんじゃないぞ——おそらく、ジーンズのうしろに拳銃を差している。両手を頭に載せろと命じるんだ。目撃者によれば、二名のヒスパニック系男性が——」

「ホセとホースB（ペニスを二本持つメキシコ人が、一本めをホセ＝ホースA、二本めをホースBと名づけている、というジョークより）ですか？」とデンリーが茶々を入れた。

「ったく、白人ときたら」とゲレラがいった。「芋虫みたいなちんぽこに対する劣等感の塊なんだからな」

「おまえの口をいっぱいにできるくらいはでっかいさ」

ふたりはこぶしを突きだし、ぶつけあった。逮捕対応班のメンバーには的確な作戦行動が求められているが、気のきいた会話をする能力はそのかぎりではない。

いいかげんにしろ、というようにミラーは声をあげた。「二名のヒスパニック系男性は、首のうしろにギャングのシンボルを刺青《いれずみ》しており、一名は二の腕をぐるりととりまく有刺鉄線の刺青を入れているらしい。たしかではないが、ホテルの部屋には四人いるようだ——ハイデル、二名のヒスパニック系、それに運び屋だ。ハイデルには内縁の妻がいる——下手な英語を話す太った女で、何度か銃規制に違反している。去年、挙げられなかったから、いっしょにいるかもしれない。ハイデルが、ムショにもどるつもりはないといっていたという証言が複数ある。その意味は明らかだ」

ハイデルには、判決を受けたあとの逃亡犯のほとんどと同様に、うしなうものがない。量刑はすでに決まっている。逮捕されたら、一生、刑務所で過ごすはめになる。そんなハイデルが、さらには二名の連邦保安官補を殺害した彼の仲間が、やすやすと捕まるはずがなかった。ごろつきどもとちがって、どんなときでも、連邦保安官補はルールにしたがって行動しなければならない。ごろつきどもは内規も致命的武器の使用許可も、歩行者も通りがかりの人も気にしないのに。引き金をひくときも、銃で威嚇《いかく》されるか、自分の生命が危険にさらされるまで待たなくてかまわないのに。

「八名で、予告なし、ノックなしで踏みこむぞ。閃光手榴弾《しゅりゅうだん》は使わない。いつもどおり、玄関から突入する。ロス市警が現場を封鎖して、制服を見せつけながら通りの反対側からライフルで援護してくれる。ゲレラ、ここはマイアミじゃないぞ——ドアは外じゃなく内に開くんだからな。デンリー、ここはロサンゼルスなのを忘れるなよ。突入したら、まっすぐ奥へ進むんだ。横へひろがるブルックリン式突入じゃないからな」

「作戦中はロバート・デ・ニーロみたいななまりはやめろよな」ポールトンがいった。「どっちみち、だれもかっこいいなんて思ってないんだから」

デンリーは親指をぐいと自分の胸に向けながら、「おれにいってるのか？」といった。

ティムは笑みを洩らした。ひさかたぶりの笑みだった。そしてティムは、自分が五分近くジニーのことを考えていないことに気づいた——ほかのことを考えられたのは、事件以来はじめてだった。また思いだしてしまって動揺してはいたが、ティムははじめて、ひょっとしたら切り抜けられるかもしれないという希望を抱いた。あしたは六分間、自由に、明晰《めいせき》に思考できるかもしれない。

ビースト号はブレーキ音を響かせながら縁石を乗り越え、セブン‐イレブンの裏の駐車場にはいった。ふたりのロス市警刑事にはさまれたフリードが、モーテルは二ブロック近く離れているというのに、腰をかがめた銃撃戦中の走りかたでやってきた。フリードのすぐうしろに、電子監視班の男のひとり――もじゃもじゃの髪とぶ厚い眼鏡とその他もろもろ――が携帯用GPS端末に目を落としたままついていた。かすかに輝く表示からすると、ハイデルの携帯電話の位置を示すRFパルスは動いていなかった。

逮捕対応班のメンバーは刑事たちと挨拶をかわした。ミラーは彼らに作戦への協力を感謝し、どのように封鎖線を敷くか相談した。フリードは逮捕対応班のメンバーをまわりに集め、そばに停まっていたボルボのボンネットで厚手の紙をひろげた。そこにはフリードの手で、支配人の話、それに屋根の配置と通気口やら配管やらからの推測にもとづく、ホテルの部屋の大雑把な間取りが描かれていた。気づかれる危険を考えて、同じつくりの部屋にははいっていなかった。妙に細長い部屋で、玄関と寝室とバスルームが廊下で結ばれていた。

「運び屋はついさっきぼろ車であらわれた」とフリードがいった。スラングを使うことによって裕福な家の出なのはごまかせていたが、歯切れのいい発音で私立学校出身なのがばれていた。「改造しまくった九一年式のエクスプローラーだ。クロームのリム、ステップ、ブラッシュガード、車体からはみだしたタイヤ、エアダム——ちんぴらが好みそうな改造車だよ。後部には箱がぎっしり積みこまれてるらしいが、窓がスモークなので、ワインの箱かどうかははっきりしない。なかにはいってから五分ほどたってる。ヒスパニックの男ふたりはシヴォレーに乗ってきた。ふたりを部屋で待ってた何者かの車はグリーンのマスタングだと思う。プレートナンバーはハイデルの情婦、リディア・ラミレスのものだから、まずまちがいないだろう」

メイベックは、ピッチャーが新しいグローブを手になじませようとしているように、新しい破壊槌をいじっていた。「どんなドアなんだ？」

「一九二〇年代くらいの建物だから、金属張りの木のドアだろう。内側に鉄製の網戸が控えてたりはしない」

ティムは周囲を見まわした。茶色の紙袋にはいったビールの大瓶の空き瓶。雑草だらけの庭。割れた窓。「このあたりの治安が悪くなってホテルのオーナーが変わったとき、ドアは売っぱらわれたかもしれないぞ」

「ドアが板張りじゃないことを、もう一度確認してくれ」ベアがいった。「破壊槌がドアを突き抜けちまうなんてはめになるのはもうごめんだからな」

「おちつけ、ジョワルスキー。半年前に一度あったきりじゃないか」

「一度ありゃ充分だ」

フリードが咳払いをした。「二階建ての建物の一階中央の九号室だ。裏の小汚いプールに出られる引き戸があって、寝室には裏に面した窓がある。おれとトーマスは裏をカバーする」

接近するとき忘れないように、ティムは携帯無線機の音量を下げておいた。「九号室は両側の部屋とつながってるのか？」

「いいや」

アドレナリンがどっと噴出した。男たちは頭で考えることなくふたりひと組になり、ゲートにはいった若い雌馬のようにそわそわしはじめた。プレシャスがひきひもをわずかにひっぱった。

ミラーが刑事との相談を終え、部下たちに向きなおった。「よし、みんな、奇襲をかけるぞ」

男たちは私道を、密集し、銃を胸の前で銃口を下げて保持しながらすり足で進み、蝶番の側からドアに近づいた。まずミラーがプレシャスに先導させ、そのすぐうしろに破壊槌を下げたメイベックが続いていた。例によって、ティムは列の先頭に立っていた。相棒のベアが、ティムのすぐあとから室内に突入する手筈になっている。ほかの組もその直後に続く。全員が黒ずくめの装備と銃を身につけ、昆虫の大目玉のようなゴーグルをかけ、浅くて流線型のヘルメットをかぶっている。突入に驚いて小便を洩らしてしまう逃亡犯はかなりの数にのぼる。ひどく汗をかいているベアが、レミントンのセフティを解除し、いつでもポンプして銃声を轟かせ、排莢口から空薬莢を飛びださせられる準備をととのえた。

ミラーが忍び足で前進し、ドア枠の反対端を軽く叩いた。プレシャスが、前足がドアに触れないようにしながらうしろ足を起こし、ミラーの手の動きにしたがってドアのいちばん下ぞいに鼻面《はなづら》を動かしてから、体を起こしてノブを嗅いだ。ドアに爆発物がしかけられていたら座りこんでいたはずだが、はあはあいいながら立ったままでいた。ミラーは邪魔にならないように早足でプレシャスをドアから遠ざけた。

ドアは木質ボード製だった。おそらく中空だろう。安っぽいホワイトメタルの蝶番が使われている。メイベックはてのひらをドアにあてて気配を探った。連邦保安官補はドアと、長年にわたる信頼関係を築きあげているのだ。

メイベックは破壊槌を振りあげた。一瞬の静寂。そして破壊槌は振りおろされ、錠の部分に激突した。デッドボルトが枠からちぎれ、ノブの部分がパックマンに食われたようにぎざぎざになって、ドアが勢いよく内側に開いた。メイベックは身をひるがえして壁に背をつけ、ティムはそのわきを通って未知へと飛びこんだ。七つのほてった体がそれに続く。全員が叫んでいた。

「連邦保安局だ！」

「伏せろ！　全員、床に伏せろ！」

「警察《ポリシア》だ！　警察《ポリシア》だ！」

「手を上げろ！　手を上げるんだ！」

運び屋がぎょっとして顔を上げた。男は百ドル札を数えてくしゃくしゃの茶色い紙袋に入れているところだった。傷だらけの木の机には、札束のほかに、三台の携帯電話が置かれていた。そのうちの一台が、所在を告げる電波を音もなく発していたのだ。

ティムは右側に上半身裸の男――右胸にホアキンとレティシアの刺青――がいることに気づいていたが、とりあえず手近な標的に対処することにして、運び屋を突き倒し、うつぶせにさせた。「両腕をひろげろ！　両腕をひろげるんだ！」

雷鳴のような靴音と、なだれこんできて残りの標的に迫ったほかの逮捕対応班メンバーたちが発する命令で部屋が揺れた。ティムは運び屋の腰と両わきをすばやくチェックして、手の届くところに武器がないことを確認すると、またぎ越して運び屋の拘束をベアにまかせた。ティムはショルダーストックを頰に押しあてたMP5を頭といっしょにめぐらし、暗い廊下を見やった。

ふたりの連邦保安官補がホアキンをとりおさえ、さらに四人がMP5を構えて壁ぞいに散開した。ひとりがベアから運び屋をひきつぎ、ベアはティムの背後に走りよって片手で肩に触れ、ティムに続いて暗い廊下をじわじわと進みはじめた。背後ではホアキンがもがいて悪態をつき、ほかの連邦保安官補が居間を制圧した。

「連邦保安局だ！」ティムは廊下に向かって叫んだ。「おまえたちは包囲されている！　廊下に出てこい！　廊下に出てこい！」

ふたりの連邦保安官補がティムとベアのうしろで、いつでも奥の部屋に踏みこめるように待機していた。廊下は薄暗くて静かだった。向かいあわせになっている寝室とバスルームの開いたドアまで十数メートル。身を隠せるクローゼットや隅はない――ベテランが廊下の前でためらい、ときとして〝命とりの煙突〟と呼ぶゆえんだ。

ティムはすばやく廊下を進んだ。ほかのメンバーが、出てくるように命じながら、すぐうしろから続く。腐ったカーペットと埃の匂いがした。ティムがふたつの開いたドアのそばまで行ったとき、ハイデルとリディア・ラミレスが両側からわずかに身をのりだし、構えた拳銃の銃口を、ティムに向けて下げていた。非の打ちどころのない作戦だった。どちらかをよけても、もう一方に撃たれてしまう。廊下が狭いせいで、背後にいるベアの射線はふさがっていた。

ハイデルは寝室のドアの脇柱に顔を強く押しつけているので、声が不明瞭だった。「そうだとも、くそ野郎、そのまま進め！」そしていまもティムのうしろにいるベアにさっと銃口を向けた。「おい！　でかいの！　おまえは下がれ」

ハイデルが構えている拳銃はシグ・ザウエルのようだった。左わきにつけているショルダーホルスターにも、ルガーとおぼしいリボルバーがはいっていた。

「さっさとこっちへ来い！」ハイデルがティムのシャツをむんずとつかんだ。

ベアは薬室に弾を送りこんだ。並はずれて大きな手で握られていると、ショットガンがビリヤードのキューのように見えた。「連邦政府職員を放せ！　連邦政府職員を放すんだ！」

ティムがＭＰ５を下げたまま、親指でボタンを押して弾倉を床に落としたつぎの瞬間、ハイデルが戸口の陰から手をのばし、ティムを寝室にひきこんだ。ハイデルはティムを壁に叩きつけ、シグの銃口を頬に、骨とのあいだにはさまった肉がひしゃげるほど強く押しつけた。ハイデルはぴったりした縁なし帽を、眉毛にかかるほど深くかぶっていた。明るいブロンドの薄い顎ひげは、青白い肌にまぎれてほとんどめだたない。もうひとりの男、左右の二の腕を蛇の刺青がぐるりと巻いているヒスパニック系の巨漢が、片手でティムからMP5をとりあげ、もう片手でホルスターからスミス&ウェッソンを抜きとった。男はMP5の弾倉がなくなっていることに気づくと、まだ薬室に一発、弾が装塡されたままなのにもかかわらず、いまいましそうに投げ捨てた。

廊下から、なおも叫ぶ声が聞こえた。ハイデルは腕だけを廊下に出すと、ねらいもつけずに撃ちつづけた。やがてシグのスライドが後退したままになった。ハイデルは弾の切れた拳銃を放り投げ、ルガーを抜いて、ティムのスミス&ウェッソンを寄こせと身ぶりで伝えた。そしてスミス&ウェッソンを、空になったショルダーホルスターに予備としておさめてから、ティムの顔にルガーを押しあてた。

「おかしな真似しやがったらこいつをぶっ殺すぞ！」とハイデルは叫んだ。

「おい、こっちに来い」ハイデルの情婦が廊下を横切って寝室に飛びこんできた。ハイデルはドアを閉めて施錠した。ティムは銃口が食いこむ痛みに耐えながら、わずかに顔をずらして部屋のつくりを確認し、となりの部屋とつながっている防火扉を目にとめた。情報がまちがっていたのだ。

ハイデルは閉まったドアごしに叫んだ。「はいってきやがったらこいつを撃ち殺すぞ！　脅しじゃねえからな」そしてひきつった顔で向きを変え、大男を防火扉のほうへ押しやった。

「行け、カルロス」

カルロスは防火扉をさっとあけ、飛びこんだ。反対側にも寝室があり、長い廊下があった。

ハイデルはティムを押しやって、カルロスに続いた。大男はジーンズの背中側にリボルバーを差していた。そのパールグリップがきらめいた。ティムはやや足をゆるめて間《ま》をあけた。ハイデルと情婦は振りむいてでたらめに壁を撃った。

「ぐずぐずするんじゃないよ、くそ野郎《カブロン》」とリディアがわめいてティムを突いた。ティムはわざと転んだ。

カルロスは走りつづけ、角を曲がって見えなくなった。

「立て！　さっさと立つんだよ！」リディアはティムを見おろした。ブラジャーをつけていない豊満な乳房が、ぴんとのびた男物のアンダーシャツの下で揺れた。ハイデルはそのうしろで後方を警戒していた。

ティムはよつんばいになって立ちあがろうとした。空のホルスターがベルトから垂れさがった。「さっさと立たせて走らせろ！」とハイデルが叫んだ。

ティムは左手で右手の上腕をつかむようにして腕を組んだ。予想どおりハイデルがルガーをティムの額に突きつけると、ティムは左手をすばやく上げてシリンダーをしっかりと握り、回転しないようにしてから、渾身《こんしん》の力をこめて情婦の腹を蹴りあげた。リディアは大きくうめいて、拳銃を握ったまま膝をついた。

ハイデルは、シリンダーが回転しないことに気づかないまま、銃口をティムの額の真ん中に押しあてて引き金をひいた。ティムは右手をのばしてハイデルの垂れさがったショルダーホルスターからスミス&ウェッソンを抜き、あせらずにハイデルの胸を撃った。ティムの顔に返り血がかかり、ハイデルはあおむけに、積もった雪に人の形をつくるときのように両腕をひろげて倒れた。ティムの左手には、逆向きの、自分の頭に向けられたままのルガーが残っていた。くるりと振りむくと、リディアが立ちあがっていたので、ティムは拳銃を握った彼女の手が水平まで上がる前に彼女の胸を、そして顔を撃った。

リディアはごぼごぼと喉を鳴らしながらくずおれ、体を痙攣《けいれん》させた。コットンジャージー生地の服に穴があいていた。

ティムはルガーを半回転させてホルスターにおさめ、スミス&ウェッソンを構えたままでいた。肩で壁をこすりながら廊下を走って居間にはいると同時に、カルロスが引き戸をばたんとあけてホテルのプールデッキに出た。フリードとトーマス以外のサブマシンガンで武装した男たちは正面に陣どっていたし、万が一のために現場を封鎖しているロス市警の警官隊とは一ブロック離れていた。ティムは全力で引き戸を抜けて跡を追ったが、カルロスの姿はなかった。トーマスがショットガンを下げて駆けつけてきた。フリードはプールサイドで後方を警戒しつづけていた。カルロスが思いがけなく、四部屋と二本の廊下を移動してから飛びだしてきたので、トーマスとフリードは虚をつかれたのだ。

トーマスは足をゆるめることなく、ティムの左手のまだ揺れている門を示した。「あっちだ！」

ティムはトーマスに続いて路地へ出た。レストランの厨房の窓から出た煙が壁にそって立ちのぼっていた。カルロスは車が行きかう通りをめざして、全力で路地を走っていた。ティムはすぐにトーマスを追い越した。通りへ飛びだしたカルロスは、道路わきに停まっているロス市警のパトカーに気づいた。警察の封鎖線に集まっていた幾人かのホームレスと通りがかりの人々が、指をさして叫びだした。ティムがその二十メートルほどうしろで路地から通りへ出たのは、カルロスが驚きのあまり立ちつくしたのと同時だった。封鎖していたふたりの若い警官のほうが、カルロスよりもさらに驚いているように見えた。

カルロスが腰のうしろにはさんでいたリボルバーに手をのばしたので、ティムは足を止めてスミス&ウェッソンを構え、標的の中心をねらった。そしてカルロスの肩甲骨のあいだの同じ位置に二発命中させ、防弾ベストを着ているといけないので、もう一発、後頭部にも命中させた。

カルロスが歩道に倒れたとき、頭の残骸から、メロンを落としたときのようにしぶきが飛び散った。

6

ティムが九号室にもどると、ふたりの連邦保安官補がホアキンをひっぱりだしていた。ふたりはホアキンの足首と手首の拘束具を持ち、うつぶせに吊りあげて運んでいた。足首に巻かれた拘束用のナイロンひもは腕にもつながれている。ホアキンは激しく抵抗しつづけており、体をひねって連邦保安官補の足に嚙みつこうとしていた。運び屋のほうはおとなしく運ばれていったらしい。

ロス市警のパトカーが五台、回転灯を点滅させながら現場周辺を封鎖していた。かなりの数の野次馬が集まっていた。遠くに、ニュースを嗅ぎつけて一番乗りしたテレビ中継車の屋根のパラボラアンテナが見えた。ヘリコプターの回転音も聞こえたが、空を見あげても姿はなかった。

ベアが脇腹を押さえながら外壁にもたれて座っていた。ミラーと救急隊員がベアにかがみこんでいた。ティムはまたもどきりとした。「どうかしたんですか?」

ミラーが芝居がかったしぐさで手をひろげ、ベアの防弾ベストからはずしたばかりの、つぶれて平らになった弾丸を見せた。ティムは大きく息を吐くと、壁にもたれてずるずると腰を落とし、ベアのとなりに座った。

「あんたは命を九つ持ってるんだな、ベア」

「あと七つしか残ってないけどな。一度めはおまえの、こんどは防弾ベストのおかげで命拾いしたよ」

フリードとトーマス、それにもうひとりの刑事が、車のまわりをうろついて、スモークガラスの向こうをじれったげにのぞいていた。フリードのTシャツに、防弾ベストの形の汗染みができていた。

「なにをしてるんですか？」とティムはたずねた。

「連邦検事が電話をかけてくるのを待ってるのさ」とミラーは答えた。「彼女が自宅にいる判事に連絡をとって、電話を通じてあの車の捜査許可を得るのを待ってるんだよ」

「おれたちはトップ15の逃亡犯が前科《まえ》のある密売人からドラッグを仕入れようとしてるところに踏みこんで、殺されかけたんですよ。それが、あのオンボロを捜査するのに相当な理由にはならないんですか？」ベアは激しく咳きこんだ。

「ならないらしいな」とミラーは答えた。

「おれが南西LA司法研修学校の夜間クラスで得た知識じゃ、信を置くに足らないってわけなんですね？」

ティムは肩をすくめて、「犯人も車も押さえた。もうどこへも行ったりしないんだ。あと二十分待って、念には念を入れたっていいじゃないか」

　ふたりは並んで座ったまま、駐車場とその先の通りの騒ぎをながめた。暴風が静まろうとしていた。若い連邦保安官補たちが、九号室の戸口のまわりに集まって、死がもたらした苦い後味をジョークで紛らそうとしていた。

「猫にくそ野郎の胸の大穴をくぐらせられたな」

「そりゃいいや」

「ラックがあいつを撃ったんだ。DRTだったな。到着時死亡《DOA》ならぬその場で死亡《デッド・ライト・ゼア》さ」

　手を打ちあわせている者も何人かいた。ティムは、ゲレラが自分の手首を握りしめて腕の震えを止めようとしているのに気づいた。

「みごとだったぜ、ラック」とだれかが呼びかけてきた。「最高だったよ」

　ティムは片手を上げて軽く手を振ったが、視線は警察の封鎖線を抜けて走ってきた連邦保安官のブロンコに向けられていた。タニーノ保安官が車から飛びおりて、小走りで近づいてきた。がっちりとたくましいマルコ・タニーノは、二十一歳で入局した叩きあげだ。去年の春にファインスタイン上院議員が推薦したおかげで、タニーノは連邦保安官になれた。ごくごくまれな、実力のみにもとづく任命だった。九十四名の連邦保安官のほとんどは、上院議員の選挙に大きく貢献した者だったり、父親がワシントンの大立者と親交のある裕福な家の出だったり、ほかの政府機関出身の世渡り上手な官僚だったりなのだ。現場の連邦保安官補の多くが歯がみしたことに、フロリダの連邦保安官のひとりは元サーカスのピエロだった。しかしタニーノは、優秀な連邦保安官補として勤務中に幾度となく引き金をひいていたので、支局内でも、ほかのどこでも、下から上までの全員に尊敬されている。

タニーノは張りつめた表情で、きれいになでつけた白髪まじりの髪を手ですきながら、フリードの状況説明に耳を傾けた。

ミラーはティムの肩をつかんで、「おまえは救急隊員の世話にならなくてだいじょうぶなのか？」とたずねた。

ティムは首を振った。アドレナリンによる昂揚の名残で、口のなかが乾いていやな味がした。あたりには汗と火薬の匂いが漂っていた。

刑事がティムのほうにかがみこんで、黒い手帳を開いた。刑事はティムに話しかけようとしたが、ティムは「供述はしない」とさえぎった。

タニーノが無理やり割りこんできた。タニーノの膝が刑事をかすめ、バランスを崩した刑事はやむなく体を起こした。「うせろ」とタニーノはいった。「ばかな真似はするな」

「職務を遂行しているだけですよ、保安官」

「よそで遂行するんだな」

刑事はホテルの部屋にひっこんでいった。

「だいじょうぶか？」と、スポーツコートに化織のズボンにウイングチップの靴という質実剛健な身なりのタニーノがたずねた。

「ええ」ティムはスミス&ウェッソンをホルスターから抜き、シリンダーに六個の空薬莢しかはいっていないことを再確認してから、タニーノに渡した。渡すようにとタニーノのほうからいわせたくなかったからだ。銃はもうティムのものではない。連邦政府機関の証拠なのだ。

「すぐに新しい銃を支給する」

「お願いします」

「こんなところに長居は無用だ。マスコミのサルどもが檻《おり》を叩いてるから、すぐに騒がしくなるぞ」

「ありがとうございます、保安官。発砲する以外に――」

連邦保安官補は片手を上げた。「いま、ここではだめだ。口頭じゃぜったいにだめだ。きみもルールは知ってるはずだろう。供述は一度だけ、それも書面でおこなうんだ。きみは仕事を、それもりっぱにやりとげただけだ――あとはきっちりと輪くぐりを決めて、だれにも文句をつけられないようにしようじゃないか」タニーノは手を差しだして、壁にもたれて座っていたティムが立ちあがるのを助けた。「さあ、行こう」

病室は狭く、目が痛くなるほど明るかった。ティムが診察台で身じろぎすると、病院の紙製ガウンががさごそいった。ベアをはじめとするほかの逮捕対応班メンバーも郡立USC病院に送りこまれ、べつべつの病室で興奮を鎮めるための処置を受けているはずだった。

控えめなノックの音がして、タニーノ保安官がはいってきた。「ラックリー、ずいぶん派手にやったもんだな」そういうと、小首をかしげながら暗褐色の瞳でティムを見つめた。「医者から聞いたんだが、鎮静剤を拒否したそうだな。なぜだ？」

「鎮静する必要がないからですよ」

「動揺してないのか？」

「この件では」

「経験があるというわけか、レンジャー時代に」

「ええ、そうです。ほんの何度かですが」

「いまは職員援助支援チームもあるんだぞ。きみでも、ほかのだれかでも、奥さんでも、きみが望めば相談できるんだ」

「ハグ部隊ですか。やめときます」

「それならそれでいい。だが、考えておいてくれ」

「正直いって、保安官、こんどの件ではべつだん思い悩んでないんです。ほかにどうしようもなかったんですから。法令は遵守しました。彼らはわたしを殺そうとしたんです。発砲は適法でした」ティムは唇を湿らせた。「片づけなきゃならないのはべつの問題です。もっと重大な家庭問題があるんです」

「それについても話がしたかったんだ。娘さんについて。その手の事柄が専門の医者がいるんだ――カリフォルニア大学ロサンゼルス校《UCLA》の有名な精神科医で……」

「ウィリアム・レイナーですね？」

「診察料は高いが、なんとか上層部から許可を――」

「自分たちで切り抜けられますよ」

「そうか」タニーノは歯をかちかちと鳴らしながら、心配そうにティムを見た。「で、夫婦だけでどうやって解決するつもりなんだ？」

ティムは思案顔で黙りこんでから、「わかりません」と答えた。

タニーノは咳払いをして床に視線を落とした。「だろうな。そりゃそうだ」

「なんとか……」

「なんだ？」

「なんとか、うちが娘の事件の捜査を担当するわけにはいかないでしょうか？　郡の保安官事務所の刑事たちでは……」ティムはまたもいいさした。タニーノの目を見られなかった。

「うちが個人的な事件を捜査するわけにはいかないんだ、ラックリー。それは許されていない。そんなこと、わかってるはずじゃないか」

ティムは頬を赤らめた。「ええ、わかってます」そういって診察台から滑り降りた。「行ってかまいませんか？」

「マスコミがきみを追いまわしだすまで、多少は時間を稼げるだろう。だが衆人環視のなかで発砲して、三名の死者を出したんだ――大騒ぎになるだろうな。だから落ち度がないようにしなきゃならない」理解したかどうか不安なのか、タニーノはティムをじっと見つめた。「それから、連邦法執行官協会《FLEOA》の弁護士がもうすぐ来ることになってる。その弁護士に供述書をつくるのを手伝ってもらえば、厄介なことに巻きこまれずにすむはずだ」

「わかりました」とティムはいった。「ありがとうございます」

「釈然としないだろうが、近頃はいろいろとやかましいんだ。だが、準備は万全だ。悪い発砲をいい発砲に変えることはできないが、いい発砲はあっさり悪い発砲に変わってしまうからな」

「あれはいい発砲でしたよ」

「それなら、いい発砲のままにしておこうじゃないか」

ティムが帰宅したとき、ドレイは薄暗い居間のカウチで丸くなっていた。ブラインドは、ティムが朝、出かけたときと同様におりていた。一日じゅう、おろしたままだったのかもしれないな、とティムは思った。ドレイは破けたジーンズと警察学校のトレーナーを着ていた。シャワーを浴びたようには見えなかった。じっと動かないドレイから手をのばせば届くところに、シリアルを盛ったボウルが食べかけのまま置いてあった。その横では、コーラの空き缶がひっくりかえっている。

暗すぎて、ドレイが眠っているかどうかさだかではなかったが、目を覚ましているような気がした。ビデオデッキの時刻表示を見ると、十時前だった。「ごめん、遅くなって。きょうは――」

「わかってる。ニュースを見たから。でも、電話してくれてもよかったのに」

「そんな暇もなかったんだ」

ドレイが両肘をついてのろのろと体を起こすと、顔が見分けられるようになった。「どんなふうだったの?」

ティムは説明した。ドレイは途中で、顔をしかめて考えこんだ。

「こっちに来て」ティムが話しおえると、ドレイはそういった。ティムが歩みよると、ドレイは脚をひろげてそのあいだに座れるようにした。ティムはカウチに腰をおろしてドレイにもたれた。ドレイのがっちりした体は寝起きのせいでほてっていた。ドレイは先月、上腕三頭筋を鍛えていたので、腕の外側が盛りあがっている。ドレイはティムの髪をもてあそんだ。ティムの頭を自分の胸に押しつけた。ティムは逆らわなかった。ドレイに身をゆだねているうちに、この数日、かたくなになることによってなんとか体をひきずっていられたのがわかった。ティムは体の力を抜き、ドレイの匂いを嗅ぎ、ドレイの感触を楽しんだ。

数分後、ティムは振りむいてキスをした。ふたりはおずおずと唇を離してから、ふたたびキスをした。

ドレイはティムの額にかかった毛をかきあげ、生え際に残っている、アフガニスタンのカンダハル郊外で、ライフルの台尻で殴られてできた傷のかすかな跡を指でなぞった。ティムは髪を額の右側に垂らして傷跡を隠していた。ティムにいやな思いをさせないでその傷跡をじっくり観察できるのはドレイだけだ。「その……もしもよかったらだけど、ベッドルームに行かない?」とドレイはいった。

「誘惑してるのかな？」

「ええ、たぶん」

ティムは立ちあがってドレイにかがみこむと、手を彼女の膝と肩の下に滑りこませた。ドレイは不自然な忍び笑いを洩らしながら、首に両腕をまわした。ティムはおおげさに重たがってうめき、わずかに持ちあげてから、ドレイをカウチに落とした。「太りすぎだぞ」

冗談のつもりだったが、とげとげしく響いた。ドレイの笑顔が翳《かげ》り、ティムは自分が発した揶揄《やゆ》が弧を描き、ひどい自己嫌悪となってもどってくるのをおぼえた。ティムは腰をおろして妻の顔を両のてのひらでつつみ、目に浮かべた後悔を読みとってもらおうとした。

「おいで」とティムはいった。

ドレイはうなずき、ふたりは見つめあった。ふたりは、ジニーが殺されてから一度も愛しあっていなかった。たった五日だったが、その事実がふたりに重くのしかかっていた。ひょっとしたら、ふたりとも自分を責め、むつみあうことを拒んでいたのかもしれなかった。それとも、親密さ自体を恐れていたのかもしれなかった。

ティムははじめてのデートのように神経過敏になっていた。いい年をして、自分の家で、自分の妻を相手に、なにをこんなにどぎまぎしてるんだろう、とティムはいぶかった。ドレイも息づかいが荒く、首が見おぼえのある汗で光っていた。ドレイは腕をのばしてぎこちなくティムの手をとった。

ふたりは寝室へ行き、シャツを脱いで、ためらいがちに、そっとキスをした。ドレイがベッドに横たわり、ティムはその上でやさしく動いた。だが、やがてドレイがあげているうめき声の調子がおかしくなった。ティムは、ドレイが泣いていることに気づいて動きを止めた。ドレイは両手の指をひろげてティムの両肩をつかみ、押しのけた。裸のティムが、わけがわからずにベッドに起きなおると、ドレイはシーツをひきよせて胸元を隠した。廊下の向かいにあるジニーの部屋が、低周波のように、音もなく存在を主張していた。

ドレイは片腕を腹に置き、片手でわななく唇を、震えが止まるまでおおっていた。「ごめんなさい。もうだいじょうぶだと思ってたんだけど」

「謝ることなんかないさ」ティムは手をのばしてドレイの髪をなでたが、ドレイは体をこわばらせたままだった。ティムは黙って服を着たが、ドレイがそれを侮辱ととらないか、傷ついた自尊心を癒《いや》すための行動だと思われないかと心配だった。ティムにはどちらの意図もなかった。

「ひとりでいたいだけなの」

「じゃあ、おれはまた……」とティムは廊下の先を指さし、ゆっくりと部屋を横切った。戸口でつかのま立ちどまったが、ドレイはひきとめなかった。

ティムは悪夢にうなされてろくに眠れず、すぐに汗まみれで朦朧《もうろう》としながら目覚めたが、そのときには、悪夢のイメージにさらされたせいなのか、ジニーはふたりの——ひとりはまだ正体不明の——殺人者に殺されたのかもしれないという疑念が確信に変わっていた。

ティムは刑事たちの能力を信じられなかった。この事件に対する地方検事の見解に同意できなかった。保安局は動いてくれなかった。自分自身では捜査できなかった。

絶望的だった。

決して頼るまいと心に決めていた場所へ助けを求めに行く気になるほど絶望的だった。

ティムは時計を見やった——午後十一時三十七分。

万が一ドレイが目を覚ましたときのためにメモを残し、音をたてないように家を出、車を飛ばしてパサデナに向かった。整然とした郊外を走って目的地が近づくにつれ、動悸《どうき》と不安が高まった。車をコンクリート舗装の私道の前に停めた。ティムの家のポーチと同様、石材は完璧になめらかだった。窓はぴかぴかだった——一点のくもりもなかった。芝生はきれいに刈りこまれ、真っ平らになっていた。端の部分は芝縁刈り機で、ひょっとしたらはさみでていねいに仕上げてあった。

ティムは私道を進んでポーチに上がり、ドアのペンキをしばし観察した。塗りむらはまったくなかった。呼び鈴を鳴らし、待った。

計っているのかと思うほど規則的な足音が近づいてきた。

ティムの父親がドアをあけた。

「ティミー」

「とうさん」

父親は、あいかわらず、聖書のセールスマンの襲来から家を守っているかのように戸口をふさいで立っていた。グレイのスーツは安物だがきちんとプレスされていたし、夜遅いのに、ネクタイをきっちりと締めていた。「元気にしてたか？　あの件を聞いてから、おまえと話すのははじめてだな」

あの件？　仕事の話をしてるビジネスマンじゃあるまいし。娘が死んだんだぞ。

「はいってもかまわないかな？」

父親は大きく息を吸ってからしばし息をつめ、迷惑だと思っていることを示した。それからやっと、うしろに下がってドアを大きくあけた。「靴を脱いでくれ」

ティムは居間のカウチに腰をおろした。その正面には、父親が座るにちがいない布張りの安楽椅子があった。父親はしばらくティムを見おろしたまま、腕を組んで立っていた。「なにを飲む？」

「水でいい」

父親はコーヒーテーブルに手をのばしてコースターをつまみあげ、それをティムに渡してからキッチンへ消えた。

ティムはなじみ深い室内を見まわした。ティムが子供だったころから変わっていなかった。マントルピースに写真立てが雑然と置いてあった。飾られているのは、写真立てに最初からついていた色あせたありきたりな写真ばかりだ。浜辺の女性。子供用プールにはいっている三人の赤ん坊。ピクニックをしているどこにでもいそうなカップル。一度でも個人的な写真を飾ったことがあるとは思えなかった。賢明にもティムが三歳のときに出ていった母親の写真が、一枚でも家のなかに飾られていたかどうか思いだそうとした。思いだせなかった。

ジニーはラックリーの血統の最後のひとりだった。

父親がもどってきてティムにグラスを渡し、手を差しだした。ふたりは握手した。

父親は安楽椅子に腰をおろすと、わきの木製レバーを押して椅子をうしろに傾斜させた。脚の下にフットレストが持ちあがった。ティムは、父親と顔をあわせるのはジニーの四歳の誕生日以来だということに気がついた。父親は老《ふ》けていた。めっきり、とまではいかないが、かなり老けていた――目の下をおおう細かいしわ、口角のかすかなたるみ、眉毛にまじる硬そうな白髪。またしても死の蚕食《さんしょく》のあかしを目のあたりにして、ティムは愕然とした――今回は緩慢だったが、仮借《かしゃく》ないことに変わりはなかった。

子供のころは死を理解していなかったんだな、とティムは思った。それとも、いまよりもっとよく理解していたのかもしれない。幼いころ、ティムは死に惹かれていた。ティムは戦争ごっこをした。警官と泥棒ごっこをした。カウボーイとインディアンごっこをした。さまざまな遊びをしたが、死に関係のある遊びばかりだった。レンジャー部隊の仲間がはじめて死んだときも、ティムは制服を着、サングラスをかけて葬儀に参列し、表情ひとつ変えずに毅然《きぜん》としてお悔やみを述べた。実際、友人が死んでもがっくりしたりしなかった。なぜなら、彼らはティムをだしぬいただけだからだ。だれが最初に運転免許をとるか、だれが最初にセックスをするか、だれが最初に死ぬか。しかし、恋を経験し、娘を亡くしたあとではなにもかもがちがった。死にはもう魅力を感じなくなった。ジニーが死んだとき、ティムは自分の一部が欠け落ち、螺旋《らせん》を描きながら虚空を落ちていくのをおぼえた。自分が縮んだようなダメージを受けた。そしていっそう不安に駆られやすくなった。

ティムは死をどんどん忌避するようになっていた。

気をしっかり持つため、ティムは攻撃という梁《はり》に手をのばした。「まじめにやってた？」とティムはたずねた。

「品行方正そのものさ」

「小切手の偽造も、クレジットカード詐欺もやってないんだね？」

「一度たりともな。もう四年もたってるんだぞ。保護観察官は誇りに思ってくれてるよ。息子はそうじゃなくてもな」父親は強調のために首をかしげ、笑みを消した。

父親が体を起こすと、フットレストが安物の絨毯《じゅうたん》のなかにもぐって見えなくなった。父親は脚を組み、両手を膝の上で組みあわせた。父親は、いつも周囲の人やものよりもずっと上品に見えた。きれいにやすりをかけた爪を、ケチな詐欺でつづりあわされた人生と一致させるのは難しかった。

父親がつぎに発した言葉に、ティムは仰天した。

「ヴァージニアに会えなくなって寂しいよ」

ティムは水を飲んだ。なによりも時間を稼ぐためだった。「数えられるほどしか会わなかったじゃないか」

父親はうなずいて、またもわずかに首をかしげた。遠くの音楽に耳を傾けているかのように。「そうだな。だが、あの子という概念がうしなわれてしまったのが寂しいんだよ」

ティムは、われ知らずマントルピースの上の写真を見つめていた。「あの子は概念なんかじゃなかった」

「そんなことはいってない」

ティムはどうにか言葉を絞りだした。「助けが必要なんだ」

「だれだってそうさ」父親は組んでいた脚を解き、椅子にもたれて、石像のリンカーンのように両手で肘かけをつかんだ。「金か?」

「いや。情報だよ」

父親は、すべてを見通していた裁判官のように、重々しくうなずいた。

「ジニーの殺害について聞いてみてほしいんだ。仲間のみんなに。とうさんは顔がひろい——ひょっとしたら、だれかがなにかを知ってるかもしれない」

父親は立ちあがると、上着の胸ポケットからハンカチを出した。そしてティムの露のついたグラスをぬぐい、敷いていたコースターをぬぐってからそれらをコーヒーテーブルにもどし、腰をおろした。おれの几帳面さは父親を喜ばせたいという根深い衝動からきているのだろうか、それとも整理整頓が習い性になっているだけなのだろうか、とティムはいぶかった。屋内は、愛情深く手をかけられているというより、神経質な厳格さで管理されているように感じられた。父親はこの家を、一から自分で建てた。すくなくとも、つねづねそう自慢していた。

「新聞によれば、有力な容疑者がいるそうじゃないか。キンデルとかいう男が」

「ああ。でも、まだ裏があるような気がするんだ」

「ちょっと感情的になってるんじゃないか？」父親はティムの答えを待った。ティムに答える
つもりがないのがはっきりすると、話を続けた。「どうしておまえが嗅ぎまわらないんだ？

おまえには情報屋もお仲間もいるじゃないか。闇の世界の住人ともつきあいがあるんだろう？

父親以外にも」

「おれには明らかな先入観があるから、捜査に深入りしたくないんだ。それに、個人的な理由で局を利用することはできない」

「なるほど。良心の呵責《かしゃく》ってやつか」父親は口をすぼめた。父親の唇はきれいな弓形だった。父親のほうがティムよりハンサムなのだ。「つまり、自分のコネは使わず、わたしのコネに頼って、わたしにだけ危ない橋を渡らせようというわけか」

「ほかにどうしようもないからこうして頼んでるんじゃないか。有望な手がかりをつかんだら、捜査当局の手にゆだねればいい」

「わたしは捜査当局が好きじゃないんだよ、ティミー」

ティムは三十三年間で心に染みついた性向と戦って、父親からなにかを期待するときにおぼえてしまう心弱さと真正面から向きあった。「頼みごとをするのはこれがはじめてじゃないか。仕事のことでも、金のことでも、個人的なことでも、頼みごとは一度だってしなかったじゃないか。頼むよ」

父親はため息をついて、申し訳ながっている振りをした。「なあ、ティミー、近頃はなにか

ときびしくなってて、わたしもごまんと頼まれごとをするんだ。ぜんぶがぜんぶをひきうけるわけにはいかないんだよ」

ティムの口のなかが乾いた。「緊急事態じゃなきゃ、とうさんに頼んでないよ」

「だが、おまえにとっての緊急事態が、わたしにとっての緊急事態とはかぎらないんだよ。おまえを助けるのがいやなわけじゃないんだぞ、ティミー、わたしにもいくつか問題があって、優先しなきゃならない事柄があるってだけなんだ。残念ながら、いまのところ、いかなる余分な頼みごともひきうけられる余裕がないんだよ」

「いかなると余分のどっちだい？」

「〝いかなる余分な〟だな」

ティムは唇の内側を前歯ではさみ、痛みに変わる寸前の強さで、しばらく噛みつづけた。

「わかったよ」

父親は親指と人差し指で、顎ひげをなでつけるように唇の下をなぞった。「法執行官が詐欺師に助けを求めるとはな。とんだ皮肉じゃないか」

「たしかに」

父親は立ちあがってズボンのしわをのばした。ティムも父親にならった。

「アンドレアによろしくいってくれ」

「伝えるよ」

父親は、戸口で両腕を横にのばし、上着を見せびらかした。「教会用の新しいスーツはどうだね、ティミー？」

「とうさんが教会に通ってるとは知らなかったよ」

父親はウインクして、「万が一の保険さ」といった。

7

検死官がいくらジニーの遺体をひっかきまわしても、ひとつとして重要な物的証拠を発見できなかった。膣《ちつ》がひどく裂けていたが、精液は検出されなかった。コンドームが使用されていたが、キンデルの自宅からも犯行現場からも、未使用にしろ使用ずみにしろ、同一銘柄のコンドーム——鑑識は潤滑ゼリーの残留物を分析して銘柄をデュレックス・ゴールド・コインと同定した——は発見されなかった。七日め、検死官はようやく遺体を返却した。そもそもの損傷のひどさと検死官の徹底ぶりのせいで、ティムとドレイは棺の蓋を閉めたまま葬儀をとりおこなわざるをえなかった。どのみち、そのほうがふたりの気持ちに即していた。

葬儀代は、はじめてまもないジニーの大学進学用貯金でまかなった。

ありがたいことに、葬儀は短かった。ドレイの四人の、背が高くて冷蔵庫並みにがっちりしていてバーボンの携帯容器《フラスク》をポケットに忍ばせている兄弟が早くにやってきた。彼らは葬儀場でフットボールの作戦会議《ハドル》よろしく円陣を組んで、ティムに非難の視線を浴びせては涙を流した。ベアは最後列にひとりで座ってこうべを垂れていた。ファウラーといっしょに来たマックは、例のごとくドレイに近づく機会を逃さなかった。ふたりとも、ベアには寄りつかなかった。

ドレイは黒いドレスの上にグレイのコートを着ていた。ひと目でわかるほどやつれていたが、立ち居振る舞いは美しかった。

ティムの父親は遅れてやってきた。細身で、身だしなみがよくて、アフターシェーブローションの匂いをぷんぷんさせていた。父親はドレイの頬にキスをして——このときばかりは、ドレイも父親を温かく迎え入れ、しっかりと握手した——真剣な面持ちでティムにうなずいた。

「ほんとうに残念だよ」

「ありがとう」とティムは応じた。

互いにぎこちなく手をのばしたりひっこめたりしてから、ティムと父親はおずおずと抱擁した。ティムはそのあと、葬儀のあいだじゅう、できるだけ父親を避けた。父親も、その暗黙の取り決めを受け入れたようだった。

埋葬式がおこなわれたバーズデイル墓地には、会葬者の服をじっとりと不快にさせる湿った風が吹いていた。ティムは自分の正装靴にこびりついた泥を見て、キンデルのブーツについた泥を、罪の汚れを思いだした。いま、自分は娘を殺した男に対する報復をこらえるためにこんな靴を履いているのだろうか、とティムは考えた。

父親は葬儀の途中で帰った。ティムは、ひとり、草でおおわれた丘をくだっていく父親のうしろ姿を見送った。ふだん、父親はつねに昂然《こうぜん》と胸を張っているのだが、このときばかりは肩を落としていた。

家に帰る途中、ティムは車をいきなり道路の端に寄せ、ハンドルにつっぷしてぜいぜいとあえいだ。クロアチアから帰国してひと月ほど、集団墓地の映像で頭がいっぱいになってこんなふうに目が覚めたことが何度かあった。しかし、真っ昼間にこんな閉所恐怖に見舞われたのははじめてだった。ドレイは手をのばし、ティムの首をやさしく、辛抱強くさすった。窒息感は、はじまったときと同様に、突然消えた。ティムはぐったりと路面を見つめていた。あいかわらず、肩が大きく上下していた。

「ジニーにはおれが与えられなかったものを与えてやりたかったんだ。安定した家庭を。親の支えを。倫理を、社会に対する尊敬の念を――おれが見本を与えられず、自力で見いださなければならなかった事柄を。それができなくなった。未来が消えてしまったんだ」吐いた息が震えていた。「なにを目的に生きていけばいいんだ？　家のローンの支払い？　朝、起きて仕事に行き、家に帰って寝ることか？」

ドレイは頬をぬぐいながらティムを見た。「わからないわ」

ふたりはティムの息づかいがもとにもどると、黙ったまま家に帰った。

まだ目を通していない朝刊が玄関の階段でふたりを待っていた。一面の写真は、マルティア・ドメス・ホテル九号室の外でハイタッチをしているメイベックとデンリーだった。その背後で、死体袋を載せたストレッチャーをふたりの警官が押している。保安官補はどちらも笑顔だ。デンリーの手袋には血の染みがある。なかでハイデルの脈を探ったときについたのだろう。〝ダウンタウンの虐殺を祝う連邦保安官たち〟という見出しがついていた。ドレイはなにもいわずに新聞を道路のほうへ持っていき、分別ごみ入れに捨てた。

カウチで寝ていたティムは、真夜中、寝室から聞こえてくるドレイの泣き声で目覚めた。ティムは寝室へ行ったが、ドアに鍵がかかっていた。そっとノックすると、ドレイがすすり泣きながら応じた。「し、しばらく……ひとりにしておいて」

ティムはカウチにもどって腰をおろした。壁ごしに、ドレイのかすかな嗚咽が聞こえていた。

距離を置きたいというドレイの希望を尊重して、ティムはガレージの側にあるもうひとつの寝室のバスルームで歯を磨き、シャワーを浴びて、夫婦の寝室に足を踏み入れるのは新しい服をとりにいくときだけにした。カウチの横のコーヒーテーブルに、目覚まし時計と電気スタンドを置いた。タニーノ保安官から、ほとぼりが冷めるまで何日か休みをとるようにいわれたので、ティムはトレーニングしたり、家のちょっとした修繕をしたりして暇をつぶした。落ちこんだり、キンデルへのむなしい憎悪で頭がいっぱいになる時間をできるだけ減らしたかったからだ。

ティムとドレイは、キッチンで顔をあわせないように、べつべつの時間にキッチンで食事をとった。そしてすれちがってしまったとき、ふたりは気まずそうに目をそらした。ジニーの不在が家のなかで膨れあがり、ふたりのあいだに落とす影も大きくなった。

テレビをつけるか、新聞を読むかしていれば、ティムはハイデル射殺事件がロサンゼルスのマスコミの注目を集めつづけていることに気づいただろう。銃撃事件はジェデダイア・レイン――国勢調査局の支局にサリンガスをまいたとされている極右活動家――の裁判のニュースによってときおり一面から弾きだされたが、ティムのエピソードには驚くほど持久力があった。マスコミからかかってくる電話は、はじめのうちはさほどでもなかったが、たちまち凄まじい頻度になった。ティムはすぐに、ドレイが受話器を置くときの強さで、マスコミからの電話かどうか判別できるようになった。電話番号を変えてはどうかとティムは提案したが、ドレイは、ささいな変化もいやがって同意しなかった。ありがたいことに、マスコミは自宅にまでは押しかけてこなかった。

ティムは、キンデルの予備審問の前日、発砲審査委員に説明することになっていた。その日、ティムは早く起きてシャワーを浴びた。寝室にはいると、ドレイは膝に手を置いてベッドに腰かけていた。ふたりは他人行儀に挨拶した。

ティムはクローゼットに歩みよって、なかをのぞいた。三着のスーツの上着は、腰の拳銃が見えないように、どれも背中に一本だけ切れこみがあるセンターベントになっていた。靴はすべてひも靴だ。ある日の午後、ぬかるみのなかで証人保護を遂行したとき、ローファーを履いているとどうなるかを、いやというほど思いしらされたのだ。

ティムは手早く着替えをすませ、靴を履くために、ベッドのドレイが座っているのと反対側に腰をおろした。

「心配？」とドレイがたずねた。

ティムは靴のひもを結びおえると、ガンロッカーに向かって歩きだしてから、局から支給された拳銃がないことを思いだした。「ああ。あしたの予審のことがね」

「同じ部屋に座ることになるのね。あの男といっしょの部屋に」ドレイは怒りで唇を固く結びながらかぶりを振った。「わたしたちにはあの男しかいないの。キンデルだけなのよ。共犯者も、ほかのだれも」ドレイは立ちあがった。腰かけていると無力になってしまうかのように。

「もしも司法取引が許されたら？　それとも陪審員団が、あの男が犯人だと思わなかったら？」

「そんなことにはならないさ。地方検事が司法取引なんか持ちかけないし、六回だって有罪判決を下せるだけの証拠があるんだ。裁判はスムーズに進んで、おれたちは致死量の薬物の注射を特等席で見物できるはずだ。そうすれば、おれたちはまた生きていける」

「どんなふうに？」

「ジニーの死と折りあいをつけられるように努力したり、こんどのことのどの部分を忘れるべきかを考えたり、この家でまたふたりで暮らしていく方法を学んだりすればいい」

ティムのおだやかな声には切望がこもっていた。ティムには自分の言葉がドレイに届いたのが、この数日でふたりのあいだに生じた軋轢《あつれき》がもたらしたもつれに裂け目ができたのがわかった。

「一週間前、わたしたちは家族だった」とドレイはいった。「そう、仲のいい家族だった。みんながうらやましがってた。結婚生活がうまくいってないみんなが。だけどいま、あなたをいちばん必要なときに、わたしにはあなたがわからないのよ」ドレイはふたたびベッドに腰を落とした。「自分のこともわからないの」

ティムは親指で空のホルスターの留め具をぱちんとかけた。「おれもおれたちがわからないよ」

ふたりは身じろぎをして待った。相手以外のあらゆるものに目を向けた。ティムはいうべき言葉を捜したが、混乱と、ますます心をかき乱す、かつておぼえたことのない激しい自信喪失しか見つからなかった。

とうとうドレイがいった。「審査委員会、いい結果が出るといいわね」

8

裁判所の玄関前の階段には、報道陣が鳩の群れのように集まって、ケーブルをひきずって歩いたり、機材のセッティングをしたりしていた。ティムの車は気づかれることなくその前を通りすぎ、門を抜けて駐車場にはいった。タニーノ保安官をはじめとする管理職のオフィスは、裁判所の裏手の、西海岸の連邦保安局支局というより東海岸の図書館のような雰囲気の、絨毯を敷きつめた静かな廊下に並んでいる。事務室はその廊下のさらに奥、十九世紀末の保安官の駅馬車護衛隊が使用していたばかでかいアンティークの金庫の先だ。

ベアが狭い待合室の椅子に座って、保安官の秘書の気を惹こうとしていた。秘書のうんざりした表情からして、うまくいっていないようだった。ティムが待合室にはいると、ベアはさっと立ちあがって、ティムをふたたび廊下へ押しだした。

「あと三分で証言しなきゃならないんだよ、ベア」

「ずっと連絡をとろうとしてたんだぞ」

「受話器をはずしっぱなしにしてるんだ。なにしろマスコミが――」

「おとといの夜、おまえの家に行ったんだ。おまえは銃を撃ちにいってるってドレイはいってた」ベアはティムの顔を見つめた。「ドレイからおれが寄ったことを聞かなかったのか？」

「近頃、ドレイとはあんまり話してないんだ」

「おいおい、ラック、いったいどうしたんだよ？」

ティムはかっとなりかけて自制した。「なあ、いまは発砲についての証言に集中したいんだ」

「だからここで待ってたんだ」ベアは深々と息を吸い、しばらくためてから、「待ち伏せされてるぞ」といった。

「どういう意味だ？」

「ニュースを見てないのか？」

「ああ。やらなきゃならないことがほかにあるからな。たとえば娘を埋葬するとかの」ベアが一歩、うしろに下がったので、ティムは大きく息を吸いこんでから、親指と人差し指で両目を強く押さえた。「あんたにあたったってしょうがないよな」

「そうとうひどい記事が出てるんだ。あのハイタッチの写真が――」

「それは見たよ」

スーツ姿の司法省の役人がふたり通りかかったので、ベアは声をひそめた。「移民帰化局員がエリアン・ゴンザレス（二〇〇〇年に母親とともにアメリカ亡命をくわだてたが船が遭難し、ひとりだけ救助されたキューバ人少年。父親のいるキューバにもどすか、アメリカ在住の親戚がひきとるかで争いになって報道が過熱したが、けっきょくキューバへ送還された）の顔面をＭＰ５で撃ったみたいな騒動になってるんだ。おまけに、なんとかいうテキサス出身のメキシコ系指導者があおりたててるもんだから――」

「そんなばかな。ハイデルは白人だし、こっちは半数がヒスパニックだったんだぞ」

「だが、写真に写ってるデンリーとメイベックは、どっちも白人だ。とにかく、あのいまいましい写真が問題なんだよ。その背後の事実じゃなくてな」

ティムは両手を上げた。降参のポーズだ。「相手がマスコミじゃいかんともしがたいな」

「なあ、発砲審査委員に証言をくりかえすだけじゃすまないんだぞ。委員の何人かは本部から飛んできてる。おまえは総攻撃にさらされるんだ」

「しょうがないさ。注目の的になってる発砲事件なんだから、審査しないわけにはいかない。我慢するよ」

「いいか、ラック、手に負えなくなったら、民事だろうが刑事だろうが、おれが弁護してやるからな。いざとなったら退職したっていいんだ――おれはおまえの味方だぞ」

「法律学校に通っただけですっかり一人前の弁護士気分だな」

「冗談じゃないないんだ、ラック。たしかにおれは、夜間講座をいくつか受講しただけの新米さ。でも、ただで弁護をひきうけてやるし、おまえをちゃんと守ってくれる本物の弁護士だって紹介してやれるんだ」

「ありがとう、ベア。感謝するよ。だけど、そんなことにはならないさ」

保安官の秘書が廊下に顔を突きだしながら、「みなさん、お待ちですよ、ラックリー保安官補」といって、ベアに注意を向けることなくひっこんだ。

「ラックリー保安官補か」とティムはくりかえした。その堅苦しさが気になった。

「警告しておこうと思っただけなんだ」

「恩に着るよ」とティムはベアの脇腹を軽く叩いた。「打ち身の具合は?」

ベアは顔をしかめないように我慢した。「もうぜんぜん痛まないさ」

ティムが待合室にもどろうと向きを変えはじめたときも、ベアはまだティムをじっと見つめていた。


大きく黒い、煉瓦のようなテープレコーダーが長いテーブルの真ん中で、眠気を誘うサーッという音をたてていた。ティムが座っている、ふつうの大きさで安っぽい布張りの椅子は、反対側に居並ぶ審査委員たちが座っている背もたれの高い黒革の椅子とは比べものにならなかった。ティムは座面の下のハンドルを注意を惹かないようにいじって、椅子を高くしようとした。

委員たちはゲイリー・ハイデルとリディア・ラミレスに対する発砲に関するティムの報告を、微に入り細をうがってほじくりかえした。内務監察部の男はそんなに悪くなかったが、調査部の女と法務部のめだちたがり屋は、安物のスーツを着こんだ闘犬だった。ティムは額がじんわりと汗ばむのを感じたが、ぬぐうのを我慢した。

女は組んでいた脚を解くと、身をのりだし、目の前にひろげたファイルを指でなぞりながらたずねた。「路地から出ると、カルロス・メンデスが銃を抜こうとしているのが見えた、とあなたは主張していますね？」

「はい」

「ミスター・メンデスに警告しましたか？」

「威嚇射撃は局の内規に反します」

「相手は逃走中の容疑者だったんですよ、ラックリー保安官補」

内務監察官はいらだちの表情を女に向けた。内務監察官はかなりの年配で、おそらく、引退までの数年を事務仕事をして過ごすために内務監察部に転属したのだろう。ティムは内務監察官がデニス・リードと名乗ったことを思いだした。「ただの逃走中の容疑者じゃなかったんだよ、デボラ。その男は銃を携帯していたし、発砲しようとしていたんだ」

女は両手でなだめるようなしぐさをした。「ミスター・メンデスに口頭で警告したんですか？」

「七分前に口頭で警告しましたが、逃亡犯たちは無視しました。その結果、すでに二名が死亡していたのです」

「ミスター・メンデスに発砲する直前に、あらためて口頭で警告しましたか？」

「いいえ」

「なぜしなかったのですか？」

「時間がなかったからです」

「いかなる種類の最後通告をする時間もなかったのですか？」

「そのようにお答えしたつもりです」

「でも、銃を抜いて、三度発砲するだけの時間はあったのですね？」

「あとの二度の発砲は無関係じゃありませんか？」

リードが口元をゆるめたことに意味があるとしたら、内務監察官はティムの答えが気にいったのだろう。

「それなら質問をいいかえましょう。銃を抜いて最初の一発を撃つだけの時間があったのに、口頭でいかなる警告を発するだけの時間もなかったのですね？」

「そのとおりです」

女は仰天した振りをした。「どうしてそんなことがありうるんですか、ラックリー保安官補？」

「銃を抜くのが速いからですよ」

「なるほど。それで、ミスター・メンデスがあなたを撃とうとしていると思ったのですね？」

「第一の関心事は自分以外の安全でした。現場は多くの一般市民がいる通りでしたから」

「ということは、自分が撃たれるかもしれないという不安には駆られなかったのですね？」

「容疑者はおそらく前方の警察官たちを撃とうとしているのだろうと思いました」

「〝おそらく〟と」と弁護士がくりかえした。「〝思った〟んですね？」

「ええ」とティムは答えた。「でも、世の中に百パーセントの確信が持てることなんて多くないんじゃありませんか？」

「警戒する必要はありませんよ、ラックリー保安官補。わたしたちはみんな、あなたの味方なんですから」

「わかっています」とティム。

女はファイルをぱらぱらとめくり、なにかを発見したかのように顔をしかめた。「現場調書によれば、ミスター・メンデスの死体をあらためたとき、銃はまだジーンズの背中側にはさまれたままだったようですね」

「だとしたら、容疑者に銃を抜く機会がなかったことを感謝すべきですね」

「では、容疑者は銃を抜こうとしていなかったのですね？」

ティムはけだるげに回転しつづけているテープレコーダーのリールを見やった。

「容疑者には機会がなかったといったんです。実際、容疑者は銃を抜こうとしていました」

「それに関しては、目撃者の証言が分かれています」

「容疑者のうしろにはわたししかいませんでした」

「ははあ。路地側ということですね？」

「ええ」ティムは食いしばった歯のあいだから息を吐いた。「さっきもいったとおり、容疑者は明らかに——」

「あなた以外の人々の安全をおびやかしていたんですね？」と女は、ティムの武器使用に関する規定の教科書どおりの返答をあざけり笑うような口調で続けた。

攻撃の糸口を見つけたらしく、弁護士が座ったまま背筋をぴんとのばした。「〝ほかの人々の安全〟について話を聞かせてください。あなたは目標を補足していましたか?」

リードは顔をしかめて、「検死結果から、きちんと目標を補足していたのは明らかじゃないか、パット」

パットはリードを無視してティムに話しかけつづけた。「発砲したとき、容疑者の背後に市民がいたことに、それどころか人垣ができていたことに気づいていましたか?」

「はい。その市民のことが心配でした。それが理由で発砲を決断したのです」

「万が一あなたがはずしていたら、ほぼまちがいなく、弾は市民のだれかにあたっていたはずですよね?」

「まずありえません」

「でも、もしもあなたがはずしていたら?」

「作戦前の状況説明《ブリーフィング》で、逃亡犯たちにはうしなうものがない、だから生きて捕まるつもりはないはずだと明言されました。メンデスの、わたしを人質にするのを助けたときのふるまいによって、その情報は裏づけられました。メンデスは、ハイデルとラミレス同様、逮捕をまぬがれるためなら何人でも殺すつもりでいました。簡単な計算でした。容疑者を射殺できる確率のほうが、容疑者が無傷のまま銃を抜きながらだれも殺さない確率よりもずっと高かったのです」

「それでは質問の答えになりませんよ、ラックリー保安官補」パットはペンを耳にはさんで腕を組んだ。「万が一、はずしていたら?」

「レンジャー時代、わたしは拳銃射撃資格認定課程ではいつも二十点満点をとっていたし、保安官補になってからも、六回、射撃で三百点をとっているんです。はずしたりしません」

「それはすばらしい。でも、現場では、連邦保安官補はあらゆる可能性を考慮しなきゃならないんじゃありませんか？」

リードが身をのりだし、テーブルにどすんと両肘をついた。「審査に応じたからといって、罪人扱いしてかまわないということじゃありませんぞ。銃の使用を決断する際には、つねに主観がかかわってくるんだ。銃を持ち歩いたことがあれば、それがわかるはずですよ」

「そりゃすばらしい。銃を持ち歩いていれば、法律を拡大解釈できるってわけですね、デニス」

リードはパットを指さした。「言葉に気をつけたまえ。善良な保安官補をいたぶるのは、このわたしが許さんからな」

「では、つぎの質問です」と女がいった。「最近、私生活でつらい出来事があったそうですね？」

ティムは数秒間、間《ま》を置いてから答えた。「はい」

「娘さんが殺害されたのだとか」

「ええ」ティムの努力にもかかわらず、声に怒りがにじんでいた。

「その出来事が、あなたの発砲に影響をおよぼしたと考えられませんか？」

ティムの顔がほてった。「その〝出来事〟は、わたしの生活に、のべつ幕なしに影響をおよぼしつづけていますよ。でも、それでプロとしての判断が揺らいだりはしません」

「発砲した際、自分が……攻撃的に……または報復的になっていたと思いませんか？」

「自分自身の、あるいはほかの人々の生命が危険にさらされていると思わなければ、逃亡犯たちを生きたままとらえるために最善の努力を払っていました。最善の努力を」

パットは椅子にもたれ、両手をひろげてずんぐりした指の先をあわせた。「ほんとうですか？」

ティムは立ちあがって、両手をテーブルに置いた。「わたしは連邦保安官補です。あなたには傭兵に見えますか？」

「いいですか――」と女が口をはさもうとした。

「あなたに訊いてるんじゃありませんよ」ティムはパットから視線をはずさなかった。パットは椅子にもたれたまま、両手の指をあわせつづけた。パットに答えるつもりがないことがはっきりすると、ティムは手をのばしてテープレコーダーを止めた。「もう質問には答えません。ほかになにかあったら、FLEOAの弁護士にいってください」

ティムが部屋を出ていくと、リードは立ちあがったが、パットと女は座ったままだった。立ち去るとき、ティムはリードがふたりをなじりだす声を聞いた。ティムがタニーノのオフィスにはいろうとすると、秘書が立ちあがった。

「保安官は面会中です。いまは――」

ティムは保安官のオフィスのドアをノックして開いた。タニーノは大きな木製のデスクの向こうに座っていた。ダークスーツを着た太りすぎの男が、その正面のカウチにだらしなく腰をおろして茶色のタバコを吸っていた。

「タニーノ保安官、お邪魔して申し訳ありません。でも、緊急の要件なんです」

「そうか」タニーノが男とイタリア語で短く言葉をかわすと、男は部屋を出ていった。タニーノはドアを閉めると、手でタバコの煙を払いながら首を振った。「外交官ってやつは」そういって、身ぶりでカウチを示した「座ってくれ」

気が進まなかったが、ティムは腰をおろした。ドレスシャツの肩がきつかった。

「きみに嘘をつくつもりはないんだ、ラックリー。報道は過熱している。きみがハイタッチをしたまぬけじゃないことは承知している。だが、撃ったのはきみだし、きみも知っているように、撃った者が注目の的になるんだ。責任があろうがなかろうが、連邦保安局はこんどの件でダメージを受けた。だが、いいニュースもある。発砲審査委員会は来週、本部で開かれるんだが、きみは責任を問われないそうだ」

「責任を問われずにすむとはとても思えないんですが。委員たちは、必要もないスケープゴートを捜しているとしか思えませんでした」

「心配は無用だ。供述書はすべてそろっているし、検討もすんでいる。きょうは、部外者に口出しさせないために、きみの証言の審査を内々ですませるために委員が何人か派遣されてきただけだ。FBIにも、名前を売りたがってる地方検事にもくちばしをいれてほしくないからな」

「悪いニュースは？」

タニーノは頬をふくらませて大きく息を吐いた。「きみには、しばらくのあいだ軽い仕事をしてもらう。現場復帰はマスコミの騒動がおさまってからだ。二カ月もたてば、また拳銃を支給できるだろう」

一瞬、ティムはタニーノの言葉をよく理解できなかった。「二、二カ月ですか？」

「それくらい我慢しろ――現場に出る代わりに、分析のほうでがんばってくれ」

「わたしが訓練の成果を作戦本部でスケジュールの作成に発揮しているあいだ、保安局ご自慢のPR部隊はわたしについてどんなことをひろめるんですか？」

タニーノは壁のアクリルケースに歩みよって、そのなかに飾ってある四四口径のキャップ・アンド・ボール式六連発コルト・ウォーカーをながめた。ズボンの尻ポケットから、黒いプラスチックの櫛が飛びだしていた。「今回の発砲の責任をとって、きみが自主的に怒り抑制セラピーを受けるという話さ」

「ばかばかしい」

「そのとおり。ばかばかしい話だ。だが、それで本部はきみの発砲の決断を支持できるようになり、みんながまた幸せになれるという寸法だ」

「それがメイベックとデンリーのハイタッチになんの関係があるんですか？」

「なんの関係もない。だが、もしもきみが不運にもわたしの地位まで昇進すればわかるだろうが、これは愚劣なイメージ戦略だ。あのいまいましい写真のせいで、血に飢えた荒くれ者集団というイメージが保安局についてしまった。だが発砲した局員が以前よりうまく怒りを抑制できるようになったと宣伝すれば、新聞屋やテレビ屋はいつものように、ほかのろくでもない事件を追いかけてくれるようになる。いっぽう、わたしはこんどの件の処理を全面的にまかされ、こうして優秀な保安官補に——不当にも——局のために泥水をかぶってくれと頼んでいるというわけだ」タニーノの眉間のしわは、無念さよりも嫌悪をあらわしているように思えた。

「これが組織というものなのさ」

ティムは立ちあがった。「あの発砲に問題はありませんでした」

「問題があるかどうかの基準は相対的なんだよ。無理難題なのはわかってる。だが、きみには洋々たる前途があるんだ」

「連邦保安局での前途はなさそうです」ティムはそういうと、ベルトから革のクリップにつけたバッジをはずしてタニーノのデスクに置いた。

タニーノは珍しく怒りを面《おもて》に出し、バッジをつかむなり、ティムに投げつけた。ティムは胸の前でつかんだ。「退職は認めないぞ。きみがなにをやったかを考えたら、認められるわけがない。頭を冷やせ——休職しろ——何週間でもいい。とにかく、こんなときに早まった決断をするな」タニーノは疲れきり、がっくりと老けてしまったように見えた。ティムはタニーノが、自分がかねがね忌み嫌い、卑劣だとみなしていた組織の論理にしたがっていることでどれだけ心を痛めているかに気づいた。

「セラピーは受けませんよ」

すると、タニーノはおだやかに応じた。「受けてもらわなきゃ困る。受けてくれさえすれば、なんとしてでもわたしが守ってやる。なんとしてでも」

「あの発砲に問題はなかったんです」

タニーノは、こんどはティムと目をあわせた。「わかってるよ」

ティムはタニーノのデスクにバッジをそっと置き、部屋を出た。

9

帰途、昼時の交通渋滞のさなかで、白のカムリがティムの車のすぐ横に並んでいた。カムリの後部座席のちらちらする動きにティムは注意を惹かれた。黄色いドレスを着た幼い女の子が、顔をウインドウに押しつけて、近くの車のドライバーを驚かせようとしていたのだ。ティムは女の子を見つめた。女の子は鼻をガラスにあて、上向きに押しつぶして豚鼻にした。寄り目にし、舌をつきだした。鼻をほじる真似をした。母親が、申し訳なさそうにティムを見た。

カムリは、ティムと同じタイミングで動いたり止まったりして、ほとんど横を離れなかった。ティムは前方に集中しようとしたが、女の子の動きとあざやかな色のドレスに目をひきもどされた。ティムにまた見られていることに気づくと、女の子は両手でまっすぐなブロンドの髪を握って、長靴下のピッピのようなお下げにした。そして、子供だけに可能な、大きく口をあけた屈託のない笑いかたをした。だが、ティムの反応を見ていううちに、女の子の面持ちが急に変わった。笑いが小さくなり、やがて消えて、不安げな表情にとってかわられた。女の子はずるずると座席にもどって、ティムのシャツからは頭のてっぺんしか見えなくなった。

家にたどり着いたころには、ティムのシャツは汗染みだらけになっていた。ティムは家にはいると、上着をキッチンの椅子にかけた。ドレイはカウチに座ってニュースを見ていた。振りかえってティムを見ると。「まあ」といった。

ティムはカウチに歩みよってドレイのとなりに腰をおろした。驚くまでもなかったが、KCOMの快活なニュースキャスター、メリッサ・ユエは発砲事件をとりあげていた。画面の右上には、ハイタッチしているふたりのシルエットを背景に銃のイラストが出ている。ティムのシンボルマークだ。その下には〝マルティア・ドメス・ホテルの虐殺〟というテロップ。

「その顔と同じくらいひどいことになってるの？」とドレイがたずねた。

「怒り抑制セラピーを受けて、嵐が静まるまでデスクワークをしてろといわれたよ。そうすれば、責任や罪を認めることなく批判をかわせるからな」

ドレイは手をのばしてティムの頬に触れた。その手の温もりがティムの心をおおいに慰めた。「くそくらえよ」

「辞職したんだ」

「当然だわ。それでよかったのよ」

魅力的なアフリカ系アメリカ人レポーターが登場し、発砲事件について通行人に意見を求めた。貧弱な顎ひげを生やし、ドジャースのキャップを逆さにかぶっている肥満体の男――マーケットと時間帯を考えたら典型的な道行く人——が、嬉々として自説を開陳した。「おれにいわせれば、あんなふうに警官から逃げたら、撃たれたって当然だね。ドラッグの売人で警官殺しだったんだろ？　裁判官の小槌《こづち》が振りおろされる前に処刑しただけさ。あの保安局のやつがおとがめを受けなきゃいいんだがな」

すばらしい、とティムは思った。

つぎは、あざやかな緑色のアイラインを入れた女性だった。「ああいうドラッグの密売人は、いなくなったほうが子供たちは安全になるんだ。ああいう連中が街から消えるなら、警察がどんな方法を使ったって、あたしは気にしないね」

「あの連中を見ろよ」ティムはいった。「なにが問題になってるか、ぜんぜんわかってないんだ」

ティムは自分の口調の辛辣さに驚いた。

ドレイはティムを見て、「すくなくとも、あなたの味方じゃないの」といった。

「ああいう味方は、敵以上に危険なのさ」

「お上品とはいえないけど、正義とはなにかがわかってるみたいじゃない」

「でも、法律とはなにかはわかってない」

ドレイはカウチに座ったまま身じろぎし、腕を組んだ。「あなたは、法律を合計すれば正義になると思ってるけど、そうじゃないわ。法律にはひびもあれば裂け目もあるし、抜け穴も偏りもある。PRが、イメージが、好き嫌いが、その他もろもろがかかわってるの。あなたの身に起きたことを考えてみなさいよ。正義っていえる？　ぜったいにそうじゃないわ。自動洗浄機能つきの大きな機械が、がちゃがちゃ音をたてながらあなたを轢《ひ》きつぶして進んでいったじゃないの。ジニーの事件の捜査はどうなってる？　ほんとうはだれがかかわってたのか、わからないままになるのよ」

「きみがおれにあたるのは……」

「わたしの娘が殺されたからよ——」

「おれたちの娘だ」

「——あなたは——正義を実現できる——めったにないチャンスをもらったのに、法律を選んだんだわ」

「正義は実現されるさ。あした」

「もしも死刑にならなかったら？」

「だとしたら、死ぬまで刑務所に閉じこめられたままになるさ」

　ドレイの頬が、ぎょっとするほどあざやかな赤に染まった。ドレイは右手を左手のてのひらに叩きつけた。「わたしはあいつに死んでほしいのよ」

「でも、おれはやつに話してほしいんだ。証人席に立って、ほんとうはなにがあったかを打ち明けてほしいんだ。共犯者がいたのかどうか、ほかにもおれたちの娘の死に責任を負うべきだれかがいるのかどうかがはっきりするように」

「問いただす代わりに撃ち殺しておいてくれれば、こんな謎に、こんな知るすべのないことに苦しまなくてすんだのに。苦しいの。ひょっとしたら、通りですれちがった、そしらぬ顔をしただれかがジニーを殺したのかもしれないって考えると、苦しくてたまらなくなるのよ……」

ドレイが顔をくしゃくしゃにしたので、ティムは体を寄せて抱きしめようとしたが、ドレイはティムを押しのけた。ドレイは立ちあがって寝室に向かったが、戸口で立ちどまった。ドレイの声はひどくしゃがれていた。「仕事のこと、残念だったわね」

ティムはうなずいた。

「あなたにとって、ただの仕事じゃなかったのはわかってるわ」


早朝の雨は上がっていたが、裁判所のなかはじっとりと蒸していた。疲れと緊張で、ティムは頭痛をおぼえていた。前夜は、ほとんど眠れずにカウチで輾転反側《てんてんはんそく》していた。発砲審査の様子を思いだして脂汗《あぶらあせ》を流しながら煩悶《はんもん》したり、翌日の予備審問のことを思い悩んだりしていた。カムリに乗っていた女の子が、その白く細い腕が脳裏に浮かんだ。死体安置所でシートをめくったときのジニーの顔。ひと房の髪が口の端にひっかかっていた。犯行現場で発見された爪。必死になってひっかくか這いずったときに剝がれた爪。

ティムの心象風景はすさみ、荒れ果てていた。心安らかに過ごせる場所がどんどん減っていた。

ティムのとなりに座っているドレイは、こわばらせた体をのりだし、組んだ腕を前のベンチの背もたれに載せていた。早めにやってきたふたりは、最後列に腰かけて、無言のまま不安に耐えていた。若い保安官補と安っぽい服を着た公選弁護人にともなわれて入廷してきたキンデルは、ティムの記憶にあるほど殺気だっていなかったし、嫌悪を催しもしなかった。そのことでティムは落胆した。アメリカ人の例に洩れず、悪は悪らしくあってほしいと思っていたからだ。

いかにも有能そうな雰囲気を漂わせている三十代はじめの女性地方検事は、予備審問がはじまる数分前、ティムとドレイと並んでベンチに腰かけ、あらためてお悔やみを述べてから約束した。キンデルが減刑になってしまう可能性があるから共犯説はとりあげない、と彼女はいった。だが、まちがいなく厳罰に処すると断言した。

上品そうな名前――コンスタンス・ディレイニー――にもかかわらず、地方検事は赫々《かっかく》たる業績をあげている厳酷な検察官だった。ディレイニーはしょっぱなから弁護側を押しまくり、罪状認否手続での高額な保釈金設定の引き下げを求める申し立てをしりぞけた。ファウラー保安官補から巧みに証言をひきだし、自身の裁判戦略をほとんど明かすことなく、本件を公判に付すに足りる〝相当な理由〟を提示してのけた。ファウラーは、指南を受けたようには聞こえない、明快な口調で証言した。のちのち矛盾を指摘される可能性のある事柄をなにひとつ記録に残すことなく、ティムとベアがキンデルの自宅に立ち入ったことを省略した。犯行現場への鑑識班の到着の遅れは問題視されなかった。

キンデルは、背筋をぴんとのばして座ったまま、ディレイニーからファウラーへ、ファウラーからディレイニーへと頭をめぐらして、じっと審理を見つめていた。

そして、反対尋問の最中に爆弾が炸裂《さくれつ》した。

「ミスター・キンデルの家宅を捜索した際、もちろん令状をとっていたのですね……？」公選弁護人は証人席にじりっと歩みよった。手に持ったメモ帳が揺れていた。ディレイニーは顎をこぶしに載せてメモをとっていた。

「いいえ。わたしたちはノックしたあと、被告人に身分を明かし、見せてもらってかまわないかとたずねました。すると被告人は、家宅捜索することに、はっきりと口頭で同意したのです」

「なるほど。では、あなたがたはそのときに発見したのですね、ええと」――公選弁護人は、つかのま、メモ帳をぱらぱらとめくった――「弓鋸、のちに被害者のものと同定された血液が付着したぼろ布、犯行現場にあったタイヤ痕と一致するトラックのタイヤを？」

「はい」

「あなたがたはそれらを、被告人が家宅を捜索する許可をあなたがたに与えたあとで発見したのですね？」

「はい」

「家宅捜索令状はとっていなかったのですね？」

「さきほど申しあげたように――」

「はいかいいえで答えてください、ファウラー保安官補」

「はい」

「その時点で逮捕手続を開始したのですね？」

「はい」

「ミスター・キンデルに、まちがいなく被疑者の権利を告知したのですね、ファウラー保安官補？」

「まちがいありません」

「それはミスター・キンデルに手錠をかける前でしたか、あとでしたか？」

「かけているあいだだったと思います」

「思います？」公選弁護人は紙を何枚か落とし、かがんで拾いあげた。このどじな弁護士ぶりは天然なのだろうか、とティムは疑いはじめた。

「わたしは被告人に、手錠をかけながらミランダ告知をしました」

「つまり、被告人はあなたと向かいあっていなかったのですね？」

「ずっと向かいあってはいませんでした。うしろを向かせていました。通常、容疑者にはうしろ手に手錠をかけますから」

「ほほう」公選弁護人は鉛筆で自分の上唇をつついた。「ファウラー保安官補、あなたはわたしの依頼人が法律上の聾者《ろうしゃ》であることに気づいていますか？」

ディレイニーの手が顔からずれ、テーブルを叩いて、静まりかえった法廷に音を響かせた。黒い法服をまとった小柄でしかめつらの六十代後半の女性、エヴァーストン判事は、電撃を食らったかのようにぎくりとした。ドレイは片手で口を、頰に赤く跡がつくほど強く押さえた。

ファウラーは身を固くした。「そんなばかな。おれたちがいったことをちゃんと理解してたんですよ」

胃のむかつきをおぼえながら、ティムはキンデルの平板な口調を、奇妙な抑揚を思いだした。キンデルが返事をしたのは、面と向かっているときだけ、質問している者が見えているときだけだった。ティムの胸が、万力《まんりき》で締めつけられているように痛んだ。

公選弁護人はエヴァーストン判事に向きなおった。「ミスター・キンデルは九カ月前、就業中に爆発事故で聴覚をうしないました。治療を担当した医師を呼んでありますので、被告人が法律的に聾者であることを証人として証言してもらいます。それに、左右とも聞こえていないことを示している、要件を満たした別個の聴覚検査書も二通用意してあります」そういってファイルホルダーを掲げた拍子に書類をまき散らしてしまい、あわてて拾い集めて判事に手渡した。

ディレイニーの声から、ふだんの自信がうしなわれていた。「異議あり。その検査書は伝聞証拠です、裁判長」

「文書提出命令状によって南カリフォルニア大学付属郡立医療センターで作成され、本法廷に直接提出された公式記録であるこれらの検査書には、伝聞証拠排除の原則は適用されません」

ディレイニーは席についた。エヴァーストン判事は渋い表情でファイルに目を通した。

「ミスター・キンデルは読唇術ができるのです、裁判長。巧みにとはいえませんが——専門家に習ったわけではありませんから。手錠をかけられているあいだに警告を受けたのだとしたら、被告人はファウラー保安官補の口と反対の方向を向いていたはずです。つまり、被告人がミランダ告知を理解していた可能性は皆無なのです。被告人の供述は、みずからの権利についての明確な理解なしになされたものだったのです」

ディレイニーが口をはさんだ。「裁判長、もしも刑事たちが誠実に――」

エヴァーストン判事は手をひと振りしてさえぎった。「〝誠実に職務を遂行〟していたからといって大目に見るわけにいかないのはわかっているでしょう、ミズ・ディレイニー」エヴァーストン判事が口を固く結ぶと、唇をぐるりと囲むようにしわが寄った。「ミスター・キンデルがほんとうに聾者なら、弁護士が主張するように、被疑者の権利の告知に問題があったのは明白です」

公選弁護人は前のめりになっていった。「もうひとつ、わたしの依頼人の自宅で発見された物的証拠はすべて排除するよう、弁護側は要求いたします。というのも捜索が、不合理な捜索および逮捕・押収を受けることのない権利を保障する合衆国憲法修正第四条に違反しているからです」

ドレイが、手で押さえた口から、張りつめた小さな声を洩らした。「まさか、そんな」

ディレイニーは立ちあがった。「被告人がたとえ法律的に聾者であっても、法律的に拘束力のある同意はできるのだから、証拠は排除されるべきではありません」

「わたしの依頼人は耳が聞こえないのですよ、裁判長。いったいぜんたい、どうすれば聞こえもしない捜索押収の要求を理解し、自発的に同意できるというのですか？」

キンデルが振りかえって首をのばし、ティムとドレイを捜しあてた。キンデルの笑顔には悪意がなく勝ち誇ってもおらず、むしろさっき盗んだものを返さなくていいといわれた子供が浮かべるうれしそうな笑みのようだった。ドレイは面《おも》やつれし、蒼白になっていた。自分も似たような顔をしているのだろう、とティムは確信した。

「ミスター・キンデルを犯行現場と犯行に結びつける物的証拠は、ほかになにがあるのですか、ミズ・ディレイニー？」エヴァーストン判事は法服のひだから骨ばった指を出し、嫌悪をほとんど隠さないままキンデルを指さした。

「被告人の自宅で発見したもの以外にですか？」ディレイニーの鼻の穴がひろがっていた。首から胸の上のほうまで、肌がまだらに赤くなっていた。「なにもありません」

エヴァーストン判事は「くそ」と聞こえなくもない言葉を洩らして公選弁護人をにらんだ。「三十分間休廷します」と宣言すると、聴覚検査書を持って出ていった。法廷内にいる人々の半分が起立するのを忘れていることにも気づいていないようだった。

ドレイは嘔吐しようとしているかのように、両肘を腹にめりこませて前かがみになった。ティムはショックのあまり、耳鳴りがしていたし、視界の端がゆがんでいた。

休廷は何十年も続いたように感じた。ディレイニーはペンで神経質にメモ帳を叩きながら、ときどきティムとドレイのほうを振りかえった。ティムが呆然と座っていると、やがて廷吏がはいってきて静粛を求めた。

裁判官席につくとき、エヴァーストン判事が法服をたくしあげたので、きちんと腰をおろす前に、彼女の短軀がちらりとのぞいた。判事はしばらくのあいだ、とりかかるための気力をかき集めているかのように書類をながめていた。やがて口を開いたが、きびしい口調だったので、ティムは即座に、悪いニュースを告げようとしているのだとさとった。

「個人の権利の保護が問題になるとき、わたしたちは体制にたばかられているような気になることがあります。目的がいとわしい手段を正当化するとき、健康になるために自分の一部を殺すと知りながら目をつぶって薬をのまなければならないときには。本件はその一例です。本件はわたしたちが自由に生きるために払わなければならない犠牲です。不運な一部の人々が不公平にも払わなければならない犠牲なのです」判事は最後列のティムとドレイに向かって気の毒そうに会釈した。「上訴裁判所でくつがえされてしまうのが明らかな証拠を認めることは、誠実な判断とはいえません。聴覚検査書によってミスター・キンデルの耳が聞こえていないことが明白である以上、正式な読唇術の訓練を受けていない聾者が複雑なミランダ告知を理解し、家宅捜索の求めに応じて口頭で許可を与えたとは、とうてい信じられません。したがって、痛恨のきわみではありますが、自白とされている供述と、ミスター・キンデルの自宅で発見された物的証拠に関する証拠排除の申し立てを認めざるをえません」

ディレイニーがふらつきながら立ち、かすかに震える声でいった。「裁判長、自白と証拠を排除するという決定が下された以上、検察側は訴訟を維持できません」

エヴァーストンは嫌悪がこもった低い声で宣言した。「本件は却下とします」

キンデルはにやにや笑いながら、手錠をはずしてもらうために両手を上げた。

10

ティムの気分にあわせるように雨がふたたび降りだし、宵闇が迫るころには篠突く雨となって網戸と裏庭のシュロの葉を叩いた。ときおりの雷で窓がかたかた鳴った。ティムは黙ってカウチに座って、横手の引き戸をしたたり落ちる雨滴だけを映している、スイッチのはいっていないテレビを見つめていた。ドレイはティムのうしろのキッチンテーブルでスクラップブックにとりくんでいた。はさみを激しく動かし、ページを忙しく繰って、ジニーの写真の形をととのえては差しこんでいた。

ティムが親指だけを動かしてリモコンのボタンを押すと、画面に映像があらわれた。カリフォルニア大学ロサンゼルス校《UCLA》の売れっ子社会心理学者、ウィリアム・レイナーが分割された画面の左側で、ＫＣＯＭのニュースキャスター、メリッサ・ユエのインタビューを受けていた。陰気臭い書斎からの生中継で、レイナーは脚を組んで座っていた。白髪とていねいに手入れされた白い口ひげが、少々時代遅れだが端整な顔立ちをひきたてている。背後の本棚には、ベストセラーになったレイナーの最新のノンフィクション、『法が過《あやま》つとき』がずらりと並んでいる。レイナーは、多くのファンと、それと同じくらい多くの敵を持つタレント学者であり、マスコミ文化人だ。「……ロジャー・キンデルのような輩が法の裁きを受けないと、耐えがたいほどの無力感にさいなまれるんです。ご承知と思いますが、このような事件には、特に胸が痛みます。息子が殺され、殺人者が野放しになったとき、わたしはひどい抑鬱状態におちいりました」

ユエはわざとらしい同情顔でレイナーを見つめた。

「それがきっかけで、この問題に関心を抱くようになったのです」レイナーは続けた。「多くの人々から話を聞き、多くの研究に目を通しました。そして、こうした法律の不備について、またこうした不備が効率性と公平性をいかに損なっているかについて、人に説くようになりました。残念ながら、容易な解決策はありません。しかし、法律が誤っていれば、わたしたちの社会という布地がほつれていれば、それとわかります。警察と裁判所が正義を実現してくれると信じられなかったら、わたしたちにはほかにどんな手段が残されているでしょうか？」

ティムはリモコンを押してテレビを消した。二、三分黙って座っていたが、またボタンを押した。ユエはディレイニーに注意を向けていた。ディレイニーは、柄にもなくあがっていた。ティムはまたも電源ボタンを押し、映像の消えた画面でちらつく雨粒の影をながめた。

「ディレイニーはどうして、あいつが耳が聞こえないことに気づかなかったのかしら？」とドレイがいった。「だって、耳が聞こえないのよ。瞳の色をまちがえたんならともかく」

「以前の訴訟記録に惑わされたんだ。そのときは聞こえてたからね」

ドレイはまたもはさみを乱暴に動かし、写真の切れ端をひらひらと床に落とした。「あいつは四度逮捕されてるのよ。被疑者の権利を知らないわけがないじゃないの。あいつは被疑者の権利のプロよ。それに、どうしてファウラーは令状を待たなかったの？　ええ、わかってる──待つわけないわよね。権利を読みあげるときも、口頭で同意を得るときも、慎重にやったはずないわよね。だって、キンデルが裁判にかけられるとは思ってなかったんだもの。裁判はキンデルが耳が聞こえないせいで棄却になった──犯行現場にいたあなたたちのだれひとりとして、ゆっくりと確実に、万が一にもまちがいのないように逮捕しようとしなかったせいで棄却になったのよ」ドレイははさみをテーブルに叩きつけた。

「なによ、あの判事。判事がなんとかするべきだったのよ。なのにあっさりあきらめちゃって」

ティムは、まだドレイのほうを向かなかった。「まったくだ。憲法が謳《うた》う法のもとの平等なんて机上の空論なのさ」

「他人事みたいな分析はやめてよ、ティミー」

「ティミーと呼ぶな」ティムはリモコンをコーヒーテーブルに置いた。「なあ、ドレイ──こんなことしてたってなんにもならないじゃないか」

「なんにもならない？」ドレイは笑った。一本調子の笑い声だった。「わたしには、一日か二日くらい、なんにもならないことをする資格があると思わない？」

「いまはきみの攻撃にさらされたい気分じゃないな」

「それならどこかへ行って」

ティムは背中を向けていたおかげでドレイに顔を見られなかったことをありがたく思った。言葉を返すまでに、しばし間《ま》があいた。「そんなつもりで――」

「あの晩、キンデルの家まで行ったのなら、殺すべきだったんだわ。チャンスを逃さないで殺すべきだったのよ」

「ああ、おれがキンデルをバラしていれば、夫婦喧嘩をすることもなかったんだよな」

ドレイの表情がこわばった。「せめて、多少は気持ちにけりをつけられてたわね」

「気持ちにけりをつけるだなんて、トークショーの司会者と自己啓発本の作者のでっちあげた嘘っぱちさ。そもそも、ドレイ、きみは自分の銃を持ってるじゃないか。おれの判断が気にくわないなら、どうして自分で殺さないんだ？」

「いまは殺せないからよ。チャンスがないからよ。それに、わたしが真っ先に疑われるわ。ファウラーがお膳立てしてくれてたあなたのときとはちがうのよ。現場にはあいつの銃が残されることになってた。銃を置いておいて、容疑者が暴れだしたといえばすんだんじゃないの。そうすれば、謎の共犯者に苦しめられなくてすんだし、これから一生、キンデルを恨みつづけなくてよくなったのよ」ドレイはスクラップブックをばたんと閉じた。「正義が実現されてたんだわ」

ティムの声は低く平板で、ぎょっとするほど冷淡だった。「誕生日に、きみがジニーを学校まで迎えにいってれば、そんなふうに八つ当たりしなくてすんだんだけどな」

こぶしが右から飛んでくるまで、ティムは殴りかかられたことに気づかなかった。ドレイはカウチから転げ落ちたティムにのしかかってパンチの雨を降らせた。ティムはドレイを蹴り飛ばし、ごろんと転がって立ちあがったが、倒れこんだ先がカウチだったのでダメージを受けなかったドレイはすぐにまた飛びかかってきた。ドレイは右を繰りだしてきたが、ティムは左手でドレイの手首をひっかけ、右手で肘を固めた。ドレイは勢い余って本棚に激突した。本と写真立てがふたりに降りそそいだ。なにかが砕けた。ドレイはすぐに立って、ティムに向かってきた。ドレイはしっかりと訓練を積んだ保安官補として戦った。あたりまえの話だが、ティムはドレイにこのような能力があるとは思ってもいなかった。ドレイに怪我をさせないように、ティムは手首を決めたまま押さえこみ、両腕とも動かせないようにした。ふたりはよろめきながらあとずさり、ティムは背中を壁に打ちつけた。肩甲骨が石膏ボードに穴をあけたが、ティムはドレイを放さなかった。足をドレイの足首にかけると同時に体をうしろにひき、ドレイを絨毯を敷いた床にばったりとあおむけに倒した。ティムが馬乗りになると、ドレイは叫び声をあげながらもがいた。ティムは股間を守るために腰をひねり、嚙みつかれたり頭突きをされたりしないように、下げた頭でドレイの頭を押さえた。冷静沈着なファイターのティムは一から十まで理詰めに戦ったので、逆上してわれをうしなったドレイに勝ち目はなかった。

ドレイは罵詈《ばり》雑言《ぞうごん》を浴びせながらじたばたしたが、ティムは頭を下げたまま、ドレイのフルネームを呪文のようにくりかえし、おだやかな声で、おちつくように、深呼吸するようにいった。もがくのをやめたら放すと請けあった。ドレイの顔は熱かった。汗と怒りの涙でまみれていた。

嵐は静まって、弱い雨になっていた。雨がしとしとと屋根を叩く音を破るのは、ときおりのドレイののしりをまじえた、ティムのつぶやきだけだった。五分、あるいは二十分がたった。ティムはようやく、怒りがおさまったと確信して、ドレイを放した。ドレイは立ちあがった。ティムはおそるおそる、ドレイに食らった強烈な一撃で腫れている目のまわりの皮膚に触れた。ふたりは荒い息をつきながら、ガラスの破片と床に散らばった本ごしに見つめあった。

呼び鈴が鳴った。もう一度鳴った。

「おれが出る」ティムはそういうと、ドレイから目を離さず、ゆっくりとあとずさって玄関まで行き、ドアをあけた。

マックとファウラーが、腕を組んで立っていた。マックはファウラーの小さな保安官補の帽子を、ベレー帽のようにちょこんと頭に載せ、ファウラーはつばで目が隠れてしまうマックの帽子をかぶっていた。家庭内暴力の通報に対する常套手段――当事者を笑わせてしまうという手だ。

ファウラーは帽子をうしろへ傾け、だれもおもしろがっていないことに気づいた。屋内の荒れようを目にとめたとたん、顔色が変わった。「その、となりのハートリー家から苦情の電話があったんだ。喧嘩してたのか？」

「ええ」とドレイは答えて鼻血をぬぐった。「もうちょっとでわたしが勝つところだったわ」

「でも、もうおさまった。来てくれてありがとう」ティムはそういってドアを閉めようとしたが、ファウラーが足先を差し入れた。

マックがティムの背後のドレイに、「だいじょうぶかい?」とたずねた。

ドレイは腕をだらりと垂らして、「最高の気分よ」と答えた。

「まじめに答えてくれ、ドレイ。ほんとにだいじょうぶなのか?」

「ええ」

「できれば報告はしたくないんだ」ファウラーがいった。「おれたちが行ったら、また喧嘩をはじめたりしないよな?」

「ええ」ドレイが請けあった。「ぜったいに」

「わかった」ファウラーは視線をドレイの顔からティムの顔に移した。「つらいのはわかるけど、おれたちがまた来なくちゃならないようなことはしないでくれよ」

マックもティムを見つめた。心配そうだったマックの表情が怒りのそれに変わった。自分に不利に見えるのはわかっていたが、それでもティムは、マックの責めるような目に思わずむっとした。

「本気でいってるんだぞ、ラック」とマックがいった。「この家からかすかにでも悲鳴が聞こえたら、このおれがあんたをしょっぴくからな」

マックとファウラーは、雨のなか、背中をまるめながらパトカーにもどっていった。ティムはドアを閉めた。

「ジニーを迎えに行かなかったのはわたしの落ち度じゃないわ」ドレイの声はしゃがれていた。「そのことでわたしを責めないで。わかるわけなかったじゃないの」

「まったくだ」とティムは応じた。「ごめん、おれが悪かった」

ドレイはまた鼻をぬぐってトレーナーの袖に黒っぽい汚れをつけると、ティムの横を通って玄関から出た。そして雨に打たれながら足を止め、くるりと向きを変えてティムに向きあった。髪が頰に張りつき、顎に血がついていた。瞳は、ティムが見たこともないほど美しい緑色に輝いていた。「まだあなたを愛してるわ、ティモシー」

ドレイは力いっぱいドアを閉めた。その勢いでティムの横の壁から塗料のかけらが剝がれ落ち、戸口の固いタイルにぶつかってドアのふちが壊れた。

ティムは惨憺《さんたん》たるありさまの居間を通りぬけると、キッチンテーブルの椅子を持ちあげて向きを反対にし、雨が打ちつけているスライドドアに向けて置いた。腰をおろし、前かがみになって額をひんやりしたガラスに押しあてた。雨風が、いったん静まる前よりも強くなっていた。ちぎれたシュロの葉が裏庭に散らばっていた。芝生の上で横倒しになっているジニーの自転車の補助輪が、風に吹かれてゆるゆると回転していた。闇は有害な実質を備えていて、屍衣さながらに家をつつんでいるように感じたが、ティムにはそれが、自分を罰したいという欲求のあらわれである、陰鬱さの陳腐なイメージ化にすぎないのがわかっていた。

補助輪は回転しつづけた。キーキーという回転音が、雨音にかき消されることなく聞こえていた。泣き妖怪《バンシー》の泣き声のようなその音は、ここしばらくの背信のひとつひとつを糾弾《きゅうだん》していた。まるでそれまでと異なる光がティムの人生を照らし、枠が混沌に偽りの形を与えていたという実態を明らかにしたかのようだった。ティムにはもはや未来を保証してくれる娘もなく、つなぎとめてくれる職もなく、人間性を裏づけてくれる妻もなかった。ティムは自分がうしなったあれやこれやの不公平さに打ちひしがれた。世界との契約を守るためになんでもやってきたのに、ティムは漂流していた。

ティムは両手に顔をうずめ、自分の湿った息を吸いこんだ。椅子をぐいとうしろに押しやると、キーッという音がした。ティムは胸いっぱいに空気を吸おうとして、二度、ひっかかった。いまにもむせび泣いてしまいそうだった。

呼び鈴が鳴った。

ティムは凄まじいまでの哀しみに襲われて「アンドレア」と呼びかけた。そして、本につまずきそうになりながら、小走りに居間を通り抜けた。

勢いよくドアをあけた。ポーチの向こう端に立つ男のおぼろな輪郭が見えた。雨がレインコートを叩いている。内側に丸まった暗緑色の防水帽の幅広のつばで、顔が陰になっていた。ぱっと見にはわからないほどかすかに、体が傾いていた。老化のあらわれか、病気のきざしかもしれない。その姿がほんの一瞬、ストロボじみた光に照らしだされた。見えないところで稲妻が光ったのだが、口と顎のあたりが見分けられただけだった。雷鳴が大気にひろがり、振動がティムの足を下から上へと伝った。

「どなた？」

男が顔を上げた。ビニール製の帽子の斜めになったつばを、水が筋をひいて流れ落ちた。

「答えだよ」と男はいった。

11

「からかわれることも、同情されることも、好奇の目で見られることも好きじゃないんだ」とティムはいった。「好きに解釈してくれ——悲嘆に暮れる父親でも、血に飢えた連邦保安官補でも。もう会ったんだから、テレビ局でも、ロータリークラブでも、教会でも、来たところへ帰って、やるだけはやったと上役に報告してくれ」

ティムはドアを閉めようとした。男は手袋をしていない握りこぶしを持ちあげ、年のせいでふしくれだった手のなかに咳をした。そのしぐさがやけに弱々しかったので、ティムは動きを止めた。

男はいった。「わたしもその手の連中を憎んでいるんだ。そのほかさまざまな連中を」

雨に打たれ、風で服がはためいているにもかかわらず、男はじっと立ちつくしていた。その姿は、三文ミステリー小説の私立探偵のイラストのようだった。ドアを閉めるべきなのはわかっていたが、どうしたわけか、心のなかに好奇心と衝動に似たなにかが湧いてきて、ティムは思わずいってしまった。「なかにはいって、帰る前に体を拭いてったらどうだ？」

男はうなずくと、ティムに続いて家にはいり、なにもいわずに床に散らばっている本と写真立てをまたいで歩いた。ティムはカウチに座り、男はその正面のふたりがけソファに腰をおろした。男は帽子を脱ぎ、新聞のようにまるめて両手で握った。

肌が年のせいでざらついた感じになっていたが、男は知的そうな顔をしていた。そのいかつい容貌のなかで、ものやわらかなのはあざやかに青い瞳だけだった。部分的に鋼色《はがね》になっている黒い髪は、短く刈ってきちんとととのえられていた。男は、老いによって急速に衰えた、どことなくいびつにやつれた筋肉質の肉体の持ち主だった。若いころはさぞかしたくましかったんだろうな、とティムは思った。男が冷えきった太い指をいくらかでも温めようと手をこすりあわせると、きしるような音がした。五十代後半だろう、とティムは踏んだ。

「で？」

「ああ、用件だね？　質問をしに来たんだよ」男は手をこすりあわせるのをやめて、顔を上げた。「ロジャー・キンデルと十分間、ふたりだけでいられるとしたらどうする？」

ティムの胸の鼓動が一気に高まった。「あんたの名前は？」

「いまのところ、それは重要じゃない」

「あんたがなにをたくらんでるのか、さっぱりわからない。だが、おれは連邦保安官補だぞ」

「元連邦保安官補だろう。だが、それも無関係だ。これは」――男は両手をさっとひろげた――「ただの仮定の話さ。それ以上じゃない。きみは犯罪を計画しているわけでも、まして実行しているわけでもない。もしもそうだったらどうするかと質問しているだけだよ。わたしには、なにかを実行する手段も意図もない」

「ペテンにかけようとするなよ。ひどい目に遭わされるのはかまわないが、ペテンにかけられるのは大嫌いなんでね。はったりじゃなく、ありとあらゆるペテンを心得てるんだ」

「ロジャー・キンデル。十分間」

「帰ってもらったほうがよさそうだ」

「十分間、ふたりだけでいられるんだぞ。さあ、じっくり考えてくれ。結婚は危機に瀕しているし——」

「なんで知ってるんだ？」

男はカウチの、ティムが座っている横に置いてあるシーツと枕をちらりと見てから続けた。

「職はうしなったし——」

「いつから監視してたんだ？」

「——娘さんを殺した男は自由の身になった。もしもあの男を、ロジャー・キンデルを好きにできるとしたら、どんな気持ちになると思う？」

ティムは体内になにかが生じ、それが怒りに変わるのをおぼえた。「どんな気持ちになるかだって？　見分けがつかなくなるまでキンデルの顔をぶん殴ってやりたくなるだろうさ。だが、おれは自警団きどりのばかな警官でも、銃をぶっぱなすことしか考えてない田舎の郡保安官補でもない。おれの望みは、娘の身にほんとうはなにが起こったかを知ることであって、後先を考えない復讐じゃないんだ。おれは、法を支えているはずなのに個人の権利を踏みにじるやつらにも、個人の権利を盾にする見下げはてたゲス野郎どもにもうんざりしてる。命をかけて守ってきた体制が崩壊するところを目のあたりにしてるのに、それに替わるべき体制がないことに腹をたててる。くちばしを突っこんできてあれこれいうくせになんの解決策も示さないあんたみたいな連中にうんざりしてるんだよ」

ほほえんだわけではなかったが、表情が変化して、男がティムの反応に満足したのがわかった。男はコーヒーテーブルに名刺を置き、ポーカーチップでもあるかのように二本指でティムのほうへ滑らせた。ティムが名刺を手にとると、男は立ちあがった。名刺に名前はなく、飾りけのない字体で黒く、ハンコックパークの住所が記されているだけだった。

ティムは名刺をふたたびテーブルに置いた。「なんだ、これは？」

「興味があったら、その住所に、あしたの午後六時に来てくれ」

男が玄関に向かいはじめたので、ティムはあわてて跡を追った。「なにに興味があったらなんだ？」

「力を与えられることに」

「なんなんだ、いったい？　いんちき自己啓発セミナーか？　それともカルト教団か？」

「まさか」男は白いハンカチを口にあてて咳をした。そして男が手を下げたとき、ティムはハンカチに血が点々とついていることに気づいた。男はハンカチをまるめ、すばやくポケットに押しこんだ。男は玄関に着くと、向きを変えてティムに手を差しだした。「会えてうれしかったよ、ミスター・ラックリー」
ティムが手をとらないと、男は肩をすくめ、雨のなかへ出ていった。靄《もや》にまぎれて、男はたちまち見えなくなった。
ティムはできるかぎり居間を片づけた。本を本棚に並べなおし、木工ボンドと万力で割れた棚を修理した。細心の注意を払って寸法を測った石膏ボードで壁の穴をふさいだ。ドレイとのとっくみあいのせいで背中に違和感があったので、ガレージへ行って、しばらくのあいだ逆さになることにした。腕を組んで蝙蝠《こうもり》よろしくぶら下がりながら、油染みのあるガレージの床ではなく外の風景が見られればいいのにと思った。背中に痛みを感じながらドレイの懸垂バーから降りると、家にもどって掃除機でガラスの破片を吸いこんだ。ひとわたり終えてから、吸い残しのかけらがないように、もう一度掃除機をかけた。コーヒーテーブルの名刺を無視しようと努めていたが、つねに意識にひっかかっていた。

とうとう、ティムはテーブルに近づき、腰をかがめて名刺を見おろした。まっぷたつに裂き、キッチンシンクの下のごみ箱に放りこんだ。そして電灯を消し、腰をおろして裏庭に降りつづけている雨をながめた。手入れの行き届いた庭が泥沼に変わっていた。ちぎれた葉が芝生に散らばり、あちこちに黒っぽい水たまりができていた。

何時間もたってから帰ってきたドレイはティムに声をかけなかったし、ティムも振りかえらなかった。ドレイが闇のなかでティムに気づいたかどうかもさだかではなかった。ドレイは不規則な重い足どりで廊下を歩いていった。

ティムはそれから数分間座りつづけてから、立ちあがってごみ箱から引き裂いた名刺をとりもどした。

12

ティムは速度をゆるめることなく通りすぎた。豪邸とまではいかないが大きなチューダー様式の家が、錬鉄製のフェンスの向こうにそびえていた。車が三台おさまる独立したガレージのわき、レクサスとメルセデスのとなりに、トヨタのトラックとリンカーン・タウンカーとクラウン・ヴィクトリアが停められている。三本の煙突のうち二本が煙を吐きだしており、一階のカーテンがひかれた窓から明かりが洩れている。会合が、それも人口統計学的に雑多な人間たちが参加している会合が開かれているのだ。ティムが二、三時間前に通りすぎたときには高級車しか停まっていなかったので、アメリカ車はそのあとにやってきたことになる。

その家の所有者はスペンサー信託になっていた。そして案のじょう、それ以上はなにもわからなかった。信託財産は跡をたどるのが難しいので有名だ。関係書類がどこにでもあるわけではなく、弁護士か会計士の事務所のファイルキャビネットのなかにしか存在しないからだ。受託者のフィリップ・ヒューヴェインという弁護士は、ワイト島のオフショア法律事務所のパートナーだった。国税庁の知りあいにもたずねたが、くわしい情報は明日にならなければ手にはいらないという返事だった。明日になってもどうせたいしたことはわからないだろう、とティムはあきらめていた。

ティムは角を曲がり、ブロックを一周した。ハリウッドの南、ダウンタウンの西に位置する保守的で裕福なハンコックパークは、ロサンゼルスでもっとも巧みに東海岸風洗練を実現している地区だ。夕闇にぼんやりと浮かぶ大きな家々のほとんどは、一九二〇年代に、中産階級の侵入のせいでパサデナの環境が悪化したあと、富裕なＷＡＳＰ（アングロサクソン系プロテスタントの白人）によって建てられたものだ。仰々しい煉瓦造りの郵便受けとおちついたイギリス風の外装にもかかわらず、家々はタバコを吹かしている尼僧とでもいえばいいのか、どことなく自由奔放な雰囲気があった。ロサンゼルスでは、あらゆる事柄に新たなひねりが加わるのだ。

問題の家にふたたび近づくと、ティムは私道に車を入れた。インターホンのボタンを押すと、大きな門が開いた。ティムはＢＭＷを駐車すると――万が一、すみやかに退散しなければならなくなったときのために、車は門の外に置いておきたかった――黒いバッグを肩にかけて玄関に向かった。ドアはオーク材で、中空ではなく全体に芯がはいっていた。ドアノブは重さが五キロもありそうだった。

ティムはシグをいじって、右の腎臓の上あたりで、すばやく抜けるようにグリップが外へ張りだしている形にしてジーンズにおさめた。シグのグリップの根元の撃鉄のすぐ下に輪ゴムを何本か巻いて、拳銃がジーンズのなかに滑り落ちないようにしておいた。三五七のようにはしつくりしなかった。

ティムはノッカー——薄気味悪いほど細長い真鍮の兎《うさぎ》——を持ちあげて、手を離した。家のなかで音が反響し、聞こえていたかすかな話し声がやんだ。

ドアがあいてウィリアム・レイナーがあらわれた。ティムは驚きをすばやく押し隠した。レイナーは、きのう、テレビでインタビューを受けているのをティムが見たとき着ていたのとよく似た高級スーツに身をつつみ、匂いからしてジントニックらしきものがはいったグラスを持っていた。

「ミスター・ラックリー、来てくれてありがとう」レイナーは手を差しだした。実物のレイナーは、いかにもいたずら好きそうな顔をしていた。「ウィリアム・レイナーです」

ティムは差しだされた手を左手で払いのけ、隠しワイヤーがないかとこぶしを握った右手でレイナーの胸と腹を軽く叩いた。

レイナーは愉快そうにティムを見た。「けっこう、けっこう。慎重なのはいいことだ」そういってうしろに下がり、ドアを大きく開いたが、ティムはポーチから動かなかった。「さあ、ミスター・ラックリー、なにもパイプで殴るためにわざわざ来てもらったわけじゃないんですから」

ティムは用心深く玄関ホールにはいった。薄暗く、本物の油絵が何枚も飾られ、ダークウッドがふんだんに使われていた。昇り口の親柱に凝った彫刻がほどこしてある、ゆるやかな弧を描く階段には、真鍮の鋲《びょう》でとめた絨毯が敷いてあった。ティムを振りかえることなく、レイナーはとなりの部屋へはいっていった。ティムは玄関ホールをひとまわりしてからあとに続いた。

五人――レイナーを含めて――の男とひとりの女が、凝ったつくりの肘かけ椅子と味が出た革のクラブソファに座ってティムを待っていた。男のふたりは三十代後半のふたごだった。青い目は眼光鋭く、濃いブロンドの口ひげをたくわえ、ポパイ並みにふくらんでいる前腕部は赤っぽいブロンドの毛でおおわれていた。アクションフィギュアを思わせる、信じられないほどたくましい体格で、胸板はぶ厚く、広背筋はみごとな先細になっていた。身長は平均的で、百八十センチ弱というところ。そっくりだったが、ひとりのほうがどことなく一本気な激情型の度合いが強いように思えた。そっちのほうはグラスの水を、まるでスコッチであるかのように飲んでいた。断酒会《アルコホーリクス・アノニマス》のプログラムの十二段階をそらんじているのかもしれない。

瓶底のような太い黒縁の眼鏡をかけた痩せた男が、カウチに腰かけていた。顔は、布人形のように丸くてやわらかそうだった。その男が着ているテレビドラマ《私立探偵マグナム》のTシャツは、おちついた色合いの家具ばかりの室内で、先の尖ったぴかぴかの禿頭と同じくらいめだっていた。顎がほとんどなく、鼻もとんでもなく小さかった。上唇に口蓋裂の治療跡があった。カウチのクッションのあいだに入れていた小さな手をさっと上げて、男は指のふしで眼鏡を、あるかなきかの鼻梁《びりょう》に押しあげた。男のとなりには昨夜の訪問者が腰かけていた。

ティムの正面の肘かけ椅子に座っている女は、背後の暖炉にすっぽりおさまっているように見えた。堅苦しい感じだが魅力的だった。薄いカーディガンがほっそりした女らしい体をひきたてていた。一九五〇年代の秘書の顔からむしりとったような眼鏡をかけていた。アップにした髪を、二本の黒い棒できれいにまとめていた。グループ最年少で、二十代後半とおぼしかった。

四方の壁が、床から高さ六メートルの天井までの本棚で埋められていた。奥の壁ぞいにとりつけてある真鍮の棒に、図書館用のスライドはしごがかけてあった。本は整然と分類されていた――法律関係の本も、社会学の学会誌も、心理学の専門書もあった。レイナーの自著が並んでいる棚を見たとき、きのうの夜、KCOMはこの書斎からレイナーのインタビューを中継していたことにティムは気づいた――セットのように見えていたが、そうではなかったのだ。レイナーの著作は、どれも八〇年代のテレビ映画のような題名がついていた――『暴力が奪ったもの』、『はばまれた復讐』、『深淵を越えて』などなど。

奥の隅に書き物机があった。その上に、目隠しをし、秤《はかり》を持った正義の女神像が置いてあった。そのわざとらしい小道具は、ほかの家具類から浮いていた。テレビのためか、ティムのために用意されたものだろう。

女がそっけなくほほえんだ。「その目はどうしたんですか?」

「階段から落ちたんだ」ティムはペルシャ絨毯にバッグを置いた。「記録に残すためにいっておくが、まだなんにも同意してないからな。いまのところ、目的をいっさい知らない、この集まりの様子をうかがいに来ただけだ。それでいいな?」

五人の男とひとりの女がうなずいた。

「声に出して返事してくれ」

「ええ、それでかまいません」とレイナーは詐欺師の気安い愛想のよさでにっこりほほえんだ。ティムがよく知っているタイプだった。

レイナーがティムの背後にまわってドアを閉めると、女がいった。「まず、なによりも、娘さんのこと、お悔やみを申しあげます」その言葉には心がこもっているように、女自身の悲しみがこもっているように聞こえた。こんな状況でなければ心を動かされていただろう。

昨晩訪問してきた男が椅子から立ちあがった。「来てくれると思っていたよ、ミスター・ラックリー」男は歩みよってきてティムの手をとった。「フランクリン・デュモンだ」

ティムは隠しマイクがないかとデュモンの体を探った。デュモンが身ぶりをすると、ほかの者たちはボタンをはずしたり頭から脱いだりして胸をさらした。ジムで鍛えてひきしまったふたごの上半身は、けばけばしいTシャツを着ていた男の貧弱なそれと好対照をなしていた。女も例外ではなかった。カーディガンと白のブラウスを脱ぎ、レースのブラジャーをあらわにした。おもしろがっているような笑みを口元に浮かべながら、女はひるむことなくティムの視線を受けとめた。

ティムはバッグから電波探知機をとりだすと、壁ぞいに歩きながら、デジタル送信機がないかと壁を電波探知機で探った。コンセントと窓のわきの床置き振り子時計は、特に念入りに調べた。六人の男女は興味深げにながめていた。

電波探知機は、会話が録音されていることを示す音を発さなかった。

レイナーはかすかな笑みをたたえながらティムを見ていた。「満足しましたか？」

ティムが返事をしないと、レイナーはいかついふたごに会釈した。レイナーがさっと手を振ると、ふたごの片割れが、ティムの手首からGショックをはずした。兄弟が放ったGショックを受けとると、もうひとりのふたごはシャツのポケットから小さなドライバーをとりだし、腕時計の裏蓋をはずした。そしてピンセットで超小型デジタル送信機をひきだし、それをポケットに入れた。

派手なTシャツの男がかん高くてしゃがれた、何種類もの軽い言語障害のせいで聞きとりにくい声でいった。「あんたが門を通ったときに信号を切っておいたのさ——だからさっきは探知できなかったんだ」

「いつから盗聴してたんだ？」

「娘さんの葬式の日からだよ」

「プライバシーを侵害したことは謝罪する」とデュモンがいった。「だが、確かめておかなければならなかったんだ」

発砲審査も、タニーノとの対決も、昨晩の殴りあいの夫婦喧嘩も筒抜けだったのだ。ティムは動揺を鎮めようとしながら、「なにを確かめなきゃならなかったんだ？」とたずねた。

「座ってくれ」

ティムはカウチに向かおうとしなかった。「あんたらは何者だ？　どうして盗聴なんかしてたんだ？」

ふたごの片割れは最後のねじを締めおえると、腕時計をティムへ、勢いよく放り投げた。ティムは顔の前で受けとめた。

「ウィリアム・レイナーは知っているな?」デュモンがいった。「社会心理学者で、心理学と法律の専門家で、悪名高い社会評論家だ」

レイナーは謹厳さを装って眼鏡を押しあげながら、「著名な社会評論家といってほしいな」といった。

「あの女性は教授の愛弟子《まな》で助手のジェナ・アナンバーグ。わたしは引退したボストン市警重大犯罪課の巡査部長。あのふたりは元デトロイトの刑事で特捜班のメンバーだったロバートとミッチェルのマスターソン兄弟。ロバートは射撃の名手で、SWATでも指折りのスナイパーだった。ミッチェルは爆発物処理班の爆弾の専門家だった」ややあって、ミッチェルがしぶしぶ会釈した。ティムの腕時計をはずしたロバートは、ティムをにらむばかりだった。

ロバートの挑戦的な態度と鋭い表情を見て、ティムはグリーンベレー時代の格闘の教官を思いだした。ティムはその教官から、至近距離で敵と正対したときに使える、腰をひねりながら沈めて勢いをつけた痛烈なパンチを相手の股間に振りおろすという技を教わった。そのパンチを食らうと、床に落としたディナープレートのように骨盤が砕けてしまいかねない。教官によれば、そのパンチがまともにはいってこぶしが恥骨の先端にあたると、ペニスがちぎれることもあるという。その話をしたときの教官の笑顔は、奇妙な欲望と鮮明な記憶を物語る独特の輝きを発していた。

マスターソン兄弟は危険だった。怒りを発散しているからではなく、長年の訓練と戦闘経験のおかげでティムにはわかるのだが、恐れ知らずだからだった。どちらのふたごの目にも陰気なぎらつきがあった。

デュモンは続けた。「そしてそっちはストークことエディ・デイヴィス。ストークはFBIで音声分析と法錠前学を担当していたんだ」

小男は、ぎこちなく手を振ってから、その手をまた、カウチのクッションのあいだに差しこんだ。季節を考えると、鼻が日焼けしていることは、コウノトリ《ストーク》というニックネームに負けず劣らず不可解だった。

デュモンがティムの背後にまわりこんだので、ティムはデュモンが視界からはずれないように、こころもち体をひねった。「そして〈委員会〉のメンバー諸君、こちらのミスター・ティモシー・ラックリーは、制服にレンジャー記章をつけていた元一等軍曹だ。そして以下のような軍事訓練を受けている。近接格闘、夜間移動、SEREすなわちサバイバル・回避・抵抗・脱出、高々度降下・低高度開傘、落下傘部隊降下指揮、降着誘導、陸路運行、狙撃、爆破、スキューバ、市街戦、山岳戦、ジャングル戦。なにか抜けているかね？」

「いくつかね」ティムは奥の壁にかかっているアンティークの鏡を目にとめ、そちらに向かった。途中でデスクからペーパーナイフをとった。

「なにが抜けていたか教えてくれ」

ティムはペーパーナイフの先で鏡に触れた。先端と反射像との間隔からして、問題はなさそうだった。マジックミラーだと、間隔がまったくないのだ。ティムはペーパーナイフをデスクにもどした。「以前から、資格は過大評価されてると思ってるんだ」

「というと？」

ティムは唇の内側を噛んだ。いらだちがつのっていた。「資格となると、みんな真剣になりすぎるのさ」

ロバートが立ちあがり、含み笑いをしながら腕を組んで書棚にもたれかかった。そのTシャツの両袖にくぼんだ指の跡がついていたので、二頭筋を通すために、まず袖をひろげておいてから着たことがわかった。ふたごはどちらも、まだひと言も口をきいておらず、凄みをきかせるばかりだった。頬の紅潮から、ふたりが興奮しているのがわかった。ティムはレンジャー時代にふたりのようなタイプをよく知っていた。有能で生気にあふれていて理想と信じるものに凄まじく忠実なタイプ、無慈悲になることを恐れないタイプだ。

デュモンはほかの者たちに向きなおって続けた。「連邦保安局に入局してからの三年間で、ミスター・ラックリーは優秀局員として三度表彰され、殊勲賞を二度受賞し、同僚の連邦保安官補、ミスター・ジョージ・〝ベア〟・ジョワルスキーの命を救ったことに対してフォーサイス勲功章を受章している。おととしの九月、ミスター・ラックリーはクラック密売所の壁を蹴破って、銃撃を受けながらも負傷したミスター・ジョワルスキーを救いだし、安全なところまで運んだんだ。まちがいはないかね、ミスター・ラックリー？」

「ハリウッド的に脚色されているが、そのとおりだよ」

「どうして陸軍特殊部隊を辞めたんだ？」デュモンがたずねた。「どうしてデルタ・フォースをめざさなかったんだね？」

「もっと家族と過ごす時間が――」ティムは唇を噛んだ。レイナーがなにかいいかけたが、ティムは片手を上げた。「いいか、よく聞いてくれ。おれをここへ呼んだ理由を教えないと、帰らせてもらう。いますぐに」

　男たちとアナンバーグは顔を見合わせ、なんらかの同意にいたったようだった。デュモンがどっかりと椅子に腰をおろした。レイナーが上着を脱いで末ひろがりになった袖口で金のカフスボタンが光っているしゃれたシャツ姿になり、上着を肘かけ椅子の背にかけた。そして手にしたグラスの氷を鳴らしながら、ティムの前まで歩いてきた。

「わたしたちには共通点があるんですよ、ミスター・ラックリー。あなたを含めて、この部屋に集まった全員に。わたしたちはみな、家族を殺した犯人が法律の抜け穴のせいで裁きを受けなかったという経験の持ち主なんです。手続き上の瑕疵《かし》や物証保管の継続性の喪失や捜査令状の不備などのせいで。この国の裁判所は、ときとして機能不全におちいる。制定法と新たな判例法でがんじがらめにされて、身動きがとれなくなっているんです。だから〈委員会〉を組織したんですよ。〈委員会〉は法律を厳密なガイドラインとして運営されています。合衆国憲法とカリフォルニア州刑法がわたしたちの基準です。〈委員会〉は、技術的問題のせいで被告が刑罰をのがれた死刑事件を再検討します。わたしたちは判事と陪審員と死刑執行人という三つの責任を負うんです。全員が判事にして陪審員なんです」レイナーの眉毛が寄って、一本の銀色の線になった。「そしてあなたには、死刑執行人になってもらいたいんですよ」

デュモンは両腕を使って椅子から立ちあがった。そしてデスクのうしろの酒瓶がずらりと並んでいる棚へ向かった。「なにか飲むかね、ミスター・ラックリー？　わたしは一杯やらずにいられない気分なんだ」とウインクをした。

ティムはひとりひとりの顔を見つめて、ジョークの兆候を捜した。「本気なんだな？」自分は質問したのではなく確認したのだ、とティムは気づいた。

「これほど手のこんだいたずらをするには大変な手間がかかる」とレイナーがいった。「わたしたちはそれほど暇じゃない、といえば充分じゃありませんか？」

振り子時計の音がちょっぴり神経にさわった。

「さて、ミスター・ラックリー」デュモンがいった。「きみの返事は？」

「《ダーティハリー》の観すぎじゃないのか？」ティムは電波探知機をバッグに放りこんでファスナーを閉めた。「自警団じみた復讐なんかにかかわりたくないね」

「それは誤解です」とアナンバーグがいった。「そんなことを頼んだりしていません。自警団は法律を無視しますが、わたしたちは法律を遵守しているんです」アナンバーグは脚を組み、両手を膝の上で組みあわせた。心地いい声で、訓練を受けたアナウンサーのように滑舌がよかった。「ミスター・ラックリー、わたしたちはすごく恵まれているんです。その事件の理非曲直と被告の有責性だけを考えればいいんですから。裁きを下す妨げにならないように、形式的な手続きに気を配る必要がないんです。裁判所はしばしば、理非曲直とは無関係に判決を下さざるをえなくなります。裁判所は、必ずしもその事件だけを考えて判決を下すわけじゃありません——将来、政府が違法だったり不当だったりする行為におよぶ危険をとりのぞくほうを優先することもあるからです。一度でも令状に付された条件やミランダ告知をないがしろにしたら、それが前例となって、政府が個人の権利を無視しはじめる恐れがあると知っているからです。それは配慮せざるをえない当然の懸念なんです」アナンバーグは両手をひろげた。「裁判所にとっては」

「憲法が保障している権利を侵すことにはならない」とデュモンがいった。「〈委員会〉と憲法上の権利は矛盾しない。〈委員会〉は国家じゃないからな」

「あなたは、捜索・押収に関する憲法修正第四条がどれほど厄介な問題をひきおこしているかを、身をもって体験しています」レイナーがいった。「警察の誠実な努力ではどうにもならないところまで達しているんです。体制をどうにかつくろっているのは、自分たちは法律を超越していると思っている腐れ警察官どもでも、あたりさわりのない判決しか出さない腰抜け判事どもでもありません。それはあなたやわたしのような男女、良心と公徳心を持ちあわせていて、被疑者の権利を侵害することに対する神経症的な恐れによってぼろぼろになっている体制を支えようとがんばっている人々なんです」

ロバートがついに、両手をひろげて嫌悪を示しながら、タバコのみの声で口をはさんだ。

「正直な警察官が引き金をひいたって、内部監察だの発砲審査委員会だのにつきまわされるんだからな……」

「それだけじゃなく、刑事事件だの民事事件だのにもなりかねないんだ」とミッチェルが続けた。

デュモンの冷静な口調が、ふたごの鋭さをいくらかやわらげた。「われわれにはそういう人々が、新しいやりかたが必要なんだ。そしてそれ以上のものが」

「わたしたちは、法律の文字面に縛られる代わりに、その精神に忠誠を誓っているんですよ」レイナーはデスクの上の目隠しをした正義の女神像を身ぶりで示した。小道具だ。

ティムは説得がきっちりと練りあげられたものだということに気づいた。気おくれを感じさせることを意図した豪華な部屋、簡潔に組み立てられた議論、法律用語と論理をたっぷり盛りこんだ語り口——ティム好みの語り口。ひとりが話しているあいだ、ほかの者は邪魔しなかった。そうやって巧みに策略をめぐらしていても、彼らからは周到さと正義感も感じとれた。ティムは、セールスマンの売りこみ口上を不快に感じながら、車に興味を惹かれている客のような気分になっていた。

「あんたらは同輩である陪審員（同輩である陪審員とは、地域の一般市民から無作為に選ばれた陪審員を意味する）じゃないじゃないか」とティムは指摘した。

「そのとおり」レイナーが答えた。「わたしたちは知性と見識を備えた市民である陪審員ですよ」

ロバートがいった。「あんたが陪審員を見たことがあるかどうか知らねえが、おれにいわせりゃ、あんなやつらは同輩じゃねえよ。平日にほかにやることがなくて、義務をのがれる口実をでっちあげる頭もねえくそ野郎どもさ」

「でも、あんたらには偏見がないとはいえないじゃないか。あんたらのやりかたにも欠陥がある」

「なんにでも欠陥はある」レイナーはいった。「肝心なのは、わたしたちのやりかたのほうが欠陥がすくないということじゃありませんか？」

ティムは返事をしなかった。

「座って話しませんか、ミスター・ラックリー？」アナンバーグがいった。

ティムは動こうとしなかった。「捜査力はあるのか?」

「そこがこのやりかたのうまいところでね」レイナーがいった。「検討するのは、すでに法廷にかけられ、被疑者が手続き上の瑕疵によって無罪放免された事件だけなんですよ。そういう事件の場合、たいてい、事件要録や公判記録や捜査資料に詳細な証拠と報告が記録されていますからね」

「記録されてなかったら？」

「記録されていなかったら、その事件には手をつけません。自分たちの限界はわきまえています——複雑な捜査をしたり、証拠を集めたりする能力がないことは承知しています。もしも証拠がそろっていなかったら、喜んで判決にしたがいますよ」

「裁判資料や捜査資料は、どうやって手に入れるんだ？」

「裁判資料は公文書です。しかし、わたしには調査したい事件に関する文書を送ってもらえる

──親しい友人の──判事が何人かいるんです。彼らはわたしの著書の謝辞に名前が載るのを楽しみにしています」レイナーは爪を使って片方のカフスボタンからなにかを払った。「虚栄心を過小評価しちゃいけません」自意識過剰な笑み。「それに、地方検事事務所と警察署の都合のいい部署で働いている臨時職員や郵便仕分け係や事務員などとも契約──秘密契約──を結んでいます。必要なものは手にはいる態勢がととのっているんですよ」

「死刑事件しか再検討しないのはなぜだ？」

「処罰の手段に制限があるからですよ。わたしたちには、死刑を執行するか、なにもしないかの二択しかない。だから、死刑以外の事件には手を出さないんです」

ロバートが壁にもたれ、組んだ腕に力をこめて、「更生プログラムはまだ開発中なんでね」といった。デュモンのとがめるような視線を無視して、なめし革じみた顔の皮膚に埋めこまれた黒い石のような目でティムを見つめた。

アナンバーグがいった。「おまけに、わたしたちはすべての死刑宣告にかかっている偏見を修正できるんです。アメリカの伝統的な裁判所によって死刑囚監房へ送られる者の大多数は、まともな弁護士を雇えない貧しい少数派《マイノリティ》ですが──」

「おれたちは機会均等な害虫駆除業者なのさ」とミッチェルが続けた。

「ミスター・ラックリー、法的処罰の見過ごされがちな利点をご存じですか？」答えを期待していないその質問を、ティムはレイナーの慇懃無礼さのあらわれのひとつとみなした。「法的処罰によって、被害者と被害者の家族は、復讐という道徳的義務をまぬがれるんですよ。法的処罰は社会が遺恨によって不安定化するのを防いでいるんです。しかし、国家が代わりに罰することを怠ったら、あなたは道徳的義務を感じたままになるんじゃありませんか？　娘さんが受けた仕打ちに対して正義がおこなわれないのは倫理にもとるという気持ちになるんじゃありませんか？　その気持ちがいつ、までも――まるで幻肢痛のように――続くんですよ。わたしは知っているんです」

ティムは、食ってかかる勢いで近すぎるほどレイナーのそばまで行った。壁にもたれていたロバートが身を起こしたが、部屋の反対側からデュモンがさっと手を振ると、また壁に寄りかかった。ティムはそうした力関係の兆候をすべて頭におさめ、序列を組みあげていった。レイナーはおびえているそぶりをちらとも見せなかった。

ティムは身ぶりでほかの男女を示した。「で、メンバーも仕事を通じて集めたんだな？」

「ええ。徹底的な手段分析をおこなうのがわたしの研究スタイルです。それが、わたしの考えに共鳴してくれる人物を捜すのに役立ちました」

「で、娘を殺されたおれに興味を持ったってわけか」

「ええ、ヴァージニアの事件がわたしたちの目にとまったんです」とアナンバーグがいった。

ティムは、アナンバーグが婉曲な言い回しを避け、愛称であるジニーではなくきちんとヴァージニアと呼んだことに好感を抱いた。このちょっとした心配りが、メンバー全員が家族を亡くしているというレイナーの言葉に信憑性《しんぴょうせい》を与えた。

「候補はなかなか見つかりませんでした」レイナーがいった。「あなたのような技能と倫理観をあわせ持っている人物はきわめてまれなんです。それに、あなたに遠くおよばないほかの候補者たちは、みな規則の遵守を最優先するタイプで、こうした冒険的な試みには参加してくれそうにありませんでした。そこでわたしたちは、人生が一転してしまうほどの個人的な悲劇に見舞われた人々のなかから候補を捜しはじめました。とりわけ、家族を殺した、あるいはレイプした犯人が法制度の欠陥によって罪をまぬがれ、自由の身になっている人々を。そういうわけで、ジニーの事件がニュースになったとき、この人ならわたしたちの痛みを理解してくれるはずだと思ったんですよ」

「もちろん、キンデルがやはり罪をのがれることになることまではわかっていませんでした」アナンバーグがいった。「でも、そうなったとき、あなたを誘うことが決まったんです」

「できたら、あなたが連邦保安官補でいるうちに、情報を入手できる立場でいるうちに仲間に迎えたかったんです」レイナーが打ち明けた。「あなたが辞職したと知ったときはがっかりしましたよ」

「保安局を裏切るような真似はしなかったぞ」ティムはいった。「いまだってするつもりはない」

ロバートが顔をしかめて、「裏切られたってのにか？」とたずねた。

「ああ」ティムはレイナーに向きなおった。「どんなふうにはじまったのか説明してくれ。この……アイデアが」

「三年ほど前、ボストンで開かれた法律と心理学の専門家会議で」とレイナー。「フランクリンと同じ公開討論会に参加して――わたしは息子を、フランクリンは奥さんを亡くしています――たちまち意気投合したんです。そのあといっしょに食事をして、何杯か酒を飲みながら率直に意見を交換したときに、〈委員会〉のアイデアが生まれたというわけです。もちろん、ふたりとも翌朝、その会話を冗談話と片づけました。会議は終了し、わたしはロサンゼルスにもどりました。数週間後の夜、わたしは例の精神状態におちいりました――どんな精神状態かおわかりですよね、ミスター・ラックリー？　悲しみと復讐心が生き物のようにうごめきだす状態ですよ。悲しみと復讐心が実体を備え、びりびりと心を刺激する状態です」レイナーの目が遠いところを見つめた。

「ああ」

「そこでフランクリンに電話すると、運命的なことに、彼もまた同じ精神状態になっていたのです。わたしたちはふたたび〈委員会〉について、またも夜という安全地帯で語りましたが、このときはそれで終わりませんでした。翌朝の冷えびえとした光のなかでも、ぞっとする考えには思えなかったのです」レイナーの目の焦点があい、口調が早くなった。「わたしには、〈委員会〉のメンバー選びに利用可能な手段が豊富にありました。研究にかこつけて、並外れてIQの高い法執行官、公共の利益は尊重するが自分の頭で考えられる法執行官を捜しました。〈委員会〉にぴったりだと思える人物が何人か見つかりました。そしてフランクリンが身元調査をおこない、接触し、迎え入れたんです」レイナーは満足げな笑みをかすかに浮かべた。「あなたがいま示しているためらいは、ミスター・ラックリー、あなたを選んだのが正しかったことのあかしなんですよ」

「この部屋に集まったみんなの知識と経験を考えてみてください」とアナンバーグがいった。

「それぞれがべつのやりかたで法律ととりくんで、そのゆがみ具合も輪郭も、いいところも悪いところも知りつくしているんです」

「意見が一致しなかったら？」

レイナーが答えた。「そうしたら、その事件を放っておいて、つぎの事件にかかります。〈委員会〉が刑を執行するのは全員の意見が一致したときだけです。いかなる方針転換にも、やはり全員一致が必要です。つまりメンバーは、なんであれ、意に染まない決定に拒否権を行使できるんです」

「メンバーはこれで全員か？」

「きみが七人めにして最後のメンバーだよ」とデュモンがいった。「参加してくれればの話だが」

「で、このささやかな事業の資金源は？」

レイナーがにやっと笑うのにあわせて口ひげが動いた。「本が売れていますからね」

「それなりの給料が支払われるし」とデュモンがいった。「もちろん、経費は〈委員会〉が持つ」

「ひとつ、はっきりさせておきたいことがあります」アナンバーグがいった。「わたしたちは残酷で異常な刑罰をおこないません。死刑執行はすみやかで苦痛のないものでなければならないんです」

「拷問の趣味はないよ」とティムは応じた。

アナンバーグが紅をひいた唇の片端を上げて笑みを洩らし、冷ややかな表情をはじめて崩した。全員が、つかのま、書斎を沈黙で満たしても気まずさを感じずにいるようだった。

ティムが質問した。「個人的な事件はどうなってるんだ？」

「フランクリンの奥さんを殺した男は、無罪になったあと姿を消しました」レイナーが答えた。「最後に消息がつかめたときはアルゼンチンにいました。ストークの母親を殺した犯人は、現在、そのあとに犯した罪で刑務所のなかにいます。ロバートとミッチェルの妹の殺人犯は、それとは無関係な事件で撃たれて死にました。ジェナの母親を殺した男は、十年以上前、ギャング同士の抗争で殴り殺されました。こんなところが、〈委員会〉メンバーの――なんていいましたっけ？――個人的な事件の現況ですよ」

「あんたの息子を殺したやつは？」

レイナーの目に痛苦がひらめいて消えた。「いまも自由の身ですよ、わたしの息子を殺した犯人は。野放しのままです。ニューヨーク州のどこかにいるはずです――最後に確認したときはバッファローでした」

「そいつに有罪票を入れるときが待ち遠しくてたまらないだろうな」

「とんでもない、自分の事件にかかわるつもりはありませんよ」ティムが信じられないという表情をすると、レイナーはむっとしたようだった。「〈委員会〉の目的は復讐ではありません」

そういうレイナーの顔には、お涙頂戴の第二次世界大戦映画でよく見る断固たる自尊心が浮かんでいた。「客観的になれるはずがありませんからね。けれども……」

「なんだ?」

「あなたには客観的になっていただかなければ。わたしはキンデル事件を選んだんです。第一段階の、七件めにして最後に審査する事件に決定しているんですよ」

キンデルを処刑できるチャンスをふたたび得られると思ったとたん、ティムは頭に血がのぼるのをおぼえた。渇望が一目瞭然になってなきゃいいんだが、とティムは思った。ほかのメンバーを身ぶりで示しながら、「みんなの事件は?」とたずねた。

レイナーは首を振った。「〈委員会〉が審査する個人的な事件はあなたの事件だけです」

「どうしておれはそんなに幸運なんだ?」

「〈委員会〉の基準にきっちりと適合するのはあなたの事件だけなんですよ。ロサンゼルスの事件であること、マスコミが大々的に報道したこと、手続き上の問題によって公判が維持できなくなったことという基準に」

「ロサンゼルスというのは〈委員会〉を運営する上でのキーワードなんだ」とデュモンが説明した。「〈委員会〉はロス周辺の事件だけをとりあげることになっている。ロスなら強力なコネがあるからだ」

「おれたちは、おれとミッチはしょっちゅう市内をまわってるんだ」とロバートがいった。

「通りを嗅ぎまわって、作戦を——人目を惹かずに——実行する下準備をしてるんだ。あんたには説明するまでもないだろうがな。信頼できるコネ。電話。レンタカー。街じゅうの裏道」

「あんたらには、デトロイトにも信頼できるコネがあるんじゃないのか？」とティムはたずねた。

「デトロイトじゃ顔を知られてる。ここなら、だれもひとのことなんか気にしちゃいないからな」

「長距離を移動して、ほかの行政区画の裁判所や警察から情報を得ようとしたら、めだってしまう」とデュモンがいった。「いうまでもなく、痕跡も残ってしまう。航空券やホテルに」デュモンは目をきらめかせた。「痕跡を残すのは好ましくない」

「まだ裏があるような気がするな」ティムはいった。「たとえば、ジニーの事件はおれの目の前に吊るした人参《にんじん》じゃないのか？　だから〝七件めにして最後〟なんだろう？」

レイナーは喜んでいるようだった——ティムが自分と同じ考えかたをしたからだった。「もちろんそうですよ。そうじゃない振りをするつもりはありません。保険をかけておかなければ、あなたが復讐のためだけに〈委員会〉に加わらないようにしておかなければならないんです。あなたには〈委員会〉にとどまって、わたしたちの大義のために力をつくしてほしいんですよ。あなたの復讐に手を貸すことが〈委員会〉の目的ではありません——社会正義の実現が目的なんです」

「もしもおれが、ほかの事件を有罪と思えなかったら？」

「六件すべての死刑執行に反対してください。そうしたら、〈委員会〉はキンデルについて決を採ります」

「どうしておれがそうしないとわかる？」

デュモンが首を、権威とちょっぴりおもしろがっている雰囲気をかもしだす角度にかしげた。「きみは公正な判断をする人間だからだよ」

「そして、キンデル事件を審議するとき、あなたの判断がほかの事件と同様に公正で公明で的確でなかったら」とアナンバーグがいった。「〈委員会〉はいっさい協力しないだろうし、わたしは死刑執行に反対票を投じます。罪悪感を押しつけようとしても無駄ですから」

デュモンは椅子にもたれかかった。「きみのためでもあるんだ。キンデルの事件を最後にするのは」

「というと？」

レイナーが答えた。「キンデルの死刑を最初に執行したら、あなたが真っ先に疑われるじゃありませんか」

「だが、ふたりか三人、やはり注目を集めた事件の容疑者を処刑したあとでキンデルを殺せば、きみに嫌疑がかからずにすむ」とデュモンがいった。

ティムはしばし黙考した。レイナーは目を輝かせてティムを凝視していた。少々、楽しみすぎているように感じられた。

「あなたが共犯者の存在を疑っていることも知っています」とレイナーがいった。「安心してください――わたしなら、あなたが得られない情報を――事件の関係各方面から得られますから。公選弁護人がキンデルと面会したときの記録、マスコミの調査レポート、ひょっとしたら警察の捜査資料まで。わたしたちなら、娘さんの殺人事件の真相を解明できるんです。娘さんが受けられなかった公正な裁判を受けさせてあげられるんですよ」

ティムはすこしのあいだレイナーを見つめた。切望と興奮で胃が締めつけられるようだった。ティムはレイナーに嫌悪を抱いていたが、なにがしかの共感をおぼえていることも否定できなかった——レイナーも子供をうしなった父親だからだ。それに、つらい胸の内を察して、共犯説を真剣に考慮してくれているからだ。

ティムはついに肘かけ椅子に歩みより、腰をおろした。目の前の低いテーブルに、アメリカ心理学会発行の雑誌、心理学・公共政策・法律誌が置いてあった。薄茶色の表紙に、二本の論文の主たる著者としてレイナーの名前が記されていた。

雑誌に視線を向けたまま、ティムはおだやかにいった。「だれが娘を殺したのかを突きとめたいだけなんだ。どうして娘が殺されたのかを」心の奥底からの渇望をあからさまに——公正ではない世界に対する嘆願として——口にすると、それは突然、現実味を帯び、悲嘆がこみあげた。目に涙が浮かんだ。すぐに、こんなところで、こんな油断のならない見知らぬ男女の前で感情をむきだしにしてしまったことに自己嫌悪をおぼえた。ティムは子供のころ、父親からこんな教訓を頭に叩きこまれていた。心のうちをさらすな——そんなことをしたら、相手に武器として使われる。

ティムは顔の重みが増したような感覚が薄れてから頭を上げた。自分の悲嘆がロバートとミッチェルをひどく動揺させたことに気づいて、ティムは意外の念に打たれた。ふたごはおちつきをうしなって、だしぬけに人間くさくなっていた——自分たちの痛みを思いだしたせいで鎧《よろい》にひびがはいり、もはや喧嘩腰ではなくなっていた。

「わかるよ」とデュモンがいった。

ロバートがいった。「あんたは自分の目的を追求すりゃあ——娘さんを殺したやつ、それとも殺したやつらを追いかけりゃあいい——そうすりゃ、もっと大きな法律問題に……」

「——光があたるんだ——」とミッチェルが口をはさんだ。

「——あんたの行動によって。それはあんたにしかできねえんだ」

「どうしてロスを選んだんだ？」とティムがたずねた。

「この街には責任という概念も、義務という概念もないんですよ」レイナーが答えた。「あなたも気がついているでしょうが、ロサンゼルスの裁判所の判決、とりわけマスコミが大騒ぎした事件の判決は、最高入札者が買いとっているように思えます。この街では、裁判は正義ではなく、興行総収入と口先だけのマスコミにもとづいておこなわれているんですよ」

「O・J・シンプソンはついこのあいだ、フロリダに百五十万ドルの豪邸を買った」ミッチェルがいった。「ペンタゴンのコンピュータに侵入したケヴィン・ミトニックは、いまハリウッドでラジオのトーク番組を持ってる。ロス市警はスキャンダル続きだ。警官殺しと麻薬密売人がCDを出してる。売春婦が映画業界の大物と結婚してる。記憶力がぜんぜんねえのさ、ロサンゼルスって街には。道理もへちまもねえんだ。正義がねえんだ」

「ロスの警官どもは」ロバートが、ぎょっとするほど激しい口調でいった。「やる気をなくしてるのさ。殺人事件が多すぎて、無関心になってるんだ。この街は人間をだめにしちまうんだ」

「ロスは魅惑的だ。そして魅惑的なもののほとんどがそうなんだが、人を無関心にするんだよ。無気力になって、死んだも同然になっちまうんだ」

「それがこの街を選んだ理由だよ」ロバートはふたたび太い腕を組んだ。「ロスがいちばんふさわしいんだ」

「死刑執行を犯罪の抑止にも役立たせたいんです」とレイナーが付け加えた。「だから死刑執行は、世間の注目を集めるものでなければなりません」

「それがこれの目的なのか?」ティムは室内を見まわした。「壮大な実験、社会学の実用化ってわけなんだな?　大都会に正義をもたらそうとしてるんだな?」

「そんなおおげさなものじゃありませんよ」とアナンバーグがいった。「死刑が犯罪抑止に有効だと証明されたことはありません」

「だが、死刑がこんなふうにおこなわれるのははじめてだぞ」ミッチェルが立ちあがり、両手をさっとひろげて力説した。「裁判は清潔で安全だし――控訴手続きのせいで――判決には差し迫った危険が感じられねえ。犯罪者は裁判を怖がってねえんだ。夜、何者かがいきなり襲ってくれば恐怖を感じるはずだ。この計画の実現に困難がともなうのはわかってるが、人殺しと強姦魔は、いままでとレベルのちがう法律が報いを求めてることに――自分たちが直面してるのはゲームみてえな裁判じゃねえと——気づくはずだ。たとえ法律の抜け穴を抜けても、おれたちが待ってるんだと」

ミッチェルは自力で頭を使うことをおぼえた者の常識的な論理と素朴な能弁を示した。威圧的な外見のせいで、彼の知性を過小評価していたらしいことにティムは気づいた。

ロバートは大きくうなずいて、力強く兄弟に同意した。「シンガポールの通りには落書きひとつねえじゃねえか」

アナンバーグがくすくす笑いはじめたレイナーをにらんだ。

「相関関係と因果関係は別物です」アナンバーグは膝の上で手を組んだ。「わたしがいいたいのは、要するに、社会に強烈な衝撃を与えることを期待するべきじゃないということなんです。〈委員会〉は法律のひび割れを埋めるモルタルです。それ以上でも以下でもありません。そのことを頭に入れておくべきだと思います。わたしたちは救世主じゃありません。いくつかの特定の事件で正義を実現するだけです」

ロバートはグラスをどしんと置いた。「おれとミッチがいってるのは、〈委員会〉はケツをちょいと蹴飛ばして、ちょっとした正義をおこなうってことだよ。そして街に新しい保安官がやってきたことがくそ野郎どものあいだにひろまるなら……それはそれでいいじゃねえか」

「めそめそ泣いて記念碑を建てるよりましさ」とミッチェルが付け加えた。

目から愉快そうな輝きを消し、デュモンがティムに向きなおった。「ふたごとストークはきみの指揮下にはいる。三人の任務は、もっぱら、きみの支援だ。好きなように使ってくれ。使わなくてもかまわない」

それでようやく、ティムはふたごがはなから喧嘩腰で、仲間を前に対抗意識を燃やしている理由をさとった。「どうしておれが責任者なんだ?」

「われわれには、きみが備えている、訓練を受け、かつ実戦経験を通じてのみ体得できる特殊技能がないからだ。われわれは、その、なんだ、死刑執行の第一段階に必要とされる繊細さに欠けているからだよ」

レイナーがいった。「〈委員会〉には冷静沈着な現場指揮官が必要なんです」そして弧を描くように片手を動かしてからポケットに入れた。「死刑執行は、警察と撃ちあうなどという事態には決していたらないよう、慎重の上にも慎重を重ねておこなわなければなりません」

デュモンはデスクのうしろの小さなバーへ行ってグラスに酒をつぎなおした。「きみも気づいているはずだが、しくじりの種はトラック一台分もある。そして〈委員会〉が必要としているのは、トラブルが発生したとき、うろたえて引き金をひきまくったりしない人物なんだ。ストークは作戦を指揮するタイプじゃない」

ストークの笑みには感情がこもっておらず、口の形がスイカのひと切れのようになっているだけだった。「うん、たしかに」

「ロブとミッチはやる気満々の優秀な警察官だ。若かりしころのわたしと同様にな」デュモンの笑顔はどことなく哀しげだった。なにかを隠している笑みだった。血が点々とついたハンカチに関係しているのかもしれなかった。デュモンはティムにうやうやしく会釈した。「だが、われわれは人を殺す訓練を受けていないし、特殊部隊員のように銃撃戦の最中にも冷静ではいられない」

「条件にあてはまる候補を捜しあてるのは大変な苦労でしたよ」とレイナーがうんざりしたような顔でいった。

ティムは熟考した。だれも口を開かなかった。レイナーは眉毛を吊りあげてティムのつぎなる質問を待った。「あんたらが練りあげたルールをだれかが破ろうとしたらどうするんだ？　監督する当局が存在しないっていうのに」

レイナーはなだめるように片手を上げたが、だれかが興奮しているわけではなかった。「わたしたちも、それをいちばん懸念《けねん》しています。だからこそ、例外を許さない方針を打ち立てたのです」

「もちろん、契約は口頭のみでおこなわれます」とアナンバーグがいった。「書面に残すと、それが不利な証拠になりかねませんから。そして、この契約には即時解除条項が含まれます」

「即時解除条項？」

「法律的にいえば、どんな事態が発生したら契約が終了するかの条件をあらかじめさだめる条項のことです。わたしたちの場合は、〈委員会〉メンバーのだれかひとりでも規約を破ったら、即座に発効します」

「どんな条件があらかじめさだめられてるんだ？」

「即時解除条項が効力を発した瞬間、〈委員会〉は解散します。残っている――最小限に抑えるべく最善をつくした——書類はすべて破棄されます。跡始末をべつにすれば、そのあと、〈委員会〉はいっさいの活動を停止します」レイナーが真剣な面持ちになった。「例外はありません」

「〈委員会〉のメンバーが滑りやすい坂道に立っていることは承知しています」アナンバーグはいった。「だから、滑り落ちないように万全の注意を払っているんですよ」

「だれかが抜けたがったら？」

「ひきとめません。脱退者から秘密が洩れる心配はありませんから。なぜなら、脱退者も同様に罪に問われるからです」とレイナーはにやりと笑った。「一蓮托生《いちれんたくしょう》というのはよくできた保険なんですよ」

ティムは笑いかえさず、つくり笑いで生じたレイナーの口のまわりのしわをじっと見つめた。商売熱心な保険勧誘員、ウィリアム・レイナーを。

アナンバーグがいった。「そして〈委員会〉は、ふさわしい後任が見つかるまで、しばし活動を休止します」

ティムは肘かけ椅子にもたれ、シグが腰の背中側に食いこむのを感じた。そして玄関へ到達するための角度を推しはかった——おあつらえむきとはいえなかった。「じゃあ、おれが参加を断ったら？」

「娘さんを亡くした父親として、わたしたちの意図を尊重して、邪魔はしないでいただきたい」とレイナーがいった。「あなたが当局に通報したとしても、ここにはなにひとつ、犯罪に結びつく証拠はありませんから。わたしたちはこのような会話をしたことを認めません。そして、法曹界ではわたしたちの証言のほうがずっと尊重されるといっても、まだ控えめすぎるくらいですからね」

突然、全員の目がティムに注がれた。振り子時計が時を刻む音が静まりかえった部屋に響いていた。アナンバーグがデスクに歩いていって鍵をまわし、ひきだしから暗い色をした桜材の箱をとりだした。そしてアナンバーグが箱を傾け、蝶番でとめられた蓋を開けると、フェルト張りの内部に、ぴかぴかの——制式仕様の——三五七口径スミス&ウェッソンがおさまっていた。アナンバーグは蓋を閉めて箱をデスクに置いた。

レイナーが、ティムだけに話しかけているかのように、声を低めていった。「あなたが裁判所から、連邦保安局から受けたようなひどい……お役所仕事的な裏切りを受けたとき、人はさまざまな方法で対処しますが、そのほとんどは不適切です。腹をたてる人もいれば、落ちこむ人もいれば、神に頼る人もいるという具合に」レイナーの片方の眉毛が、髪で隠れそうになるほど吊りあがった。「あなたはどうするんですか、ミスター・ラックリー？」

訊くべきことはもう訊いたので、ティムはデュモンをじっと見つめた。「連中は、おれの指揮下で作戦に従事することをどう思ってるんだ？」

デュモンとロバートがそわそわしだしたことから、痛いところを突いたのがわかった。

ストークが肩をすくめ、眼鏡をなおしながら、「ぼくは気にしないよ」と訊かれていないのに答えた。

「だれも文句はいわない」とデュモンがいった。

「質問に答えてくれ」

「みな有能な指揮官を頂く必要性は理解しているし、変化を受け入れている」デュモンの口調が鋭くなって、ティムに彼がボストンのこわもて刑事だったことを実感させた。

ティムはまずミッチェルを、そしてロバートを見た。「そうなのか？」

ミッチェルは顔をそむけて壁を凝視した。ロバートの上唇は薄く、笑うとぴんと張って、歯や髪の毛のようなつやが生じた。ロバートの声は、メスさながらになめらかで鋭かった。「あんたがボスだよ」

ティムはデュモンに向きなおった。「三人とも心の整理がついたら電話してくれ」

靴底が絨毯をこする音をかすかに響かせながら、デュモンがティムに歩みよった。そしてティムを見おろした。歳月が刻まれたその顔には、叡智《えいち》かもしれないとティムが思った、黒みを帯びた平静さがたたえられていた。「いま返事してほしいんだ」

「いま返事してくれ」とロバートがいった。「おれたちの申し出に心を動かされたどうかをいってくれ。じっくり考えてからってわけにゃいかねえんだ」

「スポーツクラブの入会じゃないんだぞ」とティムはいった。

「あのドアから出ていった瞬間、わたしたちの申し出は失効します」とレイナーがいった。

「こんな駆け引きには乗らないぞ」

こんどはミッチェルが――「それはこっちの台詞だ」

「そうか、わかった」ティムは立ちあがって出ていった。

レイナーが門を出てすぐのところで追いついた。「ミスター・ラックリー。ミスター・ラックリー！」

ティムはキーを手に持って振りかえった。

レイナーは寒さで頬を赤くして、白い息を吐いていた。シャツの裾が出ていた。外だと、書斎という君臨できる領土を離れたところだと、それほど独善的に見えなかった。「すみませんでした。わたしはときどき、ちょっと……頑固になりすぎることがあるんです。みんな、一刻も早く仕事をはじめたくてうずうずしてるんですよ」そういうと、ティムの車のトランクに片手を置こうとしかけたが、思いなおして、金属のすぐ上で手を止めた。言葉がなかなか見つからないようだった。「あなたは最高の候補なんです。唯一の候補なんです。苦労して、やっとあなたを見つけたんですよ。あなたが合意してくれないと、また一から捜さなければなりません――きっと時間がかかるでしょう。必要なら、時間をかけて考えてください」

「そうさせてもらうよ」

ティムは車を通りに出した。バックミラーに目をやると、レイナーが屋敷の前に立って、走り去るティムの車を見送っていた。

13

ティムが自宅のある袋小路にはいると、反対側の道路わきに停めたリンカーン・タウンカーに、デュモンが腕を組んで、主人を待つ運転手のように寄りかかっていた。ティムはデュモンに車を寄せて停め、窓をおろした。

デュモンがウインクをした。「一本とられたよ」

ティムは、近所のだれかに気づかれていないかとぐるりと見まわした。「こっちこそ一本とられたよ」

デュモンは顎で後部座席を示して、「ドライブにつきあってくれないか？」といった。

「うちまで押しかけないでもらいたいな」

「謝りたかったんだ」

「無礼なふるまいを？」

デュモンの笑い声には疲れがにじんでおり、古いレコードのように音が割れていた。「ちがう。きみを過小評価していたことに対してさ。こわもて刑事じみた三文芝居に対してだよ。いい年をして、もっと分別があってしかるべきだった」

ティムは唇を結んでかすかにほほえんだ。「さあ、乗ってくれ」

デュモンはふたたび頭を振り動かした。

「それなら、おれの車で行かないか？」

「いいだろう」デュモンはふいごをたたんだようなしゃがれたうめきを洩らしながら、ティムの車の助手席に乗りこんだ。そして腰からレミントン、足首のホルスターから小さな二口径の拳銃を抜きとり、運転席と助手席のあいだに置いた。「こうしておけば、気を散らさずに話を聞いてもらえるだろう？」

ティムは車を出して数ブロック進み、ジニーが通っていた小学校の裏のがらんとした駐車場に車を入れてヘッドライトを消した。デュモンの胸がぴくりと動いた。咳を我慢したのだ。ティムはフロントガラスの向こうを見ていて気がつかなかった振りをした。

「ここが、三人のティーンエイジャーが銃の乱射事件を起こした学校か？」

「いや」ティムは答えた。「それはダウンタウンの南の、ウォーレン高校っていうべつの高校だよ」

「子供が子供を撃つんだからな」デュモンはかぶりを振ってうめき、またかぶりを振った。

しばらくのあいだ、ふたりは黙ったまま、明かりがついていない校舎をながめていた。

「成功すると」とデュモンがいった。「世界はちょっぴり変わって見える。理想が消えるわけじゃないが、おだやかになる。こう考えるようになるんだ。世界ってやつは自分たちがつくってるのかもしれない、おれたちの仕事は、自分が生まれてくる前よりもちょっぴり世界をよくしてから死ぬことかもしれないと。老いぼれの世迷い言かもしれんがね。若者は知恵を有していて、年を重ねて学ぶたびにその知恵から遠ざかってしまうといった詩人は正しかったのかもしれないな」

「詩は読まないんでね」

「わたしだって読まないさ。ただ、妻がね……」暗いなかでも、どきりとするほどあざやかに青く瞳が輝いていた。赤ん坊の目だの夏空だのの、不釣り合いに甘やかなものの青だった。デュモンはうつむいてさかむけをいじっていた。ざらついた感じの皮膚が顎の下でしわになっている。ティムは年老いたライオンを連想した。「なあ、ティム――ティムと呼んでかまわないかね?」

「どうぞ」

「意味を見いだすため、意味を与えるためには、事態と人をいいほうに変えるためには、グレイゾーンを進まなければならない。そしてそのためには倫理が必要なんだ。公平で公正でなきゃならないんだ。きみは公平だし公正だ」

「ほかのメンバーは?」

「レイナーは虚栄心が強い。そして虚栄心に惑わされる局面では愚かだが、聡明でもある。世間の風を読むのは抜群にうまい」

「ロバートは?」

「ロバートが気になるかね?」

「彼は少々」——ティムはあたりさわりのない表現を捜した——「安定に欠けるね」

「ロバートは優秀な工作員だし、きわめて忠実だ。血の気が多すぎるところもあるが、仕事はきちんとこなす」

「ロバートとふたごの兄弟は、おれの下で働くことを喜んでるようには見えないんだがね」

「ふたりにはきみから学ぶ必要があるんだ、ティム。ふたりはまだそれを自覚していないが。自分たちには充分な作戦遂行能力があると思いこんでいて、きみの必要性を認めていないんだ。だが、わたしとレイナーとアナンバーグは、きみのような人物が指揮しないかぎり、彼らには事件の再検討ですらまかせられないと明言しているんだよ。〈委員会〉の任務の遂行は、無難ならいいってもんじゃない。完璧じゃなきゃだめなんだ。そしてきみは、わたしたちが捜しあてた唯一の、それを可能にする能力を備えている候補なんだ」

「どうしてわかるんだ?」

デュモンの唇が、軽い当惑を示す形になった。「ジニーの死をきっかけに、レイナーがきみを見つけた——彼はロサンゼルスのすぐれた法執行官の情報を集めていたんだ。そしてあの書斎で、性格検査やらなにやらのマッド・サイエンティストじみたことをした。彼が決定をくだし、ふたごが可能なかぎりの情報を収集した。検討すればするほど、きみが適任に思えた」

「どうしてふたごがおれの指揮にしたがうとわかる?」

「わたしが命じるからだよ」

「あんたを怖がってるんだな」

「いいや。尊敬してくれてるんだ。畏敬の念を抱いてくれているといったほうがいいかな。ふたりとは、彼らの妹が殺された直後に出会って、悲しみを乗り越える手助けをした。カウチにあおむけになった相手のつらい心のうちを聞いてやるなんていう自助グループみたいな助けかたじゃなく、ほんとに助けたのさ。わたしがどう乗り越えたのか、警察官ならどう乗り越えるべきかを教えたんだ。あんなふうに落ちこんでいるときに助けてやれば、相手は決して忘れない。心から感謝する。そして、身に余るほど尊敬してくれるんだ。彼らはきみとちがう。わたしともちがう。彼らには指導が必要なんだ。だから彼らを手元に置いて、目を離さないようにしているんだよ」

「友人は身近に置け、そして敵はもっと身近に置けって感じに聞こえるぞ」

「それはいいすぎだ」とデュモンはいった。「彼らは信用できる」

「あんたらがやろうとしてることには、それじゃ足りないな」

「ああ。彼らには指導者が必要なんだ」デュモンはまたも、口にこぶしをあてて湿った咳をした。「新しい指導者が」

「そんな役どころは望んでないんだがね」ティムは手をのばしてキーをひねり、エンジンをかけた。

「わかってる。だからこそ、きみに参加してほしいんだ」デュモンは重々しく、だが芝居がかることなくため息をついた。「きみにとって委員会に参加することは、解放ではなく犠牲になることが、ほかのメンバーにはわかってないんだ。きみはそれまでの価値観を、正義感を捨てなければならなくなる。これまで重んじてきた組織や個人からそしりを受けるはめになる」デュモンは手をのばしてふしくれだった二本の指でティムの胸を軽く叩いた。「そしてもっとひどいことに、自分の心のなかに偽善者の存在を感じるようになる。だが、心おだやかなとき、旗が翩翻《へんぽん》とひるがえっていてスローガンがそれほど重大に思えないときには、自分が直接的な結果をもたらす直接的な行動に出ていることも実感するだろう。演台に立ってひとを導くのは難しいものだ。たとえその演台が、プラチナだの金貨だのキリストが磔《はりつけ》になった十字架の木材だのでできていても」デュモンはがさごそと音をたててティムに向きなおり、尻に体重をかけた。「だがきみがそれをやれば、レイプされる女の子が減り、殺される人が減る。そしてたぶん、たそがれが訪れたときには、最後の審判の日には、それがほんとうに大切なことになるんだ」

ティムは直感した。デュモンがごく自然に集めている敬意、そして彼が備えている威厳と洞察力の根本にはしっかりした道徳的権威があるし、法を離れた、あるいは超えた希望は彼のような個人の高潔さのうちにしか存在しえないのだ、と。

「だれかが強盗に襲われたりレイプされたり殺されたりしたら、犠牲者は社会なんだ」とデュモンは続けた。「社会には見解を表明する権利がある。われわれは犠牲者の代理じゃない。共同体の代理なんだ。われわれはその声になれる。きみがなしとげたいと思っていること、それは〈委員会〉で達成できるんだよ」デュモンが浮かべた温かな笑みが、彼の目にたたえられている苦痛をめだたなくした。

「気はたしか？」ドレイはテーブルに身をのりだした。その目は、バーベルを挙げたり走ったりしているときと同じ、追いつめられた猫を思わせる鋭さだった。トレーナーについていたポップコーンのかけらが落ちた。ドレイは、友人のなかでいちばん女らしいトリーナとメグ・ライアンの映画を観てきたのだった。ときどき、ロマンチックな映画を観たりペディキュアを塗ったりという、ベンチプレス百五十ポンドを挙げるカリフォルニア射撃場主任協会《POST》の免状を持つ女性射撃場主任には似つかわしくないとドレイが考えることにふけりたくなったときにつきあってもらえる唯一の女友達がトリーナなのだ。

「さあ。たしかじゃないかもな」ティムは椅子にもたれて腕を組んだ。

風が家の東側を音をたてて吹きすぎた。薄暗いキッチンが狭く静かなシェルターのように感じられた。

「このこと、ベアには話したの？」

「話してない。だれにも話してないよ」

「どうしてわたしに話したの？」

ティムは自分の顔が急にこわばったのを自覚した。「妻だからだよ」

ドレイは夫の手をつかんだ。「それなら聞いて。その連中はあなたの苦しみを食いものにしてるのよ。カルト教団みたいに。怪しい自己啓発グループみたいに。そいつらに判断を狂わされないで。自分の頭で判断して」耳慣れない、懇願するような口調だった。

「自分の頭で判断してるよ。ただ、状況に応じた行動をしたいんだ。秩序という要素、法律という要素を踏まえてね」

「なにいってるの。わたしたちは法律の側の人間よ。でも、その連中がつくりあげようとしてるのはそうじゃない」

「きみとファウラーの主張は？　あれは法律にかなってるのかい？」

「すくなくとも、まともだわ。すくなくとも、部屋でごろごろしてるでぶたちに指図されなくてすむわ」

ティムは口をすぼめた。「全員がでぶってわけじゃないよ」

だが、ドレイはにこりともしなかった。「あなたはプライドが高いから、これからいうことはいわなかったの。あなたのそんなところが、プライドが高いところが好きなんだけど、これ以上うぬぼれられたら困るから。だけど、あなたが連邦保安官補であることに対して抱いてた誇りはわたしにも伝染してたのよ。連邦保安局の仕事を天職みたいに、聖職みたいに話してたときのあなたはすてきだった。そんなあなたを、やる気まんまんなあなたを応援してた。連邦保安官はFBIやCIAとちがってこそこそ動きまわらない。連邦保安官は、つねに連邦法の執行者として働く。個人の憲法上の権利を守る。中絶反対派の妨害で中絶クリニックが閉鎖に追いこまれないようにする。人種差別が撤廃されたニューオーリンズで黒人の小学一年生が安全に学校に通えるように護衛する」ドレイはいつになくはにかんだような色を浮かべたが、すぐに表情を引き締めた。「だから、そのハンコックパークの屋敷で受けた提案を、法廷を支え、守ることを誓ったあなたが考慮するなんて、わたしには信じられないのよ」

「おれはもう連邦保安官補じゃないよ」

「かもね。だけど、その……〈委員会〉には」――とドレイは吐き捨てるようにいった――「相互チェックがないじゃないの。もしもあなたが――キンデルに、ジニーに、それにあなた自身に対する怒りを吐きだしたいなら、それは理解できるわ。嘘じゃない。理解できるの。だけど、それなら自分をごまかさないで。キンデルを撃ち殺して責めをひきうければいいじゃないの。どうしてそんな……小細工をするの？」

「小細工なんかじゃない。正義だ。秩序なんだ」

ドレイの顔に怒りといらだちが浮かんだ。ティムが予期し、恐れるようになっていた表情だった。「ティム、見え透いた安っぽい道徳論にひっかからないで」ドレイは頰の内側を嚙んだ。「じゃあ、もしも共犯者がひょっこり顔を出さなかったら、キンデルに有罪判決を下して処刑するのね？」

「公正にね。キンデルは裁判を受ける――手続きとは無関係な、彼の罪のみに焦点をあてた裁判を。そして、もしも共犯者がほんとうにかかわっている証拠を発見したら、おれが必ずその情報を当局に伝えて、キンデルと共犯者が起訴されるようにする。この事件に一事不再理はあてはまらないんだ。だって、キンデルは裁判にかけられてないんだからね。キンデルを殺したいわけじゃない。ジニーの殺人事件に正当な裁きをくだしたいんだ」

「で、その魔法の証拠はどこで見つけるの？」

「公選弁護人と地方検事の事件資料を見られる。キンデルは公選弁護人に、あの夜、なにがあったのかを打ち明けているかもしれない。その資料から共犯者が浮かびあがるのを期待しようじゃないか」

「公選弁護人に直接訊けばいいじゃないの」

「公選弁護人が依頼者の秘密を明かすはずがないじゃないか。だけど、レイナーのコネを使えば資料を見られる。資料を見られれば、共犯者の存在が明らかになるかもしれないんだ」

「そんなものが二点の最短距離のはずがないわ」

「二点の最短距離を選べるような余裕はないんだよ。まともな方法じゃ無理なんだ」

「わたしもちょっと調べてみたの。ジニーが殺された夜、ピークスが匿名の通報を受けた――ピークスっていうのは当日、通信司令室に詰めてた保安官補よ。ピークスから聞いたんだけど、通報者はすごく興奮してて、とり乱してるといっていいくらいだったんですって。通報者は共犯者でも事件の関係者でもないと思うってピークスはいってた。ただの勘だけど、ピークスは軽はずみなことは口にしないタイプなのよ」

「どんな声だったか、いってたか？」

「役に立ちそうなことはなにも。成人男性で、なまりはなかったし、特徴的な話しかたでもなかったんですって。きっとほんとに匿名の通報者だったのよ」

「匿名の通報者をうまく装ったのかもしれない」幻滅がこみあげるのをおぼえてはじめて、自分がどれほど共犯説にしがみついていたのかがわかった。「それとも、おれがまちがってたのかもな。おれの勘違いで、キンデルの単独犯行だったのかもしれない」

ドレイは深く息を吸い、一拍置いてから吐いた。「ちょっとでいいからキンデルと話させてほしいって頼んでるの」

「無駄だよ。公選弁護人から、事件についてはひと言もしゃべるなって釘を刺されてるに決まってる――新たな自白のせいでまた起訴されかねないからな」

「しゃべらせられるかもしれないわ」

「おいおい、ぶちのめして口を割らせるつもりか?」いまはおちついて理性的に判断できていたが、その考えはずっと、不安になるほど頻繁にティムの脳裏に浮かんでいた。

「そうしたいのはやまやまだけど」とドレイは顔をしかめた。「もちろん答えはノーよ」

「キンデルとどんな会話をしても、共犯者――いるならだけど――におれたちが調べてることをさとられちまう。そうしたら、共犯者は追われていることに気づいて証拠を始末するか姿を隠すかしちまう。で、こっちが禁止命令を食らうはめになるんだ。おれたちにとって唯一有利な点は、調べてることを知られてないことだっていうのに」

「そうね。それに、もしもばかげた〈委員会〉がキンデルを処刑して、わたしが彼のもとを訪れたことがわかったら、わたしが有力な容疑者になっちゃうし」ドレイは指を組み合わせてそらし――関節を鳴らした。「キンデルの過去の裁判の予審記録を請求してあるの」

「どうやって？」

「市民として請求したのよ。公文書だもの。裁判が速記で記録されてるのは上級審だけらしいけど、たぶん予審だけで用が足りるはず。事件を担当した刑事と話をしたい、捜査記録が見たいってロス市警にもかけあったけど、そっちは無理だった。グティエレスとハリソンから、わたしが何者か聞いたみたい」

「予審記録が届くのは？」

「あした。公式の請求じゃないと、裁判所の職員はスローモーなの」

「どうやら、おれたちはふたりとも非公式なことをしようとしてるらしいな」

「いっしょにしないで。ぜんぜんちがうわよ」

「なにごとにも欠点はあるんだ、ドレイ。だけど〈委員会〉には、いまの体制よりも正義に近づける可能性があるんだ。正義の代弁者になれる可能性が」

「ほんとにそんなものに人生を懸けるつもりなの？　憎しみなんかに？」

「憎しみのためにやるんじゃない。その正反対だよ」

ドレイはテーブルをとんとんと、力をこめて叩いた。ドレイの手は小さくて女らしく、繊細な爪が、筋肉をよろい、警察学校に入学する以前はどんな少女だったかを想像するようすがとなっていた。ティムが出会ったとき、ドレイはすでに保安官補だった。感謝祭にはじめてドレイの家族と食事したとき、彼女の兄たちが、誇らしげに、そしていくばくかの暗黙の警告をこめながら彼女の高校の卒業アルバムを見せてくれたが、ティムは写真のなかのかわいらしい少女を見分けられなかった。ドレイは強く大きくなっていたが、たくましいセクシーさを身につけていた。はじめていっしょに射撃練習場へ行ったとき、ティムは日陰でドレイをじっと見つめていた。わきにホルスターを吊ったドレイは半身に構えていた。緑色の目を狭めているせいで頬がぴんと張っていた。そしてティムは、そのときはじめて、ドレイは甘いもの好きでコミックブック漬けになっているティーンエイジャーの夢を実体化したような女性だと気づいた。

ドレイは唇をすぼめていた。唇の形は非の打ちどころがなかったが、荒れていた。その唇を見つめながら、ティムは自分が、涙のせいで唇がかさかさになってほしくないと願っていることに、そしていまもドレイを深く愛していることに気づいた。ドレイは人生を歩んでいく上で第二の脚になっていたから、レイナーの提案を話さないわけにはいかなかった。どんな状況でも、どんなにひどい喧嘩をしていても、その事実に、充実した八年間の結婚生活でつちかわれた信頼に変わりはなかった。

「こっちに来いよ」とティムはいった。

ドレイが立ちあがり、ゆっくりとテーブルをまわりこむと、ティムは自分が座っている椅子をうしろへずらした。ドレイはティムの膝の上に腰をおろした。ティムは身をのりだして、妻のぴったりしたTシャツのうしろ襟の、肌が扇状にむきだしになっている部分に顔を押しあてた。温かかった。

「あっというまにすべてをうしなってしまったとあなたが思ってるのはわかってる。わたしも同じだから」ドレイはティムの膝の上で身じろぎし、盛りあがった肩ごしに夫を見おろした。

「だけど、まだうしなうものがあるのよ」

ティムはいつにない、痛いほどの疲労をおぼえた。「カウチで寝るのはもううんざりだよ、ドレイ。おれたちはこのごろ、ちっとも助けあってないよな」

ドレイはいきなり立ちあがると、キッチンを半周した。「わかってるわよ。だけどわたしは……怒りがおさまらないの。バスルームの前を通るたび、スツールに腰かけて歯を磨いてるジニーが見える。裏庭に目をやるたび、あのとんでもない、ラグーナで買ってやった黄色い凧《たこ》のひものもつれをほどこうとしてるあの子が見える。そして痛みを感じるたび、だれかのせいにせずにいられなくなるの。こんなときにあなたとひっかきあいたくないのよ。だからって、ふたりしてそしらぬふうを装うのはもっといやなの」

ティムも立ちあがって、両手をこすりあわせた。子供っぽい衝動にとらわれて——叫んだり、わめいたり、むせび泣いたり、哀願したくなった。だがティムは、「わかるよ」といった。喉が詰まって声がしゃがれた。「でも、こんなふうにつまらないことで傷つけあうのをやめたいなら、主導権争いはやめなきゃ」

「だけど、そうしたほうがいいんじゃないかっていう気もするの。そうする必要があるのかもしれないっていう。わたしたち、憎みあうべきなんじゃない？　徹底的にやりあうべきなんじゃない？　どなりながら喧嘩すれば、相手に……責任をなすりつけあわないようになるんじゃない？」

目を見れば、ドレイが自分の言葉を信じておらず、自分を納得させようとしているだけなのが明らかだった。「きみを相手に」とティムはいった。「そんな喧嘩はできないよ」

「わたしもできないわ」ドレイは子供のようにぶるっと首を振った。そして、椅子をきしませながらふたたび腰をおろした。うなだれてため息を洩らした。「その連中の仲間に加わるなら、アジトが必要になるわよ。わたしにはかかわるつもりがないから」

「わかってる」

「お仲間は、活動の準備をすっかりととのえてるみたいね」

「ああ。おれもきみを、この家を巻きこむつもりはない。犯罪に深くかかわることになるから、万が一、標的がおれに追われていることに気づいても、きみの身にはぜったいに危険がおよばないようにしておきたいんだ」

ドレイはため息をついて、片手のつけねを頬から額へ滑らせた。「じゃあ、わたしたちはどうなるの？」

ふたりはキッチンで見つめあった。ふたりとも答えを知っていた。とうとうティムが、それを口にする勇気を奮い起こした。「どっちにしろ、しばらく離れて暮らしたほうがいいんだ」

ドレイの頬を、涙が弧を描いて伝い落ちた。「そうね」

「すぐに荷物をまとめるよ」

「ずっとじゃないのよね？　ずっとってわけじゃないのよね？」

「ひと息入れるだけさ。お互いに冷静になるためだよ」

「そしてそのあいだに、あなたは人を殺すのね」ティムがドレイと目をあわせようとしたが、ドレイは目をそらした。

ティムは二十分で荷物をまとめた。長いあいだここで暮らしたというのに、どうしても欠かせないものがこれっぽっちしかないことに、ティムは驚いた。ノートパソコンといくらかの服とわずかな洗面用具。ドレイは部屋から部屋へと、しょんぼりした犬のように黙ったままついてきたが、ふたりとも口を開かなかった。シャツを何枚も腕にかけたまま、ティムはジニーの部屋の戸口で立ちつくした。殺された娘が育った家を出ていくのは明白な罪に思え、その結果、自分が思いがけない精神的動揺に見舞われるのではないかと不安になった。

車に荷物を積んでいるティムを、ドレイは裸足で震えながら、ポーチからながめていた。あたりには、焦げ臭くて家庭的な、隣家のバーベキューの残り香が漂っていた。荷物を積みおえると、ティムはドレイに歩みよってキスをした。ドレイの唇は、湿っていると同時に乾いていた。

「どこへ行くの？」とドレイはたずねた。

「決めてない」ティムはごほんと大きく咳払いした。「うちの口座に二万ドルちょっとある。たぶんすぐに五千ドルひきだす。でも心配するな、残りにはこれからのことが決まるまで手をつけないから」

「どうぞ。好きにして」

ティムは車に乗ってドアを閉めた。ダッシュボートの時計を見ると、十二時一分だった。ドレイが窓をノックした。ドレイはいまや、全身を激しく震わせていた。

ティムは窓をあけた。

「ティモシーのばか」ドレイは泣いていた。わんわん泣いていた。「ばか」

ドレイは前かがみになって、もう一度、すばやく口にキスをした。

ティムは窓を上げ、車を通りへ出した。角を曲がってから、きょうはバレンタインデーなのを思いだした。

14

ティムが百ドル札の束を膝に置いて通りの反対側に停めた車のなかで待っていると、じゃらじゃらと鍵のついた刑務所スタイルのキーリングと、湯気のたっているコーヒーがはいった、雨後のタケノコのごとく増えたスターバックスのロゴつき二重コップを持った管理人が、セカンド・ストリートとトラクション・アヴェニューの角に建つ四階建てのビルにはいっていった。ダウンタウンを若返らせるため、民間デベロッパーは格安物件にフェイスリフトをほどこしている。リトル・トーキョーのこのあたりには、芸術家やら更生中のジャンキーやらの、かろうじて経済的に破綻《はたん》していない人々が住んでいる。こういうビルなら、不審げな顔をされることなく、現金で家賃を前払いできる。おまけに、住宅助成金を受けていて、公共料金はすべて家賃に含まれているため、ごまかさなければならない書類の数も少なくてすむ。

ティムの車のナンバープレート——九月まで有効——は、ポンコツ屋のダグ・ケイのところでぐちゃぐちゃになったインフィニティから剝がしてきたものだった。連邦保安局に在職中、ティムはよく、大破した押収車をケイにまわしてやっていた。まさにいまのように、いざというとき貸しを返してもらうためだった。前のオーナーはタイヤを交換していた——だが、ありふれたファイアストーン製で、出所をたどれる特殊な製品ではなかった。

真新しいノキアの携帯電話がシャツのポケットをふくらませていた。店員がほとんど英語を話せない、近所のショップでレンタルしたばかりだった。大枚の保証金を納め、二百ドルを現金で払って、ひと月、国内通話がかけ放題になるようにしてあった。そのおかげで、しわくちゃでチビのオーナーは、ティムが契約書に偽名を記すのを見ても気にしなかった。国際電話はかけられなかった。こっちの番号が発信者番号通知サービスで知れるのを防ぐためにそのオプションを選んだのだった。

日本人街には白人と東アジア人が多く、そこにわずかばかりの黒人が交じっている。ティムはこのるつぼに簡単に溶けこめたし、低所得地区ならではの、他人を気にしない気風もありがたかった。

ティムは服の第一便をかかえながら通りを足早に横断し、ビルの玄関ドアを通り抜けた。管理人——右耳にピアスをして、アニメ《ドラドラ子猫とチャカチャカ娘》のTシャツを着ているので、たぶんゲイなのだろう——は、姿勢がよく、身のこなしが芝居がかっていることからして、役者を志したことがあるらしかった。管理人はコーヒーを危なっかしく持ち、肘と腹の贅肉《ぜいにく》のあいだに何通もの郵便物をはさみながら、管理人室の錠をあけようと悪戦苦闘していた。ようやく正しい鍵を捜しあてると、膝でドアを押しあけ、デスクに郵便物をどさっと落とし、エベレスト北壁を無酸素で征服したかのように、詰め物が見えている事務椅子に腰を落とした。

ティムがはいっていくと、どうにか笑みを浮かべ、デスクの半分を占領している小型テレビのボリュームを下げた。ＫＣＯＭが映っている画面では、ロサンゼルスの裕福な家庭の子弟が両親を射殺して話題になったメネンデス兄弟事件の懐古特集が、無音でちらついていた。「犯罪ものの番組には目がないんですよ」と管理人は芝居がかった小声でいった。

「おれもだよ」

守衛室を改装したとおぼしい殺風景な部屋の空気を、壁にかけてある何枚かの額入りポートレート写真がひきたてていた。にっこりほほえんでいるリンダ・エヴァンズのとなりで、ジョン・リッターが悲痛な熱意のこもった視線をはなっていた。二枚の横には、さらに数枚、ティムが知らない人々がポーズをとっている二十×二十五センチの写真が飾ってあった。地に足をつけて夢を追おう、なんていう月並みな言葉が感嘆符だらけで書いてあるってことは、往年のスターなんだろうな、とティムは思った。どの写真にも、油性ペンでサインされ、〝ジョシュアへ〟と書き添えてあった。

ジョシュアはティムが写真を見ていることに気づくと、どうってことないというように肩をすくめた。

「仕事仲間ですよ。舞台に上がってたころの」ジョシュアはおおげさな、だが謙遜《けんそん》もにじませたしぐさで両腕をひろげた。「アーマソン劇場では、サンチョ・パンサで彼らを仰天させたもんですけどね」ティムが驚かなかったので、落胆の表情になった。「ミュージカルの脇役ですよ。忘れてください。なにかご用ですか？」

ティムは腕いっぱいのシャツを抱《かか》えなおし、肩のバッグをかけなおした。尻ポケットからはノートパソコンのコイル状のケーブルが飛びだしていた。「外に、空き部屋ありって出てるのを見たんだ」

「ええ、ありますよ」ジョシュアがほほえむのを見て、ティムは管理人がリップグロスを塗っていることに気づいた。「四階のワンルームを、月四百二十五ドルでお貸しできます。ただ、正直なところ、リフォームの必要があって、一カ所か二カ所、ラグを敷かなきゃならないところもあるから——四百ドルぽっきりでいかがです？」ジョシュアは指輪をした指をティムのほうに向け、冗談めかして振った。「これ以上はまかりませんよ」

「それでけっこう」ティムは荷物をおろし、一万二千ドルを勘定してデスクに置いた。「最初と最後の月の家賃、それに保証金でこれだけでいいんだろう？」

「ええ、けっこうです。書類を用意しておきますから——あとでサインしてくださいね」ティムが荷物を持ちなおすと、ジョシュアは立ちあがってデスクを離れかけた。「お部屋にご案内します」

「鍵だけでいい。説明してもらわなきゃわからないような設備があるとは思えないからな」

「ええ、たしかに」ジョシュアは首をかしげて、「目をどうなさったんですか？」とたずねた。

「ドアにぶつかったんだ」

ティムがおだやかな笑みを浮かべると、ジョシュアは笑みをかえしてから背後のフックボードにかけてある鍵をとり、デスクごしに差しだした。「四〇七号室です」

ティムはシャツをかかえなおして鍵を受けとった。「どうも」

ジョシュアは椅子にもたれ、その拍子にジョン・リッターの写真を傾けてしまった。ジョシュアはすかさず直したが、当惑顔で動きを止めた。ティムのジッパーをあけたままのバッグからシェービングクリームの缶が落ち、床を転がった。

重い荷物をかかえたティムは、拾おうとしなかった。

ジョシュアはティムに、悲しげな笑みを向けた。「こうなるはずじゃなかったのにってわけですね」

「ああ」とティムは応じた。「そんなところだ」

その鍵でノブにとりつけてあるシュラーゲ社のシングル・シリンダー錠をあけられた。デッドボルトはなかったが、ドアの木材が中空ではなくフレームがスチールだったので問題なかった。

四角い部屋のひとつきりの大きな窓からは、避難ばしごの踊り場、あざやかな赤と黄色の日本語の看板、それににぎやかな通りが見えた。何カ所かすりきれているのをべつにすれば、カーペットは案に相違してさほど傷《いた》んでいなかったし、簡易キッチンには細長い冷蔵庫があり、グリーンの欠けたタイルが張ってあった。概して、少々陰気だが、清潔な部屋だった。ティムはクローゼットにシャツを四枚かけ、バッグを床におろした。シグをジーンズの背中側から抜いてキッチンカウンターに置くと、バッグから小型工具セットをとりだした。

プラスドライバーを何度かひねって、ドアノブをそっくりとりはずした。シュラーゲ社のシリンダーを枠からひきだし、メデコ社のシリンダーに交換した――それもまた、ポンコツ屋のケイのところであさってきたブツだった。タンブラーが六枚で、間隔が不規則で、切れこみが斜めで、鍵の深さが一様ではないメデコは、ティムのお気にいりの錠なのだ。ピッキングするのはほとんど不可能だ。新しいシリンダーの唯一の鍵を、ティムはポケットにおさめた。

続いて、パワーブックをノキアに接続し、自分のアカウントでインターネットにアクセスした。電話回線とアドレスを結びつける記録を残したくないので、部屋の電話ジャックにはつながなかった。案のじょう、連邦保安局のウェブサイトのパスワードは無効になっていたが、どのみち、データのやりとりがしっかりモニターされ、記録されていることを知っていたから、保安局のサイトは頻繁には使っていなかった。代わりにグーグルでレイナーの名前を検索すると、ちょっとした記事やレイナーの著書および研究を宣伝しているサイトがヒットした。

あちこちをクリックして、レイナーがロサンゼルス育ちで、プリンストン大学へ通い、UCLAで心理学の博士号を取得したことがわかった。レイナーは数多くの先進的な実験にかかわり、各方面で称賛され、批判されていた。たとえば、一九七八年の春休み、UCLAの学生を使い、被験者を人質と監禁者に分けてグループ・ダイナミックスの実験を実施した。監禁者に扮した学生たちがすっかり役になりきって人質を精神的・肉体的に虐待しはじめたため、激しい論議が巻き起こって実験は中止された。

レイナーの息子のスペンサーは一九八六年に殺害され、死体はハイウェイ五号線から投げ捨てられた。マフィア相手のおとり捜査の一環として、あるトラック休憩所の公衆電話を盗聴していたFBIが、あわてふためいているトラック運転手ウィリー・マッケイブの、兄弟に殺害の状況を説明し、自首すべきかどうかを相談している通話をたまたま録音した。もちろん、盗聴令状はマッケイブに適用できず、したがって彼が罪を認めているテープは法廷に証拠として提出できなかった。

自警団的な裁きを真っ先にマッケイブにくだそうとしないのには、隠された強い動機があるのではないか、とティムは思いついた――自分の息子を殺した男を野放しにしておくことによって大義に説得力を与え、賛同しやすくしているのではないだろうか。それにレイナーも、マッケイブとの関係も、世間に知られすぎていた。マッケイブが殺されたら、最有力容疑者はレイナーなのだ。

マッケイブが不起訴になると、レイナーは社会心理学の法的側面の研究に全力を傾注するようになった。あるジャーナリストは、レイナーを憲法の専門家とまで呼んでいる。妻とは、子供をうしなった夫婦のぞっとするほど多くと同様に、息子が殺されてから一年以内に別れている。自分とドレイが離婚の統計値をさらに高める可能性を思って、ティムは暗澹《あんたん》たる気分になった。

レイナーは息子の死後、はじめてのベストセラー――自己啓発本の体裁をとった社会心理学の研究書――を出して有名人になった。サイコロジー・トゥデイ誌のサイトには、レイナーの本はどんどん中身が薄くなり、どんどん事例紹介が増えているという嘆かわしい事実を指摘する評が載っていた。だが、その事実は本の売り上げにまったく影響をおよぼしていない。レイナーは実際に教壇に立つことが少なくなっていると指摘する記事もあったが、それを決めたのが彼自身なのか大学なのかはさだかではなかった。現在、レイナーは非常勤教授として、不定期だがつねに大人気の学部課程科目を担当している。

つぎに、ボストン・グローブ紙のサイトにアクセスして、フランクリン・デュモンについて調べた。意外ではなかったが、三十一年間市警に勤務したデュモンは、きわめて有能な刑事であり、巡査部長だった。重大犯罪課に在職中に樹立した逮捕記録から、デュモンは地元でちょっとした伝説的人物になっていた。だが、ある夜、帰宅して、妻が殴打され、首を絞められて殺されているのを発見したあと、警察を退職した。容疑者は、十四年間臭いめしを食って、出所したばかりの男だった。車のトランクにまだ生きている五歳の女の子を閉じこめていたその男を逮捕したのはデュモンだった。その殺人犯にとって服役期間は、多くの殺人犯にとってと同様、復讐心をたかぶらせる役にしか立たなかったのだった。

デトロイト・フリー・プレス紙のサイトで過去の記事を検索してみたが、マスターソン兄弟に関する記事は数本しか見つからなかった。ほとんどは法執行機関で働くふたごについての暇ネタだった。ふたごは敏腕刑事であり、特捜班の腕利きメンバーだったが、マスコミに大きくとりあげられたのは、サンタモニカ桟橋の下の砂浜に埋められていた、妹の死後硬直を起こした死体が発見されたときがはじめてだった。妹は、数週間前にロサンゼルスに引っ越してきたばかりだった。ロバートとミッチェルはマスコミに、歯に衣着《きぬ》せず、サンタモニカ市警の捜査はずさんだったと語った。手続き上の不備のせいで証拠が採用されず、犯人が不起訴になると、ふたごの発言はますます辛辣になった。レイナー邸でめだっていた、ふたごのロサンゼルスに対する反感の原因に疑いの余地はなかった。

数カ月後、ふたごは、不法に取得した——凄惨な——犯行現場写真を掲載したとしてタブロイド紙を訴え、二百万ドルで示談に応じて、またしても多くの新聞にとりあげられた。

ティムは六つの異なる政府機関の信頼できる知人に電話して、それぞれひとりずつ、〈委員会〉メンバーの調査を依頼した。全員、身辺はきれいだった——指名手配されたり、逮捕状を発行されたり、重罪の前科があったり、現在、捜査の対象になったりしている者はひとりもいなかった。アナンバーグが高校生のとき、マリファナ所持で一度逮捕されていることを知って、ティムはにやりとした。ストークは、身体的条件を満たしていないにもかかわらず、腕を見込まれてFBIに採用されていた。そして八年前、三十六歳で、健康の悪化のために早期退職せざるをえなくなった。国税庁の友人によれば、レイナーは過去十年間、毎年、七桁の額の連邦税を納めていた。

現時点で結婚しているのはティムだけだった——そのほうが事態が複雑にならなくてすむ。デュモン、ストーク、それにふたごには現住所がなかったが、ティムは驚かなかった。ティムと同様、〈委員会〉のようなくわだてにのりだす前に、どこか安全なところに身を隠したのだろう。

近所の安売り家具屋で、ティムはマットレスと、安っぽい机とたんすを買った。店主の息子が、品物を配達トラックから降ろし、四階まで運びあげるのを手伝ってくれた。少年は最近の配達で肩を痛めたらしく、かばいながら作業していたので、ティムはチップをはずんでやった。それから、シーツやポットや十九インチのゼニス社製テレビなど、いくつか必要なものを買い、自宅から持ってきたわずかばかりの手まわり品を荷ほどきした。

ロサンゼルス・タイムズ紙の死亡広告に目を通して、膵臓癌《すいぞう》で死んだばかりの三十六歳の白人男性を見つけた。トム・アルトマン。我慢できる氏名だった。ティムはその氏名をジョシュアから借りた電話帳で調べ、ウェストLAの住所を見つけた。途中、ホームセンターに寄って、頑丈そうな手袋と長袖のレインコートを買った。ごみ箱あさりは汚れ仕事だからだ。

だが、そこまでの準備は不要だった。家は無人で、横の門の裏に隠してあったごみ箱のなかは、さほど不潔ではなかった。使用ずみのコーヒーフィルターの下に、医療費の請求書の束があった。アルトマンの健康保険の加入者番号――社会保障番号と同じ――が、請求書にでかでかと記されていた。運よく、月なかば過ぎの請求書が送られてくる時期にあたっていたので、さらにごみ箱をあさると、公共料金の請求書、電話料金の請求書、数通の支払いずみ小切手が見つかった。どれもほとんど汚れていなかった。ロサンゼルス銀行に向かう途中、郵便局に寄って住所変更届をもらった。それ自体はなんの役にも立たないが、必要事項を書きいれ、ほかの書類の束のいちばん上に載せておけば、公式文書のように見える。

銀行の窓口の女性は、ティムが運転免許証を紛失したといっても、笑顔を絶やさなかった。社会保障番号と最新の請求書だけでOKだったので、クレジットカードに高い信用度を残してくれた堅実なアルトマンに感謝しながら、ティムは新しい当座および普通預金口座の作成を確認する書類と、超特急でこしらえてもらったVISAカードにもなるキャッシュカードを受けとって銀行をあとにした。

ティムはそれらを持って、手榴弾を放れば届くほど州境のそばのアリゾナ州パーカーまで、昼前の快適なドライブを楽しんだ。そしてそこの車両管理局の無愛想な役人に身元を確認する書類を提示し、カリフォルニア州の免許証を紛失したのだが、夏はフェニックスで過ごすので、どっちにしろアリゾナ州の免許証をとるつもりだったと告げた。四時間かけてもどる道すがら、カリフォルニアの大部分が荒野からなっていることにあらためて驚嘆し、乾ききった不毛の地が、十一日前にベアと自宅の玄関で顔をあわせたとき以来の自分の内面にそっくりだという感想を抱いた。

夕方、ふと気づくと、ティムはアパートメントの床に座って、玄関のドアにもたれながら、大きな窓の向こうできらめき、天井に光のパターンを映しているネオンサインをながめていた。ティムはこの新しい環境の不協和音に順応していた——ぺらぺらの壁、外国語の会話、キッチンに染みついた鶏肉の匂い。簡素できちんと手入れされたムーアパークの自宅が恋しかった。そしてもっと切実に、妻と娘が恋しかった。新たな住まいでのはじめての夜は、すでにわかっていたことを、すべてが変わってしまってもうもとにはもどれないということをティムにあらためて実感させていた。ティムは第二の出生のごとく、死を経たかのごとく新しい人生に投げこまれていた。そして宙ぶらりんになったような麻痺を、水中を流されているような感覚をおぼえていた。外界とは記録でも痕跡でもつながっておらず、こもっていてもかまわないアパートメントというこの小さな子宮で、ティムはようやく、外界が彼の顔に浴びせようとたくらみ、準備している腐食物におびえなくなった。この部屋で、反撃を開始できるだけの気力をとりもどせた。

ティムはおもだった三つの買い物——マットレスと机とたんす——をながめた。その配置に安らぎはなかった。物自体が、角張った実用品が、カーペットの上にむきだしで置いてあるだけだった。ティムは女性が——たとえ男まさりのドレイでも——部屋にもたらすことのできるやさしさを思った。部屋の角がとれて、どういうわけか、ただ過ごすためでなく、暮らすための場所になるのだ。

ティムはジニーが子供向きアニメ《ラグラッツ》を観て、頭をのけぞらせてげらげら笑っているところを思いだした。仕事を早めに切りあげて学校へジニーを迎えにいけたときは、わくわく——そう、わくわく——したものだった。まるでデートだった。つかのま運転席に座ったまま、ジニーを慈愛のまなざしでながめてから車を降りて、娘に呼びかけたものだった。ジニーは子供らしい過剰さ——大口をあけた笑顔、地団駄を踏む悔しがりよう、色あざやかなお菓子や服——で世界をいろどってくれていた。ジニーのいなくなった世界がどれほど灰色で生気に欠けるか、自分がいかに禁欲的で華やいだところがまったくないかを、ティムは思いしった。

ジニーの不在をこんなにあっさりと風化させてしまった世界に耐えられるかどうか、自信がなかった。

強くまばたきすると、涙がたまった。寂しさに押しつぶされそうだった。

いつのまにか携帯電話を握って、自宅の番号を押していた。

最初の呼びだし音が終わる前に、ドレイが出た。「もしもし？　もしもし？」

「おれだよ」

「きのうの夜、電話してくれると思ってたのよ。きょうになってからじゃなく」

「ごめん。やらなきゃならないことがいろいろあったんだ」

「どこにいるの？」

「ダウンタウンに部屋を借りた」

ティムの耳にドレイが息を洩らす音が届いた。「へえ」とドレイはいった。「ダウンタウンにね」ブーンという雑音が響いた。さらにもう一度。

沈黙が続くあいだ、ティムは二度、口を開いたが、なにをいえばいいか思いつかなかった。

ようやく。「だいじょうぶかい？」とたずねた。

「あんまりだいじょうぶじゃないわ。あなたは？」

「あんまりだいじょうぶじゃない」

「連絡する必要があるときはどうすればいいの？」

「新しい携帯の番号を教える。暗記してくれ。だれにも教えるんじゃないぞ。３２３－４７１－１２１３だ。電源はずっとオンにしておく。この番号にかけてくれればいつでも出るよ」

受話器がドレイの頬をこする音が聞こえたので、ドレイはどんな表情をしてるんだろう、とティムは思った。ティムはドレイの顔に触れそうになっている受話器を、そしてこの冷えびえとしたアパートメントにいる自分自身を思い描いた。

「友達の何人かにはもう話したの」とドレイがいった。「だけど、ベアにはふたりで話すべきだと思う。あした、ベアを呼ぼうと思うんだけど。うちに。一時でどう？」

「いいよ」

「ティモシー？　あの……ええと……」

「わかってる。おれもだよ」

ドレイは電話を切った。ティムは携帯電話をたたんで口に押しつけた。ぐったりと座ったまま、二十分近く携帯電話を口に押しつけたまま、自分が準備をぬかりなく進められているかどうかを思案していた。

孤独をまぎらすために、立ちあがってテレビをつけると、聞き慣れたメリッサ・ユエの声が部屋に響いた。

「――過激派テロリストとされているジェデダイア・レインが、本日、大手を振って釈放されました。レインは国勢調査局にサリンガスをまき、そのテロ行為によって八十六名の命を奪った罪で起訴されていました。国勢調査局に対するこの攻撃は、アメリカ国内では９・11事件以来最大、アメリカ市民によるものとしては一九九五年にティモシー・マクヴェイがオクラホマ・シティ連邦ビルを爆破して以来最大のテロでした。レインは法廷での行動で何度も裁判官を挑発したにもかかわらず、陪審員は無罪の評決をくだしました。物的証拠の多くが認められなかったことがレインの有利に働いた、と検事は話しています。レインの裁判後のコメントが、社会に怒りを巻き起こしています」

画面が切り替わると、レインが報道記者の群れに囲まれ、レンズとマイクをよけながら歩いていた。「やったとはいってない」とレインはおだやかな、ものやわらかといっていい声でいった。「でも、やったとしても、それはこの国が拠《よ》って立つ権利を主張するためだったんだ」

ふたたび、嫌悪をほとんど隠していない表情のユエが映った。「KCOMが水曜夜九時にお送りする特別番組をぜひご覧ください。わたくしがこの疑惑の人物に生でインタビューいたします。お見逃しなく。

関連ニュースです。国勢調査局事件の犠牲者を悼むモニュメントの建設が続いています。樹木をかたどった高さ三十メートルの金属製モニュメントを設計したのは、著名なアフリカ系芸術家ニャゼ・ガーティです。ロサンゼルスのダウンタウンを見わたせるモニュメント・ヒルに建造され、夜間は光り輝くこの木の、それぞれの枝は死亡した子供を、それぞれの葉は成人の犠牲者をあらわしています」

設計者のスケッチが映った。国立公園にそびえたつ木の幹のなかにしかけられた照明が、金属の皮にうがたれたおびただしい穴から光をはなっている。まるでおめでたいクリスマスツリー。派手で、けばけばしくて、まさしくロサンゼルス的だ。

「裁判中、死刑に断固反対して論議を招いたガーティは、サリンテロによって死亡した十七名の子供のひとり、八歳だったダミオン・ラトレルのおじです」

オーバーオールを着てつくり笑いを浮かべている少年の、学校行事での写真が画面に映った。

ティムはテレビを消し、キッチンカウンターのシグをとりあげた。ドアを閉めると、うつろな音が廊下に響いた。

ティムはレイナー邸の手前の角に車を停めた。錬鉄製の門は、セキュリティよりも見た目を重視していた。オークの古木の垂れさがった枝をあらわす飾りのせいでできた無意味な隙間のおかげで、簡単に乗り越えられた。玄関と窓のセキュリティはしっかりしていたが、裏口の錠は単純なディスクタンブラー錠だったので、テンションレンチと、ピックと呼ばれる先端が半菱形にふくらんでいる道具であけられた。

シグをジーンズにつっこんだまま、ティムは一階を歩きまわった。階段のわきに、バンカーズランプと革張りの椅子とあきれるほど長いテーブルを備えたりっぱな会議室があった。正面の壁には、殺されたときのレイナーの息子、スペンサーと同じくらいの年の少年を荘重な筆致で描いた油絵がかかっていた。その肖像画は、死体じみていて不気味だった。写真をもとに描かれたのかもしれなかった。奥の角の天井から、テレビが吊りさげてあった。

一階の間取りを把握すると、ティムは書斎にはいった。デスクの上に桜材の箱があったので、なかの三五七口径をいただいた。

そして二階に上がった。

ティムはマグライト懐中電灯のスイッチを入れ、ぎらぎらした光をレイナーのベッドにふたつ並んでいるカバーのふくらみに向けた。ずっしりした金属製の柄に単一電池が四個はいっており、その目的は照明が四分の一、威嚇が四分の三だ。ティムはバスルームの洗面化粧台から音をたてないように持ってきて逆に置いた椅子の背もたれに腰をおろし、ふわふわのビロードの座面に足を載せていた。シグと三五七がジーンズの両側でつきだしているのが、まるでラインバッカーのヒップパッドのようだった。

大きいほうのふくらみが動き、光に対して腕を持ちあげた。レイナーの目を細くした顔が見え、高級なシーツがずり下がってパジャマの胸があらわれた。混乱が、予想どおりパニックに変わると、レイナーはもたもたとナイトテーブルのひきだしをあけ、震える手でリボルバーをティムに向けた。

ティムは懐中電灯を消した。静寂。レイナーが手をのばしてランプをつけた。ナイトテーブルの上の電話が浮かびあがった。ティムがシークレット・サービスの知人の家でしか見たことがない、しゃれた録音機つき電話だった。汗まみれで緊張していたレイナーの顔がゆるんだ。

「驚かさないでくださいよ。電話してくれると思っていたんですがね」

ティムは、自分が同意をつげる通話を記録すべく準備をととのえている、電話の横の録音機に目をやった。ティムが邪魔になったら、レイナーは録音を好きなように編集し、よからぬ連中の手にゆだねればいい。それでは一蓮托生とはいえない。

レイナーが声を出すと、彼のとなりのふくらみが、もぞもぞと動いてシーツから出てきた。彼女の顔は、眠そうだったし腫れぼったかった。髪はだらりと両目にかぶさっていた。レイナーの顔は耳まで赤くなっているのに、彼女はすこしも怖がったり当惑したりしているように見えなかった。ちょっぴりおもしろがってすらいるのかもしれなかったが、そういう女性だと思っていたから、ティムは驚かなかった。レイナーはあいかわらずショックで凍りついたまま、暴れる散水ホースをつかんでいるように両手で拳銃を握りしめていた。

「条件をいうぞ」とティムはいった。「第一に、いやな予感がしたら——ちょっとでもしたら——おれは手をひく。抜けさせてもらう。第二に、作戦の指揮はおれがとる。チームのだれかがぶつくさいいはじめたら、ぴしゃりとひっぱたいて立場を思いださせる権利を保証してくれ。第三に、その銃をおれの頭に向けるのをやめてもらいたい」ティムはレイナーがしたがうのを待ってから続けた。「第四に、プライバシーは尊重してくれ。プライバシーを侵害されると気分がよくないってことが、あんたにもよくわかったはずだ。第五に、このあいだの夜、同意すればくれるといっていた三五七はもらっておいた。使わせてもらうよ。第六に、〈委員会〉の初回のミーティングは、あしたの夜八時に一階の会議室でおこなう。ほかのメンバーに知らせておいてくれ」

ティムは椅子から滑り降りた。

「一歩間違えたら……撃っていたかもしれないんですよ」とレイナーがいった。

ティムはベッドの足のほうに歩みよってこぶしを開いた。六発の弾丸が、上掛けのレイナーの足のあたりに落ちて転がった。

真っ暗な階段を降りながら、ティムは思わず口元をゆるめた。

15

自分の――ドレイの――家の私道に車を入れるとほっとした。ティムは車を停めると、しばらく運転席に座ったまま、一枚一枚、みずから金槌を振るってとめた屋根板の非の打ちどころのなさと、去年の地震のあと、やはりみずからきれいに積みなおしたひびひとつないアプローチのコンクリートブロックを満足げにながめた。となりの家の庭で芝刈りをしていた、ジーンズにトレードマークのFBIウインドブレーカーという格好のタッド・ハートリーが、黙ったまま片手を上げて挨拶してきた。ティムは嘘をついているような引け目を感じながら、手を振りかえした。

ティムは車から降り、アプローチを進んで、自分の家の呼び鈴を鳴らした――おかしな気分だった。

ドアが開く前から、足音とともに、ドレイの声が聞こえた。「なによ、ベア、早いじゃないの。まだ――」

ドアをあけたドレイは、当惑したことをごまかしそこなった。「なにしてるのよ、ティモシー？　八年間、毎日、ガレージから家にはいってたのに」

ティムは、どこを見ていいかわからなかった。「ごめん。どうすればいいか……わからなかったんだ」

ドレイは一歩下がった。制服を着ていた――午後から仕事へ行くのだろう。三時に状況報告だろうか。「わかりました、ミスター・ラックリー。どうぞおはいりください」ドレイは早足へキッチンへもどり、ティムはあとに続いた。ドレイが見えなくなると、ティムはカウチの上にひろげっぱなしになっていた新聞を片づけた。

「なにかお飲みになりますか、ミスター・ラックリー？」

「降参だよ、ドレイ。それから、飲み物は水をくれ」

もどってきたドレイは、グラスを載せた皿をカクテルトレイのように持ち、ウェイターのナプキンのように腕にタオルをかけていた。ふたりは笑いだした。

ふたりの顔からしだいに笑いが消えていった。寒くもないのに、ティムは両手をこすりあわせた。

ドレイはグラスを渡すと、ティムの正面のふたりがけソファに腰をおろした。「きのう、キンデルの公判記録を受けとったわ。ものすごい厚さだったけど――夜中までかかって読んだの」

「どうだった？」

「猥褻物陳列のほうは特になにもなし。でも、痴漢のほうにはそれぞれ共犯者がいた——わたしの知るかぎり、子供に対するいたずらではめったにないケースね。つまり、あなたの説に多少の説得力が出てきたってわけ」

「その共犯者たちは？」

「どっちも塀のなか。ふたりとも、心神喪失の申し立てに失敗したのよ。どっちの事件でも、そいつらが頭脳だった——段どりをつけて見物したのよ。ふたりともホワイトカラーで——ひとりは会計士。キンデルは立案能力を欠いた変態なの」

「だとすると、共犯者はいたずらをするだけのつもりだったのに、キンデルがやりすぎたのかもしれないな」ティムは自分の言葉に吐き気を催したが、ぐっとこらえた。

「ええ。そう考えれば、匿名で通報した男がうろたえていた理由を説明できるわ。ショーを見物するつもりだったのであって、殺人にかかわるつもりじゃなかったのよ」

「ごりっぱだな」

「だから保安官補の個人電話に通報して、電話から足がつかないようにした——いかにも計画担当らしいわ。頭が切れるのよ」

ふたりはしばらく、それぞれの思いにふけった。ティムはまだ、ジニーの事件に関して新たな展開があるたびにおぼえる、激しい感情の揺れに慣れていなかった。いつまでたっても慣れないような気がした。

ティムが顔を上げると、ドレイは悲しげな表情になっていた。「しばらく別れて暮らすことには同意したけど、こんなことには同意してないわ」とドレイはいった。「行方をくらましたり、秘密の電話番号を使ったり、ダウンタウンへ引っ越したりすることには。こんなことは、あなたがレンジャーだったころでもうたくさん」

「おれの作戦の準備のために別居したわけじゃないよ。頭を冷やして、夫婦のままでいられるようにするための別居なんだ」

口元を堅く結んでいることからして、ドレイもティムのいうとおりだとわかっているようだった。ドレイは、ふだんなら週末の夜にしかしない薄化粧をしていた。ティムは、うれしさと切なさを同時におぼえた。ドレイは署に出勤する前に化粧を落とすとわかっているから、なおさらだった。

「この家にひとりだし」寒けをおぼえたかのように、ドレイはぶるっと身震いした。「しんとしてるし。夜は寂しいし」ドレイには、列挙するとき、指を折って数える癖があった。なにごとにつけてもてきぱきしているドレイの、かわいらしい一面だった。

「だいじょうぶ」とティムはやさしく慰めた。「そのうち慣れるさ」

「いやだったら？」

「いやって、なにが？」

「あなたと離れて暮らすことに慣れるのが。それに……」ドレイは両脚を体の下に折りたたんだ。「ジニーが死んでしまったということに慣れたくないのかもしれない。心のどこかで、いつまでもあの……あの痛みを忘れたくないと思ってるのよ。そうすれば、すくなくともジニーといられるから。痛みが消えてしまったら、なにが残る？　きのうの夜は、ジニーの通学用の靴の色が思いだせなくて、眠れなかった。ジニーにおねだりされて買った、あのばかげたケッズの色が。だから、午前四時に起きだして、ジニーの部屋のクローゼットのなかをひっかきまわしたの」ドレイは口をぎゅっと結んだ。「赤だった。靴は赤だった。いつかきっと、わたしはそのことを忘れてしまう。ジニーが好きだったアニメも、ジニーのズボンのサイズも、ジニーが笑うと目がどんなふうになるかも思いだせなくなってしまう。そうなったら、ジニーはすっかり消えてしまうのよ」

「中間があるはずだよ。安らぎと忘れた振りのあいだに」

「どこに？」

「おれたち自身で見つけなきゃならないんだと思うよ」

カーペット上の百五十センチを隔てて、ふたりは見つめあった。

呼び鈴が鳴った。二度めのチャイムで、ドレイは視線をそらし、玄関に出た。ベアはドレイをすっぽりつつみこむように抱きしめた。ドレイはベアの脇腹を軽く叩いた。「わきの具合はどう？」

「だいじょうぶさ。だけど、あんたらは……」ベアは勢いよくティムを抱きしめた。戦車砲が発射されたような勢いで二度、背中を叩かれて、ティムは身をひきしめた。ベアはティムを押しのけるなり、「どこへ行ってたんだ？　きのう、二度、留守電にメッセージを残しておいたんだぞ」といった。

「おれたちは……問題をかかえてるんだ」

ベアの体が、古い機械ががたがたと震えながら停止するように動きを止めた。「そんな、まさか」

ベアが重い足どりでふたりがけソファに歩みよって腰をおろしたので、ドレイはカウチにティムと並んで座るしかなくなった。ティムとドレイはおずおずと手を握ってから、すぐに放した。ベアは不安の面持ちでそのさまを見つめていた。

「おれたちは……その、離れて暮らしてるんだよ、ベア。しばらくのあいだ」

ベアの顔から血の気がうせた。「なんてこった」ベアは腿のわきを叩いて腕を組み、重苦しい表情でふたりを見つめた。ティムの黒い瞳を読もうとしていたようだが、なにもいわなかった。「何日かはそっとしておこうと思ってたら、あんたらが出した結論がそれか。離れて暮らしてる？　なるほど。なるほどね」ベアは興奮して立ちあがったが、すぐにまた腰をおろした。「なにか飲むものはあるかい？」

「いいえ」とドレイがいった。「ごめんなさい……切らしてるの」

「それならいいよ」ベアは大きな両の手を持ちあげ、膝頭に叩きつけた。「説明はしてもらえるんだろうな？　〝離れて暮らしてる〟ってのは、いったいどういう意味なんだ？　おれにはさっぱりわからない。まだ夫婦なのか、それとも離婚したのか？　なんなんだ、〝離れて暮らしてる〟ってのは？」

「ベア」ドレイがいった。「わたしは——」

「〝離れて暮らしてる〟状態をどうやって脱するんだ？〝離れて暮らしてる〟夫婦が、突然またいっしょに暮らす気になるなんて、ありそうもないじゃないか。そうだろう？〝離れて暮らしてる〟なんて〝離婚〟のくだらない言い換えだ。そうじゃないのか？」濃い無精ひげを生やした顔と喉に、赤いまだらが生じていた。

「聞いて、ベア、子供を亡くした夫婦は――」

「統計なんて知ったこっちゃないよ、ドレイ。統計なんかくそくらえだ。あんたはドレイで、おまえはティムで、あんたらはおれの友達で、おれが知るどんな夫婦よりもいい夫妻じゃないか」ベアは荒い息をつきながら、指を突きつけた。「いまこそ支えあうべきときだと思わないなら、あんたらはいかれてるよ」

「ベア」ティムがいった。「おちつけよ」

「おれはなにも――」

「おちつけって」

ベアは何度か深呼吸してから、首をかしげ、両手をひろげて、冷静さをとりもどしたことを示した。「わかった」ベアはいった。「わかったよ。おれには、あんたらにどうこうしろと命じる資格はないんだよな。でも、なんでもいいから、おれにできることがあったら……わかってるよな？」

ティムは深々と息を吸い、しばらくためてから吐いた。「こういうことが、ジニーに起きたようなことが起こると、夫婦のありようが変わってしまう。あちこちに裂け目や割れ目ができて、なんとかつくろおうとするけど、無理なんだ。どんなにがんばっても、裂け目や割れ目はどんどんひろがる。で、事態を悪化させるだけだとわかって、がんばれなくなってしまうんだ」ティムは唇を湿してから、ドレイをちらりと盗み見た。「以前のおれたちは仲むつまじい夫婦だった。その仲むつまじさがうしなわれていくのを見たくないんだよ。だから、たぶん、まだ無傷な部分が残っているうちに離れるほうがいいんだ。さもないと……」

ドレイは、なにかを押しとどめようとしているかのようにこぶしを口にあてた。小さすぎるふたりがけソファに身を押しこんでいるベアは、ひどく消沈して見えた。

ティムは立ちあがってドレイのやわらかな金髪に片手を置くと、その手を滑らせて指先でかすかに頬に触れた。

ティムが、ずっしりと重い荷物を軽くした、あるいはおろしたあとのような肩の痛みをおぼえながら車にもどるために小道を通っていると、庭木の手入れをしていたタッド・ハートリーが、またしても手を振ってきた。

八時のミーティングを待つ以外になにもすることがないので、ティムは窓際に置いた安っぽい机に向かって、下の異国めいた通りの様子をながめながら、幾重にも重なった悲しみのひだにすっぽりとつつまれていた。

帝王切開と術後のさまざまな処置のせいで、ドレイはジニーを出産後、三週間入院していた。目を覚ましたジニーを揺すって寝かしつけたり、泣いているジニーのために哺乳瓶を用意したりしたのはティムだった。ジニーが三歳のとき、窓の外の木の化け物を恐れることはないと安心させたのもティムだった。震えている娘のわきで片膝をつき、幼稚園のいじめっ子と話をつけたのもティムだった。

ティムはジニーが安全に生きていけるように努力していた。ジニーに信頼することを教えた。

それが仇《あだ》になったのだ。

ようやくその形に慣れたと思うたび、悲しみはティムを驚かせた。悲しみは際限なく変形しつづけた。ティムは悲しみに身をゆだねた。悲しみが全身を洗うにまかせた。そして不快感と痛みと——最終的には——無力感にさいなまれた。

四十五分後、そんなことをするのは独善的だし無意味だと結論し、体をひきずるようにしてジョギングに出かけた。スモッグと排気ガスに不慣れなせいで、街角で走れなくなってしまい、腰を折って、一日三箱タバコを吸う炭鉱作業員のように咳きこんだ。シャワーを浴び、レイナー邸に向かって出発したときは心底ほっとした。自分が〈委員会〉を心待ちにしていることを、ティムは、喜びと胸騒ぎを同時に感じながらさとった。

〈委員会〉は目的を与えてくれていた。

玄関でティムを出迎えたレイナーは、あいかわらず如才なかった。昨晩のティムの侵入を心よく思っていないそぶりはまったく見せなかった。レイナーはティムを温かく迎えいれると、ほかのメンバーが待つ会議室へ案内した。アナンバーグは座ったまま身をよじってティムを見やった。丈は短いがキャリアウーマンらしい濃紺のスカートの下で脚を組んでいた。

今晩はグリーンとブルーの組みあわせだったが、やはりトロピカルシャツを着たストークが立ちあがって、ティムに握手を求めた。ストークの手はふっくらしていて湿っていた。握りかたは弱く、この数カ月、日焼けするような天気ではなかったにもかかわらず、頭のてっぺんと鼻の先の皮がむけていた。「〈委員会〉にようこそ、ミスター・ラックリー」間近で見ると、顎が小さく、気弱そうな目鼻立ちで、上唇がゆがんでいる顔は、いっそう奇妙に感じられた。

ミッチェルは大きな革張りの椅子にもたれ、ナイキを履いた両足を表面が大理石のテーブルに載せていた。ロバートは反対側でそっくり同じ姿勢をとっていた。

デュモンは歩みよってきて、意外にも誇らしげな表情でティムを見た。一瞬、ティムは抱きしめられるのかと思い、手を差しだされたときはほっとした。デュモンは、握手しながら、ティムの右腕の肘をつかんだ。「来てくれると思ってたよ、ティム」

ドアの両わきに、まるで下男のように、ごみ箱形のペーパーシュレッダーが置いてあった。透明なくず入れにはいっている紙片から、そのシュレッダーが縦にも横にも切り刻むタイプだとわかった。どの紙片も、親指の爪並みの小ささだった。

サイドカウンターには水差しが二個と人数分のグラスが置かれていた。

テーブルには、七脚の椅子の前にそれぞれ写真立てが置いてあった。デュモンが座っていた椅子の前には、七〇年代風の髪型をした女性の古い白黒写真が立ててある。ミッチェルとロバートの前には、同じ、十代後半とおぼしい魅力的な金髪の少女が馬に乗っている写真。ティムはテーブルをまわりこんで、自分の席と思われる椅子についた。ふちの細い銀色の写真立てのなかで、ジニーがおどけた、ちょっと緊張した笑みを浮かべていた。ロサンゼルス・タイムズ紙が掲載した、一年生のときの写真だ。この見慣れない無関係な場所で見ると、動揺を誘われた。ティムは写真立てを手にとり、はじめて見るかのように凝視した。

「勝手ながら使わせてもらったよ」とデュモンがいった。

ティムはこの小細工に異を唱えず、悲しみが怒りへと形を変えるにまかせた。おかげでいっそう闘争心が湧いてきた。そしてキンデルを思いだした。毎朝、ジニーの血がついたガレージ小屋で目を覚まし、食事をつくり、大手を振って息を吸っているキンデルを。十分間、キンデルと部屋でふたりきりで過ごすことを考え、自分が壁に残すであろう汚れを思った。

ロバートがジニーの写真を顎で示した。「ちょっと変だし――」

「――儀式じみてると――」ミッチェルがいった。

「――感じるだろうけど、写真を飾っておくことには意味があるんだ。写真のおかげで、つねに気をひきしめていられるのさ」ロバートはふたたびジニーの写真に目をやった。そして、顔の緊張を解いて苦い悲しみの表情を浮かべた。こわもてのロバートがはじめて見せる憂いの表情だった。

「娘さんは気の毒だったな」とミッチェルがいった。「ひでえことをするもんだよ」

悲しみが共有され、いっそうつらくなった。「ありがとう」ティムはおだやかに礼を述べた。

レイナーはデュモンに合図して、「そろそろ宣誓してもらったらどうでしょう?」といった。

デュモンがおちつかなげに咳払いして、メモ用紙に書かれた言葉を読みあげはじめた。誓いの言葉は、二日前の夜にこの家の書斎で聞いた事柄の要約だった。ティムは一項目ごとにデュモンの言葉をくりかえした。最後に即時解除条項を唱えると、腰をおろして椅子をテーブルに近づけた。「さて、はじめようか」

振動とともに、シュレッダーがデュモンのメモ用紙を食いつくした。デュモンがフィーダーから、滑稽なほど慎重に手をひいた。「がっついた野郎だ」

レイナーが壁から息子の気味悪い肖像画をはずすと、ガーダル社製の金庫があらわれた。円形のダイヤルにキーパッドがついており、ドアがロックされていてもものを入れられる、吊りあげ防止機構つき投入口が上部に備えられている。

自分の体でほかのメンバーの視界をさえぎりながら、レイナーは暗証番号を打ちこみ、金属製の取っ手をひいた。レイナーがわきにどくと、金庫のなかにはぶ厚い黒の三穴バインダーが積み重ねられていた。

ティムの体を電流が走り、鼓動が激しくなった。

バインダーの一冊はキンデルのものだった。そのなかに共犯者をつきとめるための手がかりがおさめられているのかもしれなかった。名前が。ジニーの運命の秘密が。

レイナーは開いた金庫を身ぶりで示した。「これらのバインダーは、わたしが集めた、過去五年間で法曹界においてもっとも熱い論議の的となった事件の関連資料です。つぎの段階になったらさらに収集するつもりですが、とりあえず、この七件に集中します。事件を検討するにあたって、メモは自由にとってかまいません」──ドアのわきのシュレッダーのほうを顎をしゃくった──「ただし、いかなる文書もこの部屋から持ちだせません。バインダーにはマグネシウムを塗布してあるので、万が一警察に踏みこまれたときは、金庫の投入口から火をつけたマッチを放りこめば、証拠は消えうせます。高い耐火性能を持つ金庫なので、バインダーが燃えつきるまで火を封じこめます。弓鋸を使ってあけようとしても、取っ手がとれてしまうんですよ」

アナンバーグがいった。「では、はじめましょう。まず、手続きを説明します──」

ロバートは深々と息を吸うと、わざとらしくうんざりした表情をつくった。「手続きの鬼のお出ましだよ」

アナンバーグはティムに向きなおった。「あなたが参加する前に、フランクリンとわたしが手続きを提案したんです──厳密なものではなく、ミーティングの見取図のようなものです。わたしたちは発声投票によって、それぞれの事件を徹底的に検討する手順の概略に同意しました。まず、罪状認否の代わりに、被告人がどのような罪を犯したと疑われているかについて討議します。レイナーとデュモンが進行係を務めます。マスコミの影響の完全な排除はあきらめざるをえないので、事件についておおっぴらに話しあって大づかみな結論を決定します。有罪が妥当だということになったら、こんどは資料を逐一検討します。ウィリアムは地方検事からも警察からも資料を入手しているので、最終的に採用されたか否かにかかわらず、すべての証拠を利用することが可能です」

ティムは金庫のいちばん下のバインダーから視線を引き剝がして、アナンバーグの言葉に神経を集中した。

「まず警察の捜査資料を、つぎに地方検事局と警察が結論にいたるにあたって参考にしたあらゆる見解を知るために、それぞれの担当者との面談記録を検討します。そのあと法医学報告書、続いて目撃証言を含む裁判で使われた証拠。投票の前に、全員がすべての資料を検討します——どんなに時間がかかっても。ロバートがいみじくも命名してくれたように、手続きの鬼のわたしが、参考にすべき判例を調べます」

「ありがとう、ジェナ」レイナーはゆっくりと一度、娘のピアノ発表会で得意然としている父親のようにうなずいた。そして金庫からいちばん上のバインダーをとって席につき、そのバインダーの上にひろげた手を置いた。「トーマス・ブラックベアからはじめます」

「去年、ハリウッドヒルズの豪邸で一家を皆殺しにした庭師だな？」とティムがいった。

「皆殺しにしたと疑われている庭師です、ミスター・ラックリー」アナンバーグが眼鏡のつるを鉛筆でとんとんと叩いた。

「揚げ足はとるなよ、ジェナ」とロバートがいった。ティムのとなりに座っているロバートは、バーボンとタバコの匂いをかすかに漂わせていた。その顔は兄弟よりもざらついて見え、目の下には細かいしわが寄っていた。左手の親指と人差し指の爪はニコチンで黄ばみ、指のふしは黒ずんでいる。

「どんな証拠があるんだ？」とティムはたずねた。

現場見取図と証拠報告書がまわされた。スー族の血をひく巨漢のブラックベアは、犯行当日の朝、その屋敷の前庭で枯れた鈴懸《すずかけ》の伐採の監督をしているところを目撃されていた。ブラックベアには、犯罪がおこなわれた二時間のアリバイがなかった。ブラックベアはテレビを見ていたと主張しているが、彼の自宅のテレビが故障していたことを刑事がつきとめていることからすると、その主張に説得力はない。動機ははっきりしない。屋敷からはなにも盗まれていないし、犠牲者の殺害状況は暴力的性犯罪または快楽殺人を疑わせるものではなかった。両親とふたりの子供——十一歳と十三歳——は頭を銃で撃ち抜かれていた。処刑スタイルだ。きびしい尋問を受けて、ブラックベアは供述書に署名した。

「ドラッグをやってたんじゃねえのか?」ファイルをぱらぱらめくりながら、ロバートがいった。「おやじはコロンビア人だ」

「コロンビア人は全員ドラッグを密売してるってわけね?」アナンバーグがいった。

「ブラックベアは多彩な前科の持ち主だが、ドラッグがらみの前科も、暴行の前科もない」とデュモンがいった。「ほとんどは微罪だ。車両窃盗だの、家宅侵入だの、公共の場での飲酒だの」

「公共の場での飲酒?」ロバートはアナンバーグから目をそらさなかった。「くそったれめ」

法医学報告書を横に置いてメモをとっていたストークが、ペンを止めてこわばった手をほぐした。魔法のごとくてのひらに錠剤が出現した。ストークは水なしでその錠剤をのみ、メモをとりつづけた。

「どうして罪をのがれたんだ？」とティムがたずねた。

「検察は、自供だけに頼っていたんですよ」レイナーが答えた。「だから、ブラックベアが読み書きができず、ほとんど英語をしゃべれないことが明らかになると、公判を維持できなくなってしまったんです」

デュモンが付け加えた。「警察はブラックベアを三時間近く、取調室でしぼりあげたらしい。それでとうとう署名させたんだ。ブラックベアは自分がなにをしているのか理解しておらず、疲れきって外へ出たい一心だった、というのが弁護側の主張だ」

「取調室を暑くしたのかもしれねえな」ロバートがいった。「おれたちもよくやったもんだよ。三十度近くで蒸してやったんだ」

「それともコーヒーか」とミッチェルがいった。「コーヒーをがばがば飲ませて、トイレに行かさねえんだ」

ストークがぼっちゃりした両手をひろげてテーブルに置いた。「法医学報告書から、はっきりしたことはなにもわからないね」

アナンバーグがたずねた。「指紋も、DNAも残ってなかったの？」

「ブラックベアの体からも彼の家からも、血液は検出されなかった。屋敷の外のあちこちでいくつか指紋が発見されたけど、たいした意味はない。だって、ブラックベアは庭師だったんだからね」ストークは手をさっと鼻梁に上げて眼鏡をずりあげた。「屋敷内からは繊維も足跡も発見されてない」

「ブラックベアは裁判のあと、姿をくらましてる」ミッチェルが指摘した。「無実らしくねえ行動だな」

「だからって、有罪ともいえないわ」アナンバーグがいった。

ティムは家族の写真を一枚ずつ見た。母親の写真――スナップ写真――は、庭で体を折って笑っているところを撮ったものだった。彫りの深い美人は、レイヤーカットの髪をポニーテールにまとめ、裸足で芝生に立っていた。撮影したのはおそらく夫だろう――女性の表情と、彼女に向けられているカメラのニュアンスからして、撮影者が彼女を深く愛していることは明らかだった。

ティムはその写真をロバートのほうへ滑らせ、彼の反応を待った。ロバートは女性の美貌についてなにかいうにちがいないと思っていた。だが、写真をテーブルからとりあげたとき、ロバートの顔にはまぎれもない悲しみと思いやりの表情が浮かんだので、ティムは下品な反応を予期したことに罪悪感をおぼえた。わずかに震える手で持っている写真でロバートの顔が隠れた。写真をおろしたとき、ロバートの目は冷たい怒りをたたえていた。

バインダーの資料をすべて見おえると、アナンバーグの指示で、もう一度、事件全体を徹底的に検討した。資料を吟味し、鍵となる事項について話しあった。最後に決を採った。五対二で無罪だった。

有罪に票を投じたのはロバートとミッチェルだった。

レイナーは両手をこすりあわせながらいった。「疑わしきは罰せずということになったようですね」

神経をちくちくと刺激していた剃刀《かみそり》の刃が消えて、ティムは激しい落胆とも、べとつく安堵ともつかない感情をおぼえていた――結果を予期して背中と首にかいた汗をどう解釈すればいいかわからなかった。

レイナーはバインダーを金庫にもどした。ロバートは投票結果に対する不満を、さりげないとはいいかねるため息を洩らし、メモ用紙をやたらと並べ替えることで表現した。

ティムは腕時計を見た――真夜中近かった。

「では、つぎの事件」レイナーが、書類やら新聞記事やらできちんと閉じなくなっているほどぶ厚いバインダーを開いて宣言した。「みなさん、たぶんよくご存じの事件です。被告はジェデダイア・レイン」

「民兵組織《ミリシア》のテロリストです」とアナンバーグが補足した。

ロバートがまるめた手で口ひげをなでつけながら、「ミリシアのテロリストと疑われている男、だろ？」といった。

アナンバーグはロバートをにらんでから、ティムに顔を向けてウインクした。

ストークが片手で禿頭をつるりとなでながらいった。「マスコミとは無縁の生活を送ってるもんで――その事件のことは知らないな」

「サリンガス入りのブリーフケースをダウンタウンの国勢調査局に持ちこんだやつだよ」とロバートがいった。

「ははあ、なるほど」

「ブリーフケースをどこに置き去りにしたか知ってるか?」ロバートの目は、怒りを通り越して楽しげだった。「二階の空調の主配管のそばだよ。死者は八十六人だ。そこには社会見学に来てた二年生のグループも含まれてる。やつはなんの痕跡も残さずに、なかにはいって外へ出たんだ」ロバートは、ひろげて水平にしたてのひらをひらひら動かして、レインの消失を、こそこそした悪意を表現した。

「合衆国市民がやったんだ」とミッチェル。「9・11のあとに」

デュモンは逮捕記録に目を通しながらいった。「レインが事件当日の朝、そっくりの金属製ブリーフケースを持って家を出るのを見たという隣人の通報を受けて、FBIはやつの自宅の捜査令状をとった」

「それだけで捜査令状がとれるものなの?」アナンバーグがたずねた。

「その証言プラス、過激派組織のメンバーだったというレインの経歴だな。判事はFBIに捜査令状を出すことを決断したが、夜間執行は許可しなかった。まずかったことに、捜査官たちはほかの手がかりを追うほうを先にまわした。なになにを目撃した、だれが怪しい、おれはこう思うという通報の電話がじゃんじゃんかかってきてたんだ。捜査官たちは、M16ライフルの弾薬を大量にためこんでいるアナハイムのミリシア・メンバーに手間どった。やっとレインの家宅捜査令状を執行しにいったが、ノックにも通告にも反応がなかった。ドアにはかんぬきが二本かけられていた。そこで破壊槌を使ってドアを破り、室内に突入してテーブルをひっくりかえし、さまざまなものを壊した。そのひとつに時計があった。その壊れた時計は何時を指していたと思う？」デュモンはバインダーをおろし、ぱたんと閉じた。「七時三分だ」

ミッチェルが顔をしかめた。「三分遅かったたってわけか」

「そのとおり。七時からは夜間執行になる。七時きっかりから」

「ばかげてる」ストークがつぶやいた。「どうして朝まで待たなかったんだ？」

「令状を確認してなかったんだ。いつもどおりだと思いこんでいたのかもしれない。彼らが何枚も令状を持っていたことを忘れないでくれ」

「家のなかでなにを見つけたんだ？」とティムがたずねた。

「地図、図表、見取図、メモ、のちにサリンガスと判明した化学物質の痕跡が残っていた圧力容器、化学兵器の製造に使用可能な実験設備」

「証拠として採用されなかったのか？」

「ぜんぶな。検事は目撃証言と、有効な令状にもとづいてのちにレインの車で発見されたいくつかのビーカーで有罪に持ちこもうとした。だが、それじゃ足りなかったんだ」

「レインは証人台に立ったの？」アナンバーグがたずねた。

「いいや」レイナーが答えた。

「無罪放免されて以来、何度も殺害予告を受けたので、レインは身を隠している」とデュモンがいった。「仲間の過激派活動家たちがかくまってるんだよ」

「なら、どっかの農場だな。バリケードを築いて、ミリシアのくずどもが護衛してるんだろう」ミッチェルがいった。「弾に困る心配はねえしな」

「数えきれないほどの民事訴訟が起こされるだろうが、民事訴訟で勝っても刑務所へは送れない。レインはオサマ・ビンラディンのように砂漠の隠れがへ消えてしまうだろうというのがもっぱらの観測だ」

「でも、レインは姿をまたあらわすそうです。街を出る前にマスコミに発表したんですよ」

レイナーは天井から吊るされているテレビにリモコンを向けた。画面が明るくなった。ぱりっとしたボタンアップシャツにくっきりと折り目のついたズボンという服装のレインが、ボディガードに囲まれながら、自宅の茶色くなった芝生の上で、報道陣に声明を発表していた。軍人のように短く刈った髪を、きちんと横分けにしていた。もみあげがわずかにカールしているのが、血色の悪い頬でやけにめだっていた。それ以外は隙のない身だしなみの、唯一の乱れだった。

「だれだったにせよ、政府の全体主義的かつ社会主義的な政策に対抗するあのテロを実行した者は、愛国者であり英雄である」とレインがいった。「わたしがおこなったとしたら、サリンガスをまいたことを誇りに思うだろう。なぜなら、それはファシストの市民名簿からアメリカの自由と主権を守る行為だからだ。ヒトラーは、同様の名簿を使って市民を襲い、収容所に送りこんだ。同様の名簿を使って権力を手中にした。八十六名の連邦政府職員の犠牲によって、数えきれないほどの人命が救われ、アメリカらしさが守られたのである。わたしがかかわったか否かは申しあげないが、ああした行動が、わたしの、この神のみもとの国の市民として〈新世界秩序〉に反対する使命と矛盾しないことには疑問の余地がない」

ボディガードたちが人垣をかき分けてレインを歩道に寄せて停まっているトラックの車列のほうへ導こうとすると、記者が興奮した声で質問した。「それは、あなたの使命はまだ終わっていないという意味なんでしょうか？」

レインは足を止めて顎をそびやかした。「もっとくわしく聞きたきゃ、水曜の夜にKCOMのインタビューを見てくれ」

レイナーがテレビを消した。

「やつは、八十六人の〝連邦政府職員〟のなかの十七人は九歳以下の子供だったことを無視してる」とティムはいった。

ロバートがいった。「たとえあのくそ野郎が地下にもぐったとしても、インタビューのおかげで、すくなくともいつ、どこで見つけられるかははっきりしてるってわけだ」

「そのいつとどこでがセキュリティのための煙幕じゃなければな」とティムはいった。

「偏向した左翼新聞を嫌悪してるんだから、主張を直接伝えられる機会は逃さないんじゃないかな」とデュモンがいった。

「国の政策を変えたがっていたり、政治的声明を発表したがったりしている知的な人々のほとんどと同じで、マスコミにとりあげてもらうためならなんだってやるわよ」とアナンバーグがいった。「本人は認めないでしょうけど」

自嘲の笑みを浮かべながら、レイナーは片手を胸にあててこうべを垂れた。「有罪ですな」

「レインはすでに、本の権利をサイモン&シュスター社に二十五万ドルで売ってる。きっといくつものテレビ局が、ドラマ化権を手に入れるために張りあっているところなんだろう」とデュモン。「だから、業界関係者がレインのインタビューをお膳立てしたんだ」

ロバートが眉をしかめて、「天使の街らしいや」といった。

「金ほしさに、やってもいないことをやったようにいっている可能性があるんじゃないかしら」アナンバーグの声は自信なさげだったが、ティムは問題を提起した彼女に感心した。

事実と証拠の集中砲火を浴びて、アナンバーグは自説を撤回した。

さらに数時間、討議を重ねたのち、アナンバーグは罪状認否から評議へ移るようにうながした。

評議を終えたときには、朝日が玄関の堅木の床に差しこんでいた。

今回の投票結果はすっきりしていた。

16

暖房のききすぎたレンタルのシヴォレーヴァンの運転席で、ストークが頭を上下に揺らしながら、ロクスベリー・ドライヴとウィルシャー・ブールヴァードの角のＫＣＯＭビルに目を凝らしていた。人目を忍ぶ車からの偵察のために、ストークは地味なシャツを着ていたが、それでもティムは、窓から彼の特異な容貌がのぞいていることに一抹の不安を抱いていた。ストークはそわそわと、ひっきりなしに身じろぎしながら、腕時計を磨いたり、あるときは右手の指のふし、あるときは左手の指のふしで、あるかなきかの鼻に眼鏡をずりあげるというむなしい作業をくりかえしていた。ストークはつねに口で呼吸しており、古くなったポテトチップスの匂いを漂わせていた。この男はどうして、皮がむけるほど日焼けしやすくて、派手すぎるシャツが好きで、禿頭で舌足らずなしゃべりかたをするようになったのだろう、とティムは考えた。

ふたりが見つめているのは、ベヴァリーヒルズのにぎやかな街並みにそびえて影を落としている、コンクリートとガラスからなる十五階建てのビルだった。地上三十メートルほどのところで、ケーブルに吊られて揺れているゴンドラに乗った清掃員が窓を拭いていた。昼前の日差しを反射している窓ガラスを背景に、清掃員のシルエットが際だっていた。一階の大きなショーウィンドウにはばかでかいプラズマテレビが据えてあって、KCOMで放送中の番組が映しだされていた。カウチと観葉植物のセットで、民族的背景はさまざまだが、うんざりするほど元気旺盛なところは共通している女性たちが語りあうトークショーだ。閉回路になっていてCMのあいだもセットが映しだされているので、物見高い人々やロデオ・ドライヴにやってきた観光客が、ショービジネスの裏側を垣間見ようと集まっていた。

「入口で最新式の金属探知機を使ってることからすると」とストークがいった。「インタビューがある水曜日には、あそこはハイテク遊園地になるだろうね。電子検問やら、赤外線センサーやら、金属探知棒やら、なんでもありだろうな」

「ああ」

「きっと」ストークは、放屁しようとしているかのように、尻の一方へ慎重に体重をかけた。「警備はめちゃくちゃ厳重になるよ」

「報道機関にとって肝心なのは機密保持とスクープだ。侵入するのはとびきり難しいぞ。かつてのCNNなんて、軍の諜報機関より先に情報を入手してたんだからな」

「CNNって?」とストークがたずねた。

ティムはストークの顔を見つめて、冗談かどうかを判断した。「ニュース専門局だよ」

「なるほど。どうやって侵入するつもりかを教えてくれたら、もっと力になれるんだけどな」

「そいつはありがたいが、もっと力になってもらう必要はない。頼んだことをきちんとこなしてくれればいいんだ」

「はいはい」

ヴァンがビルの前を通過すると、ティムは額の汗を腕でぬぐった。「なあ……ストーク——」

「いわれはないんだ」

「なんだって？」

「名前にいわれはないんだよ。すくなくとも、おもしろおかしいいわれは。みんなに訊かれるんだ。みんな、どういういわれがあるんだって訊くんだ。だけど、そんなものはないのさ。三年生か四年生だったある日、校庭で、ある子が、ぼくはコウノトリ《ストーク》にそっくりだっていいだした。意地悪のつもりだったんだろうね。でも、ぼくは自分がコウノトリに似てるとは——コウノトリに似たところがあるとは——思わなかったから、傷ついたりはしなかった。それが定着したんだ。それだけのことさ」

「そんなことを訊こうと思ったわけじゃないんだがね」

「ああ」ストークは両手のつけねで詰め物をしたハンドルをぽんと叩いた。「そうか。わかった。あれだね。あんたの知ったこっちゃないけど、ぼくはスティックラー症候群っていう病気なんだ」ストークは、何度もくりかえした話をするときの平板な口調になった。「骨や心臓や目や耳の周囲の組織に影響がおよぶ結合組織疾患だよ。近視、乱視、白内障、緑内障、聴力障害、聴覚喪失、脊椎《せきつい》の異常、脊柱後湾、扁平な鼻、口蓋の異常、弁逸脱、それに重度の関節炎などなどの症状がある。ご覧のとおり、ぼくは比較的症状が軽い。タイプはできないし、トランプはシャッフルできないし、ひどい近眼だけど、目も見えず、耳も聞こえず、車椅子から立ちあがれなかったかもしれないんだから、文句はないよ。これであんたの好奇心を満足させられたかい、ミスター・ラックリー？」

「いや」とティムはいった。「暖房を弱くしてくれないかと頼みたかっただけなんだがね」

ストークは口で小さく、ぽんという音をたてた。手をのばしてつまみをひねった。「弱くしたよ」

ヴァンはブロックを一周して、ふたたびKCOMビルに近づいた。ティムは、横断歩道を渡った自転車便が一階手前角の搬入搬出口へ向かっていることに気づいた。自転車便の女の子のヘルメットにはKCOMのロゴステッカーが張ってあり、自転車の前かごにはチーズケーキ・ファクトリーの袋がはいっていた。

「スピードを落とせ」とティムが命じた。

自転車便の女の子は、傾斜路をのぼりきると、クリップボードを持った肥満体の警備員にIDカードを見せた。警備員はのろくさと金属探知棒で女の子をチェックすると、巻きあげ式のシャッターをひきあけた。搬入搬出口にはいった女の子は、従業員用エレベーターのそばに設けてあるラックに自転車の前輪を固定すると、サドルを引き抜いて、大事そうに小脇にかかえた。警備員がシャッターをおろす直前、ティムは女の子がエレベーターわきのキーパッドに暗証番号を打ちこむのを認めた。金属製の覆いカバーのせいでキーパッドが見えなかった。指をキーにのばすと、手首まで隠れてしまうのだ。

ストークはヴァンを、ショーウィンドウに一台の車椅子といくつものアルミ製歩行器を展示してある薬局兼医療用品店の前の歩道に寄せて停めた。ふたりは、シャッターがおりた搬入搬出口と、鼻からかきだしたものを親指と人差し指のあいだでまるめている警備員を見つめた。

「自転車便の女の子が持ってたのはただのIDカードなのか、それとも屋内での移動を制限するアクセス・コントロール・カードの機能もあるのか、どっちだと思う?」

「ただのIDカードだね、まちがいないよ」ストークが答えた。「アクセス・コントロール・カードはふつう、高度の機密取扱資格を持つ者にしか支給されないんだ。ただの使いっ走りが持ってるはずないよ。アクセス・コントロール・カードに関しちゃ、企業はきっちり管理してる。紛失の報告があったら、即座に停止しちまうんだ」

「それなら」とティムは応じた。「アクセス・コントロール・カードは忘れよう。見本があったら、ふつうのIDカードは偽造できるか?」

ストークは鼻を鳴らし、ばかにするなというように手を振った。「万年筆のキャップにおさまって、百メートル離れたところからささやき声をキャッチできるマイクをつくったことだってあるんだよ。図書館の貸しだしカードに毛が生えたようなカードくらい、お安い御用さ」

ティムは頭をわずかに傾けて、搬入搬出口を示した。「自転車ラックが、検問所の先の従業員用エレベーターのそばにあるな」

「たぶんベヴァリーヒルズ地区の規制法のせいだね――歩道をふさいじゃいけないことになってるんだ」ストークは錠剤を口に放りこみ、水なしで苦もなく飲みこんだ。「拳銃を持ちこむつもりなら、分解したグロックにするといいよ。グロックはほとんどプラスチックでできてるんだ。銃身だけは探知機にひっかかるけど――キーホルダーに仕立てて、残りはシャツのポケットに入れておけばいい。撃針も金属だけど、量が少なすぎてひっかからないからね」ストークはティムをじっと見つめて同意を待った。

それにはかまわず、ティムはいった。「あのキーパッドがよく見えるところを捜さなきゃならないな」

ストークはビルの北側にそって走る狭い道を指さした。「横の窓からならまっすぐに見えるよ」

「そっちへまわしてくれ」

ストークはヴァンを出し、徐行でその道にはいった。たしかに窓があったが、おんぼろトラックにほとんどふさがれていた。

ティムはちらりとしかそちらを見ずに、「そのまま通りすぎろ」と命じた。

ストークはそのブロックを過ぎてから、ヴァンをふたたび路肩に寄せた。

「トラックが邪魔だし、道が狭いな。窓にへばりつかなきゃなかが見えないが、それじゃめだちすぎる」

ストークがいった。「なら、トラックが動くのを待てばいい」

「あの道は駐車が認められてるし——コインを追加しなきゃならないメーターもない——あのトラックのバックミラーには許可証がぶらさがってる。それに、四日前の夜の雨で前輪についた落ち葉がそのままになってる。あそこは、だれかさんのぽんこつトラックの安息の地になってるんだろう」

「動かせるよ」

「どうやって？」

ストークはにやりと笑った。「とにかく、動かせるんだ」

「トラックを動かして、双眼鏡を使って窓からのぞいたとしても、やっぱりキーパッドははっきり見えないぞ。暗証番号を打ちこんでいる自転車便ライダーの体でふさがれちまうからな」

ストークは口をもごもごと動かし、堅く閉じた。「考えてみるよ」

「セキュリティ対策された電話回線に侵入する方法も考えてくれ——接続箱をいくついじらなきゃならなくても盗聴するんだ。状況を完全に把握しておきたいんだよ」ティムはすでにレイナーに、マスコミ関係のコネを使ってセキュリティ体制を探りだしてほしいと頼んであったが、情報源は多いほどよかった。

「盗聴にかけられる時間は？」

ティムはGショックをちらりと見た。「七分」

ストークはポケットから点眼器を出すと、ぶ厚い眼鏡をはずして目薬を差した。眼鏡をかけなおしても、まだ目をぱちぱちしていた。興奮したウミガメの目のようだった。ティムは同情し、すぐに仲間意識を、連帯感をおぼえた。

「つらかったかい？」とティムはたずねた。「おかあさんが殺されたときは？」

ストークは肩をすくめて、「人生に期待しないことを学んでたからね。うまくいくかもしれないって期待しなければ、うまくいかなくてもがっかりしなくてすむ」

「それなら、どうしてこんなことをしてるんだ？　なんで〈委員会〉に参加したんだ？」

「ほんとのことをいおうか？　金のためだよ。ＦＢＩの年金に加えて、かなりの給料をもらえるからね。下劣な理由に思えるかもしれないけど、ぼくには金しか生きがいがないんだ。ぼくにはほとんど友達がいない。野球をしたことがない。女性と寝たことがない。ぼくは部外者だ。映画やＣＭで他人の生活を指をくわえてながめてるだけなんだ。しばらくして、やめることにした。テレビだのなんだのは見なくなった。いまは本を読んでる。たいていは古い本を。眠れないときは、ときどき、白黒映画を借りる。なかなか眠れないんだ。呼吸が……」ストークは鼻の下のひきつれた瘢痕《はんこん》を身ぶりで示してから、両手を行儀よく膝の上で重ねた。「はやりものは嫌いなんだ。ぼくには手が届かないものばかりだってことを思いださせられるからね」

ストークはふたたび眼鏡をはずして目をこすった。レンズは凹面で、端が厚くなっていた。

「いつか失明してしまう危険がかなりあるらしい。だから本を買ったり、旅行をしていろいろなものを見ることに金を惜しみたくないんだ。七つの海。北極の雪。去年の五月には、ヘリコプターをチャーターしてグランドキャニオンの上を飛んだんだけど、絶景だったよ」ストークは指先で自分の胸を軽く叩いた。「心臓の状態を考えたらあんなことはするべきじゃなかったんだけど、唯一の楽しみだからね」眼鏡をかけなおし、ウミガメの目をしばたたきながらティムを見た。「ぼくは金がほしいんだ。でも、だからって非難される筋合いはないと思ってる」

「ああ、おれもそう思うよ」

しばし、気まずい空気が流れた。

「悪かったね、ミスター・ラックリー。ふだん、ほとんど人と話さないもんだから、話しだすと……」ストークは湿った咳払いをした。「はじめたほうがいいんじゃない？」

ティムは後部座席に腕をのばし、ごみ箱の蓋サイズの磁石つきロゴマークを二枚とった。外へ出て、ヴァンの両側に一枚ずつ張りつけた。それでパーフェクト・ティント窓掃除社のヴァンになった。

ヴァンは狭い道にもどって搬入口の前を過ぎ、ビルの正面にまわった。ティムの腕時計が十二時五十九分から一時に変わったと同時に、ポケットからぼろ切れをはみださせ、ベースボールキャップを斜めにかぶったロバートが西側の従業員出入口から出てきた。

ロバートが十五歩で達して——ティムがすでにドアをひきあけていた——乗りこむと、ストークはすぐさまヴァンを発進させた。数ブロック進むまで、三人は口を開かなかった。ストークは人気《ひとけ》のない道の、ティムが駐車しておいたＢＭＷのすぐうしろにヴァンを停めた。

ロバートはこぶしを口にあてながら咳をし、窓の外へ唾を吐いた。シャツのポケットからくしゃくしゃになったタバコのパックを出し、底を軽く叩いて一本抜きだした。星条旗柄のジッポの蓋をぱちんとあけて、「吸っていいか？」とたずねた。

「ああ」とストークは答えた。

ロバートはタバコに火をつけ、運転席のほうへ勢いよく煙を吐いた。煙はしかめっつらのストークの頭を月桂冠のようにとりまいた。ストークは咳を我慢しようとして、しゃっくりのような声を洩らした。

ティムはヘッドレストに腕をまわしてロバートと向きあった。「四階と十階は空いてたんだな？」

「ああ、空いてた。どっちもIT企業が借りてたんだが、ドードー鳥と同じ運命をたどったんだ」

「赤外線ストロボ動体センサーは撤去されてなかったか？」

「どっちの階にもうじゃうじゃあるよ――セーフティマンのやつだな。昼間はメンテナンスや引っ越しのために人がはいることがあるから切ってあって、五時か六時にスイッチを入れてるんだと思うな」

「あした、窓拭きとしてまた上がってもらう前に、セキュリティを突破して――メンテナンス係に扮するのがいいかな――屋内に忍びこむ方法を考えておかなきゃならないな。そのためには赤外線センサーを動作不良にしなきゃならない。ストーク？」

「セーフティマンなら扱ったことがあるよ」とストークがいった。「ケースにおさまる大きさの鏡をつくっておくよ。あした、ストロボが止まっている勤務時間中に、ロバートにその鏡をしかけておいてもらえばいい。夜になってスイッチがはいっても、鏡が赤外線ビームをセンサーにはねかえしてくれるから、リンディ・ホップで廊下を通れるよ」

「リンディ・ホップ？」

「テンポの速いスイングダンスだよ、ミスター・ラックリー。チャールズ・リンドバーグにちなんで名前がつけられたんだ」

「なるほど。じゃあ、よろしく頼む」ストークがほのめかしを察してくれないといけないので、ティムはちらりとドアのほうを見た。

ストークはロバートに小さくて平らなカメラを放った。ロバートはカメラをTシャツのポケットに入れた。そしてストークはヴァンを降り、道路わきに停めてあった二台めのヴァンに乗りこんで走りさった。

後部座席で、ロバートはオーバーオールを脱いでジーンズをはいた。「おかしなやつだぜ」走りさるヴァンのほうを顎で示しながら、ロバートがいった。「腕はたしかだが、いっしょにビールを飲みたくはねえな」

「悪いやつじゃないさ」とティムはいった。「ちょっとやわだが、ずいぶんつらい思いをしてきたらしいしな」

ロバートは耳に鉛筆をはさんで、クリップボートをニューズウィーク誌のあいだに滑りこませると、腰をかがめてスニーカーのひもを結びなおした。ぴっちりした紺のジーンズのうしろの革パッチにリーのロゴが浮きでていた。「なんでやつを追っぱらったんだ？　やつに聞かれてまずいことでもあるのか?」

「報告しろ」

ロバートはいらだたしげにティムをにらんでから、先が真っ赤になるほど強くタバコを吸った。「質問に答えてもらってねえぜ」

「答える必要はない」

「いいか、おれはいわれたことを、りっぱな兵隊らしくぜんぶこなしてきたんだぞ。どんな計画を立ててるのかを教えないかぎり、なにも話さねえからな」

「いいだろう。それならおれは降りるから、デュモンとレイナーにはおまえからおれがいなくなった理由を話してくれ。あとはおまえが好きなようにやるんだな」

ロバートは座席にもたれ、親指でとんと叩いて灰を窓の外に落とした。きびきびした、よどみないしぐさだった。ロバートの動作は、爆発寸前の怒りとどうにか抑えこんでいる暴力で、つねに張りつめていた。ティムは、ロバートの、さらにはほかのメンバーの精神的安定が信じきれなかった。それが小さからぬ理由となって、市民を巻き添えにする恐れがあるこの危険な作戦で、ティムは各メンバーにまったく別個の任務を割り当てたのだった。

ようやくロバートがいった。「もうちょっと敬意を払ってくれてもいいと思うがな。いわれたことをちゃんとやったんだぜ。いわれた以上のことを」

「じゃあ、それを報告しろ」

ロバートはティムのほうに勢いよく煙を吐きだしてから報告をはじめた。「骨組みは鋼鉄で、壁はプラスターボードをかぶせたコンクリート。各フロアの高さは六メートル、金属の天井野縁《のぶち》と十二本の金属支柱で支えられてる。各階の基礎スラブは鉄筋で補強した厚さ二十三センチの現場打ちコンクリート製で、磨き仕上げになってる。天井はタール紙を張った合板製で、ファンを備えた空調吹出口が二十一、金属棒で侵入を防いでいる七・五×十八センチの明かりとりが十五、備えられている。一階の機械室には、緊急遮断弁つきガス冷暖房設備がある。南西角からビルにひきこまれている電線は、主断路器を経由して電気室にいたり、そこから分岐してる。電気室の配線はぐっちゃぐちゃだ——ありゃひでえ」

「うれしいね」とティムはいったが、ロバートはかまわずに続けた。

「各階の内壁におおむね五個の配電盤が備えてある。定格電流は二百から三百アンペア。停電のとき、電力はバッテリーによって供給されるが、非常用高出力発電機も二台ある。火災報知器は各階の北東にある——電話回線を通じてそれぞれが自動通報するタイプだよ。ファイアーキング製だ。階段には高性能な炎・煙感知器と消火器と消火ホースが用意されてる。エレベーターで地下駐車場までおりられる——レインはたぶん、防弾仕様の車で地下駐車場に乗りいれるんだろう。ビルの中心部の守りは堅い——内側の部屋には外に面した窓がねえから、狙撃はとても無理だ。もしもあんたが狙撃を考えてるんだったらだけどな……」眉毛を吊りあげて間をとった。「窓はあかねえ。各階の従業員用エレベーターの右にダストシュートがある。階段に出るドアは金属製で取っ手はプッシュハンドル式だ。すべてのドアにマグネットセンサーが設置されてる。照明のスイッチは屋内側の左。階段は密閉されてて、どの階にも出られねえ

――内から鍵がかかってるから一階までおりるしかねえんだ。階段の錠はつまみをひねってあけるオートロックのシングル・シリンダー・タイプ。ドアをあけると、奇数階は給湯室に、偶数階は会議室に出る。インタビューはたいてい三階で収録されるんだが――考えたもんだぜ――いつものユエのセットとそっくりなセットを十一階に組み立ててる。セキュリティのために場所をこっそり変えたんだ――腰に道具袋をぶらさげた大道具係がセットの背景を運んでるところを見たよ」

確認の要ありだな、とティムは思った。

「きょうから、いくつか階に金属探知機の据えつけがはじまった。レインが到着するまでに終えるつもりだろう。アクセス・コントロール・カードのチェックポイントを抜けなきゃ各階の奥へ行けねえし、警備ブースを突破しなきゃ編集インタビュー・スタジオにはいれねえ。それから、七階には、鍵を落とすのを見たとき心臓が止まるかと思った、ジェニファー・ロペスみてえなケツをしたブルネットがいたっけな」

「なるほど」とティムはいった。「よくやってくれた」

「あんたにほめられたかないね」ロバートはヴァンから飛びおり、ばたんとドアを閉めた。

ティムがレンタルのヴァンでレイナー邸の門を抜け、自分の車のとなりに停めたとき、ミッチェルが玄関から出てきた。ミッチェルはティムを無視して自分のトラックに乗りこんだ。ミッチェルが勢いよくバックしはじめると、ティムはこぶしで側面を叩いた。ミッチェルは急ブレーキを踏んだ。

「なんだよ」

ティムは耳にはさんだ鉛筆をとって、消しゴムを指さした。「このくらいの大きさにおさまる爆弾をつくれるか？」

「目的は？」

「小さなものにしかけられる爆弾が必要なんだ」

「腕時計のなかとかか？」

「ああ、腕時計のなかとかだ」

ミッチェルは口をひとしきり動かしてからぎゅっと結んだ。「厄介だな。超小型の雷管を自作する必要がある」

「爆薬はなにを使うんだ？　C4か？」

「C4だと？　それくらいなら、ダイナマイトの束をふりまわしたり、おもちゃの大砲をぶっぱなしたりするほうがまだましってもんだ」ミッチェルはかぶりを振った。「爆弾のことはおれにまかせときな。雷酸水銀とかDDNTみたいな敏感な起爆薬が必要なんだよ」

「受信機を使って電気的に起爆するつもりか？」

「ああ。だが問題がある。スペースが足りねえんだ——特に、腕時計みてえに既存の回路があるところにその爆弾をしかけるとなったら。だから、遠くから特定の電気信号を受信できるようなものはつくれそうもねえな。リモコンの有効距離は、二百メートルってところだろう」

「二百メートルあれば充分だ。それから、金属片はいらないぞ。巻き添えを出すわけにはいかないからな」

ミッチェルは歯ぎしりをして、「ご高説をどうも」というと、いきなりトラックを発進させたので、タイヤに足を轢《ひ》かれないように、ティムは飛びすさらなければならなかった。

ティムはムーアパーク射撃練習場へ行って三五七口径の慣らし撃ちをした。早撃ちを練習し、新しい拳銃の感覚をつかもうとした。家に帰ったような気分だった。

帰り道で、ティムは数ブロック、うかつにも自宅へ向かって車を走らせてから、やっと気づいて方向転換した。よくジニーを連れていっていた公園を通りすぎたときはじっとりと汗がにじんだ。かなりのまわり道になったが、キンデルの小屋の前を通った。三五七口径は使いこんだヒップホルスターにしっくりとおさまっていた。拳銃を抜き、腿に押しつけた。ジーンズごしでも、銃身の熱を感じた。心を占めているものが悲しみからふたたび怒りへと変わったという事実に、意味がないわけではなかった。

怒っているほうが楽だった。

ダウンタウンへもどり、シャワーを浴び、拳銃を掃除すると、ティムはベッドに寝転がって、ようやくノキアのメッセージをチェックした。この数時間で二件。どちらもドレイからだった。

最初の一件の声は元気がなかった。「共犯説は八方ふさがりよ。キンデルの前科を担当したロス市警の刑事たちをやっとつきとめて電話したの――ふたりとも親切だったわ。ジニーのことは聞いたっていってた……」ドレイは咳払いをした。強く。「具体的には教えてくれなかったけど、捜査資料をひっくりかえして、手がかりも、気になることもないっていってくれたわ。捜査資料に書かれていることは、ほとんどぜんぶ、わたしがもう読んだ公判記録に載ってるそうよ。それから、グティエレスとハリソンの罪悪感につけこんで、最後にもう一度だけ、キンデルにあたってもらったの。キンデルはだんまりを決めこんでたそうよ――弁護士がきっと、黙っていれば刑務所にはいらなくてすむって釘を刺したんだわ。いまじゃキンデルは、経験豊かな憲法の専門家よ。告発するつもりがないなら敷地内から出ていけっていったらしいわ。これ以上、なにをやっても成果はなさそう」深いため息。「あなたのほうで、なにか成果があればいいんだけど」

ティムが電話をかけなかったので、最初のメッセージの悲しげだった口調が、二件めではいらだたしげに変わっていた。ティムはまず警察に、そして自宅にかけ、けっきょく、こっちにも報告すべきことはない、くわしいことは直接話す、という旨《むね》のあいまいなメッセージを残した。たとえ録音でも、ドレイの声を聞くと、悲しみのとげがいっそう深く突き刺さった。

やらなければならないことが山ほどあってよかった、とティムはしみじみ思った。

ティムは四時にロバートと交替した。コーヒーショップのボックス席を立ち去ったロバートは、メモや図表がたっぷりはさみこまれているクリップボードを隠したニューズウィーク誌をテーブルに置いていった。腰をおろすと、ティムはロバートのメモに目を通した。局の動静、ごみ出しの時刻、警備員の配置。ロバートの有能さに疑問の余地はなかった。

ティムはコーヒーをすすりながら、どの出口からだれが出てくるかを見張った。五時直前に、道路を横断し、テレビが何台も吊るされている巨大なショーウィンドウの前を通り、ロビーにはいった――グロテスクなまでに豪華なシャンデリアが下がっている洞窟じみたロビーで、ビルの外観からすると奇妙に古めかしかった。はいってすぐのところで、新たに配置された警備員が、ティムの免許証をおざなりに見て――ありがとう、トム・アルトマン、安らかに眠れ――通してくれた。西の壁面には十六台の閉回路テレビからなる巨大スクリーンがあった。通用口も、開放型の階段も、身を隠せる柱もなかった。回転ドアから二十メートルほど進んだところで、でんと鎮座している警備デスクが来訪者を迎えていた。

天井の四隅に監視カメラがあることを確認してから、ティムは不安げな笑顔で警備員に声をかけた。「あの、どうも、こんにちは。その、雇っていただけないかどうかお訊きしたくて来たんです。ええと、清掃員かなにかで」

「いまは求人してないんですよ。ABCに行ってみたらどうですか？　たしか、ABCは求人してるはずですよ」

ティムは一瞬、デスクに身をのりだして、警備員が監視している、ずらりと並んだ青みがかった白のスクリーンをちらりと見た。カメラはおおむね南を向いていて、はいってくる来訪者の顔をとらえていた。ティムは死角を捜した。「そうですか。ありがとうございました」

「どういたしまして」

ティムは向きを変えて出口に向かった。出てゆく人々を記録している監視カメラは、回転ドアの上にとりつけられているものだけだった。ティムは終始うつむきかげんで、回転ドアから歩道へ出た。

そしてリプソンズ薬局・医療用品店のとなりのデリにはいり、窓に面したボックス席について見張りを再開した。パストラミを食べながら、十一階のオフィスを見あげて窓の明かりが消える順番を記録した。

17

それから四十八時間、見張りを継続した。コーヒーを飲みつづけ、脚がつった。いっぽう、レインに対する一般大衆の怒りは高まりつづけ、殺害予告がどっと寄せられた。KCOMはほとんど休みなくインタビューを宣伝していた——バスやタクシーの屋根の上を広告が飾り、テレビでの猛烈なキャンペーンに加えてKCOMの系列ラジオ局でもCMが流れていた。

街全体が固唾をのんでインタビューを待ち受けているかのようだった。

ティムは畏怖《いふ》と不安が相半ばする心境で、エスカレートする祭り騒ぎを観察した——ストークの電話盗聴とレイナーのコネを通じて得た情報によって、警備プランが何度も変更されたことがわかった。そのたびに、ティムも計画を立てなおさなければならなかった。まず、KCOMの法務部が、インタビューを生放送することに反対し、あらかじめ秘密裏に録画しておいたほうが危険がないと主張しはじめた。つぎにレインが、安全と威信のためにインタビューを秘密の場所でおこないたいといいだしたが、レインの過去とマスコミに対する周知の憎悪を考えれば当然のことながら、ユエが同意しなかった。上層部の支持を得たＫＣＯＭの警備課が、ようやく反対を抑えこんで、慣れない場所ではなく局内で不確定要素に対応するほうを選んだ。レインはこの譲歩から、自分の話が不正確に伝わったり編集でずたずたにされないように、インタビューはやはり生で放送するという約束をとりつけた。ＫＣＯＭの営業部とユエ本人は、喜んで応じた――生放送というのは、この特別番組の売りのひとつになっていたからだ。このしかけをさらに活用すべく、番組の最後に、怒れる大衆に対するレインの反応が見られる十五分間の視聴者電話アンケートコーナーが追加された。

つぎに、案のじょう、主導権争いがはじまった――ロサンゼルス市警、ＫＣＯＭの警備課、それにレインのうさんくさいボディガード・チームは、従業員および一般人の安全からスタッフの審査にいたるありとあらゆる問題に関して、険悪な雰囲気でえんえんと交渉を続けた。ロサンゼルス市警は、当然のごとく、レインのチームの半数近くにビルへの立ち入りを禁じた。レインが雇った新たなボディガードは念入りに調査された。

火曜日の夜、ティムはＫＣＯＭビルの北側の狭い道に停めたシヴォレーヴァンの助手席で、まだ明かりのついている窓に目を向けていた。ぽんこつトラックが停まっていなかったら従業員用エレベーターとキーパッドが見えるはずだったが、トラックは腹がたつほどしつこく、ちょうど邪魔になる位置に居座りつづけていた。最後の自転車便は、いつも午後七時五十七分から八時一分までのあいだにやってくる。腕時計を見ると六時四十五分だった。

ティムの膝には写真の束が乗っていた。すべてＫＣＯＭ職員の写真で、裏に氏名が記されている。スパイ用暗記カードだ。

ストークは《ロイ・ロジャース・ショー》のテーマ曲をハミングしながら、小型電卓にパラボラマイクをつないだようなものをいじっていた。配線を処理しおえると、機械を置き、センターコンソールから赤のスプレー塗料をとりだした。

「なにをしてるんだ？」ティムが、おそらく五度めに訊いた。

ストークは運転席を滑り降りた。そして、早足で道路を渡りはじめた。人目を惹かないように腰をかがめているつもりなのだろうが、ティムにはひどい猫背の男にしか見えなかった。ストークの姿はいったんぽんこつトラックの陰に消えたが、すぐに反対側にあらわれた。かがみこんで、縁石を真っ赤に染めていた。

ほどなくヴァンに駆けもどって運転席に飛びこみ、腰をおろして荒い息をととのえた。ポケットから携帯電話――同じ通信事業者《キャリア》同士で連絡がとれるように、前日、デュモンがメンバー全員にネクステル社の同じ携帯電話を与えていた――をとりだして開いた。番号案内にかけ、うながされると、フレド牽引社の電話番号をたずねた。

ストークは低い声をつくって話した。「もしもし。ウィルシャーとロクスベリーの角のKCOMの警備の者です。駐車禁止ゾーンに停まっているトラックがあるので、至急移動していただきたいんですよ。はい、わかりました。お願いします」

ストークは携帯電話を閉じ、満足顔で座席にもたれた。

「名案だな。でも、たとえトラックが移動しても、自転車便のライダーの背中が邪魔で、やっぱり打ちこまれた数字は見られないぞ」

ストークはさっきいじっていた円錐状の装置を持ちあげた。「だからベティを連れてきたんだよ」

「ベティ?」

「ベティは窓ガラスにレーザーを照射する。で、ガラスの振動を精細に読みとるんだ」

ティムは首を横に振った。まだ理解できなかった。

「キーパッドに数字が打ちこまれるたび、それぞれ異なる周波数の微弱な電磁波が発せられる。そしてその電磁波によって、窓ガラスがほとんど検出不能なほどわずかに振動するんだ。ベティはその振動を読んで、数字に復元してくれるのさ」

「ほかの、もっと強い振動は? その影響は受けないのか?」

「もうかなり静かになってる」ストークは説明した。「だから八時を選んだんだよ。シャッターが巻きあげられる音も、荷物を搬入する音もしてないから」

ティムは身ぶりで装置を示した。「そいつは……あんたがつくったのか?」

「ベティと呼んでくれ。ベティが使ってるコンピュータ・プログラムもぼくが書いたんだ」ストークが鼻を鳴らすと、眼鏡がずり落ちた。「ぼくがFBIに採用されたのは、ベンチプレスで重いバーベルを挙げられるからじゃないってところかな」

二十分後、レッカー車が到着してトラックを牽引していった。おかげで、ストークは窓をまともに見られるようになった。自転車便は予想よりも早く——七時五十三分に——やってきたが、ライダーがキーパッドに暗証番号を打ちこみはじめる前に、ストークはベティをドアに立てかけて窓のほうへ向けていた。ライダーが乗った従業員用エレベーターのドアが閉まったときには、ベティの小さなスクリーンに暗証番号が表示されていた。７８５６４だ。

ストークはパラボラマイクのてっぺんをなでて、なにやらささやいた。

「正直いって、ストーク、感心したよ」

ストークはヴァンを発進させ、ゆっくりと道路わきを離れた。「あんたを感心させることが目的なら、ミスター・ラックリー、ドナを連れてきてたよ」

ティムが玄関をあけるなり、レイナーが彼をなかへひきいれた。「やあ、お帰り。さあ――頼まれていたテープは用意できていますよ」

ティムが会議室にはいると、作業していたミッチェルが顔を上げた。髪がややのびすぎているように見えた。散髪に行く必要があった。ミッチェルは電話帳にかがみこんで、爆弾をいじっていた。黄色い表紙の上で分解された爆弾のまわりには、小さな部品が電子の内臓よろしくひろげられていた。テーブルには、起爆に必要なエネルギーを割りだすためにミッチェルがミミズがのたくったような字で計算したメモが散らばっていた。ミッチェルはひとりごとをつぶやきながら、ドライバーの先端でこじってコイルをはずした。

ロバートとストークはまだ張りこみ中だったが、ほかのメンバーはそろっていた。猫のようにけだるげでつんとすましたアナンバーグが、挨拶代わりに片眉を吊りあげた。そして鉛筆でテープの山を指し示した。「残りはこれだけ。時間があるときに見てちょうだい」

「ありがとう」

デュモンがティムにリモコンを放った。ティムがリモコンをテレビに向けると、ビデオが動きだした――去年四月、メリッサ・ユエがアーノルド・シュワルツェネッガーに、市長選への出馬の可能性についてインタビューしたときのテープだった。

ティムの携帯電話の一台が振動しはじめた――デュモンに支給されたネクステルではなく、左ポケットのノキアだ。ティムは発信者番号を確認して切った――ドレイの安全のため、妻と話しているところはだれにも聞かれたくなかった。

だが、アナンバーグはティムの表情に気づき、鉛筆を口に押しあてて、「家でなにかあったの?」と訊いた。

ティムはそれを無視し、リモコンのボタンをふたたび押してスロー再生にした。毎秒八コマで見ると、笑っているシュワルツェネッガーは、なにかをむさぼり食おうとしているように見えた。シュワルツェネッガーが自分の膝を叩いて横を向くと、剃刀の切り傷と淡褐色のイヤホンが見えた。照明のせいで肌が光って見えた。

ティムがなにを調べているのかつきとめようと、ミッチェルはピンセットで電話帳をとんとん叩きながら画面を凝視していた。

レイナーは親指と人差し指で口ひげをなでつけて、「準備がととのったところで、そろそろ計画を開陳してくれませんか?　なにしろ、まだなにもわかってないんですから。いつ実行されるのかも知らないんですよ」

「気にしなくていい」画面から目を離さずに、ティムがいった。「実行されればすぐわかるから」

私道に車を停めた車のなかで、ティムはポーチライトのすぐ下、玄関のわきに釘づけされた、96775という番地の数字を見つめていた。数年前、ティムが鉛筆で位置決めをし、曲《かね》尺《じゃく》を使って斜めにならないように気をつけながら釘で壁にとめた数字だった。9の上の釘が抜けて逆さになり、ひとつだけずれた6になっていた。

ティムは携帯電話でドレイのいちばん新しいメッセージを再生した。

「近頃は忙しくてなかなかつかまらないみたいだから、留守電を残しておくわね。姿を隠してればうまくいくなんて考えないでちょうだい。あなたがどこに住んでるのか知らないから、訪ねていって分別をとりもどすように説得はできないけど、どうやら長くかかりそうね。話がしたいから、うちに来て。わたしは本格的に仕事に復帰したから、来る前にいるかどうか電話してね」

痛みが怒りのベールでおおわれているドレイの声は、ティムの気分にあっていた。メッセージの〝どうやら長くかかりそうね〟という一節が、特に心にひっかかった。ドレイが先に進むまでに？ ドレイがおれを捜しに来るまでに？ 処刑の準備で忙しかったせいで、ティムは最悪のタイミングでドレイとの連絡を怠ってしまったのだ。ドレイがおれに腹をたてるのも無理ないよな、とティムは思った。

ティムは結婚指輪をはずし、望遠鏡をのぞくようにして指輪ごしに家をながめた。ティムが崩壊するままにしようとしているものがすっぽりおさまっていた。指輪がないと手がむきだしになっているような気がしたので、また指に はめた。

呼び鈴を二度鳴らした。返事はなかった。ティムは〈委員会〉の用事のあいまを縫ってやってきていた。ドレイが留守だとはっきりすると、自分がどれほど妻を恋しがっているか、妻と別れているせいで心にどれほど大きな穴があいているかをひしひしと実感した。ドレイが家にいることを前もって確認しなかった自分にいやけがさした。

ガレージから家にはいると、なにを捜しているかわからないまま、うろうろ歩きまわった。夫婦の寝室となりのバスルームに並んでいるドレイの化粧品を見つめた。ベッドに腰をおろし、ドレイの枕を持ちあげ、彼女の香りを吸いこんだ――ローションとヘアコンディショナーの匂いがした。そしてティムは居間の壁の穴をふさいでおいた石膏ボードに塗料で色を塗った。ガレージから金槌をとってきて、玄関の番地表示の9を正しい位置にもどし、釘をとんとんと、先が金属に食いこむまで打った。キッチンにもどったときには耳鳴りがしていた。

ティムは冷蔵庫に、〝愛してるよ〟というドレイに宛てたメッセージを記した付箋を貼っておいた。玄関に向かいかけてから、きびすを返し、同じメッセージを記した付箋をバスルームの鏡にも貼っておいた。

18

「ジェドと呼んでくれ。ジェドと略さずにジェデダイアという古めかしい名前を使うのは、おれを狂信者に仕立てあげて平均的なアメリカ人から遠ざけるための、政府にコントロールされた左翼メディアによる陰謀なんだ」KCOMビル一階のショーウィンドウに吊るされた多数の閉回路テレビには、十七組の手を重ね、十七脚のゲスト用の豪華な椅子にもたれている十七人のジェド・レインが映しだされていた。十八台めのテレビには、テレビをながめている人々自身の、義憤と野次馬根性をあらわにした顔また顔が映っていた。

ティムは自転車を押しながら、巨大なショーウィンドウに見入っている見物人とデモ隊をかき分けて進んだ。メリッサ・ユエはレインを上階のセットに迎えると、三十分後の生放送開始の前にウォーミングアップをさせた。KCOMの編成担当は、宣伝のため、放送前の様子を閉回路テレビに流してビルの前に集まった人々に公開することにした。オクラホマ・シティ連邦ビル爆破犯ティモシー・マクヴェイの処刑から連なっている鎖の輪のひとつだった。

シュプレヒコールの声がやや小さくなったおかげでレインの声は聞き分けられたが、人垣からは侮蔑と憤激が熱のように放射されていた。ロサンゼルス市警は断固としているが威圧的ではない存在感を示すため、紺の制服姿の警官を、見物人とデモ隊のなかに一定間隔で配置していた。ロビーにはいってすぐのところでは、KCOMの警備員が来訪者と従業員の身分証明書を念入りに確認し、空港にあるような二台の金属探知ゲートを通り抜けさせていた。

超小型雷管は自転車のサドルの下に隠してあった。また平形磁石を九個、フレームの下のほうのめだたないところにくっつけ、ライター大の筒形リモコンは右ペダルの留め金具《トウクリップ》に反射器に見せかけて固定してあった。ティムは眼鏡をかけているだけでなく、短い顎ひげと口ひげをたくわえ、下唇の裏と歯ぐきのあいだにチューインガムを押しこんで顎の形を変えていた。バックパックを肩にかけ、偽造の身分証明書をカーキ色のズボンの腰にぶらさげ、金色の十字架のネックレスをかけているティムは、角を曲がって搬入搬出口へ向かった。腕を振って袖口から腕時計をのぞかせる。八時三十一分。

ティムは通りの反対側のプラカードのなかから、〝狂信者は子供たちを殺した〟というロバートのプラカードを見つけた。問題発生だ——プラカードの裏の、スローガンが逆さになっているほうがゴーサインだったのだ。ロバートはシュプレヒコールをくりかえしながら規制線にそって行進していたが、首の筋の張りつめ具合から、ティムは緊張を読みとった。

ロバートはプラカードを搬入搬出口のほうへ傾けた。レイン一味がはいったあと、ふたりの新顔の警備員が持ち場についていた。ひとりが傾斜路ののぼり口で自転車便ライダーのボディチェックをし、もうひとりがわきで自転車を支えていた。警備員は手を振って行っていいと合図したが、ライダーが抗議したにもかかわらず、自転車は持ちこませなかった。

プランAは中止だ。

ティムは道路を横断すると、隠しておいた装置を回収してから自転車をごみ箱に立てかけた。つかのま、その場でめまぐるしく頭を回転させた。ごみ箱のそばの地面に、来訪者用入局許可証が落ちていた。日付はきょうだ。ティムは腿にこすりつけて汚れを落とした。ジョセフ・クーパー。使えそうだった。なんといっても、新顔の警備員には、不利な点と同じくらい有利な点もあるのだ。バックパックを肩にかけなおすと、通りを歩いてリプソンズ薬局・医療用品店にはいった。ひとりきりの店員は奥で箱を相手に作業していた。「少々お待ちください!」

ほどなくして、ティムはさっきまでショーウィンドウに飾られていた車椅子に乗って出てきた。バックパックは車椅子の背にかけてあった。昨晩、ベルト研磨機《サンダー》にあてて使いこんだ感じにしておいた、指までおおう自転車用の手袋が、かなりの速さで回転する車輪から手を守る役にも立った。侵入したあと指紋の心配もしなくてすむ。

勢いよく横断歩道を渡ったティムが、来訪者用入局許可証を見せながら新顔の警備員たちのほうへまっすぐ進むと、背が高いほうの警備員が、交通巡査っぽい肉厚の手を上げた。「やあ。今週、十一階で制作の人たちと会うことになってるんだ。で、玄関からはいろうとしたら、きょうはこっちへまわってくれっていわれちゃったんだよ。こいつに乗ってちゃ、金属探知ゲートを通れないんだってさ」――ティムは車椅子の側面をいとしげにぽんと叩いた――「こっちなら金属探知棒で調べられるからって」

当惑した表情で相棒のほうをちらりと見てから、警備員はティムのそばで棒を振り動かしたが、金属探知機は車椅子の金属に盛大に反応した。ティムは車輪の上に両手を置いていた。雷管とリモコンはスポークのあいだに押しこんであった。もうひとりの警備員がバックパックをあけ、パン生地をこねるような手つきでなかの洋服を探った。ティムは警備員の手際の悪さと、障害者の感情を害することへの明らかな恐れに感謝した――警備員は、どうしてそんな服を着ているのかとたずねもしなかったのだ。

ティムはやかましく鳴っている金属探知機のほうを見ながら、気恥ずかしげにほほえんで、「よくあるんだ。空港はたまんないよ。警備兵を呼ぶんだからね」とウインクして見せた。「傾斜路を押してくれるかい?」

警備員は、職務に忠実にまずティムのボディチェックをし――さらに――腰のうしろを調べ、両脚を手で探った。ティムのポケットからとりだした一ドル硬貨を、しげしげと見つめてからもどしたほどの徹底ぶりだった。ライクラ繊維製のぴったりした長袖のバイクシャツを着ているティムには、全身を汗の薄い膜でおおわれていることがはっきりわかった。汗の多さは、ドアを蹴破ったりするきわめて危険な任務を前に緊張が高まっているときを思いださせた。

ようやくうなずくと、警備員は車椅子を傾斜路の上まで力まかせに押した。「エレベーターの暗証番号は、フロアアクセス番号の最初の五桁ですから。ご存じですよね？」

「うん。どうも。助かったよ」ティムはゆっくりと従業員用エレベーターに近づき、ベティが解析した暗証番号を打ちこむと、ふたりの警備員に向けて笑顔をつくりながら待った。チャイムが鳴ってドアが開くと、ティムの口ひげの緊張がややゆるんだ。車椅子をエレベーター内に進め、ドアが閉まったあと、思わずため息を洩らしてから、ティムは自分が息を詰めていたことに気づいた。

エレベーターは実用本位の荷物運搬用だった――壁はメッシュで、天井は高く、ボルトどめされたハッチがある。右の角にテレビがとりつけてあった。「――クリントン‐ゴア政権が残したごみは、ぜんぶ片づけなきゃだめなんだ」とレインがいっていた。「やつらとそのけったくそ悪い社会主義者の仲間どもが、この国の文化を汚染し、破壊してるのさ」レインはブーツを履いた足を、セットのテーブルの端に乗せていた。

「生放送がはじまったら」とユエがいった。「言葉に気をつけてくださいね」

「わかってるって」レインはいった。「自由な国に住んでるなんて勘違いはしてないさ」

ティムは十階のボタンを押し、スポークのあいだから雷管とリモコンをはずし、背もたれの裏に張りつけておいた平形磁石をとった。車椅子をアコーディオン式にたたむと、壁に立てかけた。バイクシャツを脱いでありふれた青のボタンアップシャツに着替え、クリーニング屋からひきとったシャツをバックパックからとりだした。警備員がかきまわしたせいで、針金ハンガーがすこし曲がっていた。

人気《ひとけ》のない十階に出ると、たたんだ車椅子とバックパックを、エレベーターの右のダストシュートに捨てた。エレベーターが閉まりかけると、ポケットから一ドル硬貨を出し、人差し指と中指のあいだにはさんで狭い隙間に差し入れた。ドアはコインをはさみ、動かなくなった。閉まりきったと認識するにはまだわずかに隙間が残っているからだ。ティムはまた腕時計を見た。八時三十七分。従業員用エレベーターは九時十五分ごろに夜勤の清掃員が六階に上がるまでだれも使わない。だが、それまでにだれかが急用で使うかもしれないので、エレベーターを使用不能にしておきたかったのだ。

クリーニング屋からひきとったシャツを肩にかけ、ビニールカバーがたてるがさごそという音を聞きながら、裏の廊下に顔をのぞかせた。天井には、赤外線ストロボ動体センサーが九メートルおきにとりつけられており、死角はほとんどない。ロバートがティムをおとしいれるには絶好の機会だ——もしもロバートが計画どおりストロボを動作不良にしていなかったら、たちまち警報がわめきだし、ティムは警官と警備員とミリシアの用心棒だらけのビルの十階で袋の鼠になってしまう。ティムは深呼吸してから、最初の二個のレンズのあいだに踏みこんだ。センサーのてっぺんの緑の光点に変化はなかった——点滅して、どちらかのストロボがさえぎられたことを示したりはしなかった。

最初のドアは、ロバートの報告どおり、取っ手がプッシュハンドル式だった。この階の保安体制は、外からの侵入を防ぐことを主眼としていた。ティムはポケットから束にした磁石を出し、親指でひとつ剝がした。薄くて銀色で、チューインガムのような形をしている。ティムは爪先立ちになり、ドアの上端の線状に洩れている光をさえぎっている影からマグネットセンサーの位置を探った。そしてふたつのセンサーのあいだに磁石を滑りこませ、ひっぱられるのを感じると手を離した。磁石はぱちんとくっつき、ドア枠側のセンサーをおおった。ティムはドアを押し開いてなかにはいった。見あげると、磁石はドア枠側のセンサーにしっかりとついて、接触が断たれていない状態を保っていた。廊下からはいったひろい部屋は、ところどころとりはずされていたが、全体がパーティションで仕切られていた。暗いなかのあちこちにパーティションが立っているさまは、象の墓場のようだった。ITバブル崩壊の鎮魂歌のための音楽堂だ。通らなければならないドアはあと五つだけだったので、余った三個の磁石は打ち捨てられたヒューレット・パッカード製プリンタの給紙トレイの裏に張りつけた。ティムは階段へ出るドアにもたれて、十一階の運動好きな受付係、〝階段を使うスージー〟の足音が聞こえてこないかと耳をそばだてた。八時四十二分。五ブロック先の精神科医に九時の予約があるのだから、このままだとスージーは遅刻だ。きょうの午後、確認の電話をしているというのに。ティムは待った。呼吸をととのえ、あせっていない振りをしながら。八時四十九分に十一階の南西に走る廊下で、ストークが送るポケットベルの緊急メッセージを受けて自分のオフィスへひきかえすクレイグ・マクマナスとすれちがわなければならない。八時四十五分に、ティムはスージーが予約をキャンセルしたか、レインのインタビューを見るために残ることに決めたのか、エレベーターを使っておりたのだろうと判断した。

ティムはさりげなく口笛を吹きながら、階段に通じるドアをさっとあけ、十階の踊り場に足を踏みいれた。ドアが背後で閉まり、鍵がかかった。それが合図だったかのように、一階上でドアが開き、階段をおりてくるリーボックのやわらかな靴音が聞こえた。ティムは手すりを握りしめ、クリーニング屋のビニールカバーにはいったシャツを肩に高くかけて、顔が見えにくくなるようにした。

スージーは「ハーイ！　さようなら！」とティムに声をかけ、巻き毛とナイロンの印象を残して早足でおりていった。

ティムはぼそぼそと挨拶をかえし、階段をのぼりつづけた。十一階の踊り場に達すると、シャツからハンガーをはずし、針金を解いて、先端が鉤状になったL字形にした。ドアの下端のわずかな隙間に鉤を滑りこませ、針金を回転させて、鉤に向こう側のハンドルをつかませた。針金をぐいとひくと、心地いいカチッという音が聞こえた。そしてティムは、ドアをそっとあけ、人気《ひとけ》のない給湯室にはいった。

カウンターのテレビに、メリッサ・ユエがレインのほうに身をのりだしているところが映っていた。音声係がレインのシャツにピンマイクをつけている。「リラックスして、カメラじゃなくわたしと目をあわせるようにしてください。あと二、三分で、生放送のあいだ、プロデューサーの声が聞けるようにイヤホンをつけてもらいますから」

ボディガードとしてうしろに立っている、レインについてきたミリシア・メンバーのうちの数人は、太い腕の置き場所に困っていた。タフに見せよう、カメラを意識するまいとしていたが、うまくいっていなかった。その男たちは威勢のいいADに命じられるがまま、カメラに映らない場所へとぎこちない足どりで移動した。牧羊犬に追いたてられる牛の群れさながらだった。

ティムは三つに折ったハンガーとシャツを流し台の下のごみ入れに捨てた。尻ポケットから、チャックシールつきビニール袋とプラスチック製イヤホンとデンタルフロスをとりだした。イヤホンをこじあけ、配線のなかにちいさな雷管がおさまっているのを確認して、またぱちんと閉めた。イヤホンをビニール袋に入れて密封すると、上部に結び目をつくってそこをデンタルフロスで縛った。デンタルフロスを握ったまま、ビニール袋を飲みこんだ。デンタルフロスでひっぱって、ビニール袋を喉の途中で止めた。咽頭反射がおさまるのを待って、デンタルフロスを臼歯に結んだ。

冷蔵庫からエビアンの小瓶を二本出して尻ポケットにつっこみ、廊下へ出た。八時四十六分。

姿勢のいいロス市警警官と疲れた顔のＫＣＯＭ警備員が主通路へ通じるドアの前に置かれた金属探知ゲートの前に座っていた。ティムは会釈をしてゲートをくぐった。探知機がやかましく鳴った。

「携帯電話か鍵を持ってませんか？」

ティムは首を横に振った。

警備員が椅子から立ちあがって、金属探知棒でまずティムの足から調べはじめた。喉に達したとたん、探知棒が大きく鳴った。警備員はティムの喉元の金色の十字架を見つめると、警官に目配せをして手を振り、ティムを通した。

ティムは警備員詰所の先の男性用トイレにはいった。個室のなかで、臼歯に結びつけたデンタルフロスを探りあて、ビニール袋をひっぱりあげた。唾液まみれのビニール袋はするりと出てきた。ティムはイヤホンをとりだしてポケットに入れ、ビニール袋をトイレに流した。八時四十九分ちょうどに廊下へもどった。

上機嫌で同僚と雑談しながら廊下をのし歩いていたクレイグ・マクマナスは、ポケットベルをちらりと見て、自転車に乗る尼をネタにした下品なジョークを飛ばした。ティムは腕時計を見る振りをしてタイミングよく頭を下げ、マクマナスのわきに軽くぶつかった瞬間に、革編みベルトにとめてあるIDカードとアクセス・コントロール・カードをすりとった。

「おっと、ごめんよ、クレイグ」ティムはマクマナスと顔をあわせることなく歩きつづけた。マクマナスのIDカードをすばやくクリップからはずし、自分の偽造カードと交換した。廊下にはまったく人気《ひとけ》がなく、天井から一定の間隔でテレビが吊りさげられているだけだった。廊下の突きあたりにある禁断の両開きドアに達すると、ティムはマクマナスのアクセス・コントロール・カードをセンサーにあてた。赤いランプが緑色に点滅し、ティムは聖域に踏みこんだ。

双眼鏡を使っても、窓拭きに扮してものぞけないインタビュー・スタジオへの侵入に、ティムは成功したのだ。レインとユエはばかでかい木のテーブルについていた。かの有名なインタビュアー、チャーリー・ローズのスタイルだ。ADたちは照明を調整したり、ユエの指示にいやな顔をしたりしながら走りまわっていた。ユエの頭上に吊りさげられている黒いデジタル時計が、放送開始時刻までのカウントダウンをしていた——五分を切っている。ティムの右手の狭いブースに座っている警備員は、警官はドーナツが好きというステレオタイプにはまっていることをちっとも気にしていない様子で、粉砂糖のかかったドーナツをぱくついていた。ティムがIDカードを渡すと、警備員は陰気な顔に写っているティムの写真に粉砂糖の指紋をつけながら、おざなりに確認した。

ヘッドホンをした技師が制御卓をいじくっていた。技術者のわきから出ているコードだのケーブルだのが、折りたたみテーブルの下を通ってのびていた。ティムはエビアンの一本を振りかざしながら、技師のほうへ歩いていった。

「だれか、内線で水を持ってきてくれって頼まなかったかい?」

音響技師は、顔も上げずに手を振ってティムを追い払った。ティムはテーブルに開いたまま置かれている金属製のブリーフケースを目にとめた。灰色の発泡プラスチック製緩衝材のなかにいくつか装置がおさまっていたが、そのなかにはレイン用のイヤホンも含まれていた。ティムの予想どおり、おびただしい数の殺害予告を受けているため、レインの子分どもは親玉が使う器具類をすべて持参してきているのだ。

「じゃあ、ここに置いとくからね」

技師はふたたび手を、こんどはいらだたしげに振った。

ティムはエビアンをテーブルに置き、イヤホンをすばやくすり替えた。

「二分前」と叫ぶ声がした。

「キャッチライトをもっとやわらかくしてよ!」とユエがわめいた。

「これじゃ毛穴が穴ぼこみたいに見えるじゃないの」

前腕にハクトウワシの刺青を入れているレインの部下のゴリラ男のひとりが、ティムのそばを通って金属製ブリーフケースのほうへ歩いていった。ティムはドアに向かい、警備員に身ぶりで、顎に粉砂糖がついていると教えてやった。だれもいない廊下へ出ると、ユエの金切り声がステレオで聞こえた。ユエのかん高い声は壁の向こうからも、頭上のテレビからも聞こえていたのだ。局のジングルが番組の開始を告げ、KCOMビルはユエの癇性《かんしょう》からのがれてつかのまの安寧《あんねい》につつまれた。

つや消しステンレスのパネルにテレビがはめこまれているぴかぴかの一般用エレベーターに乗ったときには、ユエの声はオンエア用の甘い声に変わっていた。「……亡くなった子供たちと成人男女にきちんと哀悼の意を表していません」ユエは眉をわずかにひそめて、巧みに当惑の表情をつくった。

ティムは監視カメラの死角になっている、エレベーターのいちばん前に立った。内部は全面金属製で——二台めの監視カメラを隠しておける鏡面はなかった。

「その人たちはファシストのため、専制政権のために働いてたんだ。国勢調査局の干渉は、節度ある個人主義と、おれのような人々が再建しようと戦ってる、自由で独立した立憲共和国に対する共産主義的攻撃だ。市民の名簿が、連邦政府のファイルキャビネットをあさりさえすればだれでも利用できるんだからな……」レインはせせら笑いながら、無精ひげを指でこすった。「建国の父たちがこんなありさまを想像してたと思うかい？　おれたちはなにを手に入れた？　おれたちはどんな民族なんだ？　おれたちはどこに住んでるんだ？　あんたが気づいてないといけないからいっておくが、この国では戦争が起きてるんだ。そして国勢調査局は、この国の指導者といわれている連中のために武器を集めてるんだよ。連中はアメリカの主権と、政府によってじゃなく神によって与えられた権利に全面攻撃をしかけてるんだ」

「国勢調査のデータを利用できるのは政府機関だけですよ、ミスター・レイン。あなたの話には誇張が――」

「知ってるかい、ミズ・ユエ、政府は一九四二年に、国勢調査のリストを使って日系アメリカ人を狩りたて、収容所に放りこんだんだぜ」

ユエは懐中電灯のスイッチを入れたように笑顔を浮かべたが、一瞬の遅れで不意をつかれたことがわかった。ティムは思わず口元をゆるめた。悪党がワンポイント先取だ。

ティムは親指でポケットに入れてあるリモコンをなでた。リモコンの上部はライターのように開くようになっており、なかに黒いボタンが隠されていた。ティムは有効距離を控えめに見積もっていた――ビルの玄関から十歩離れたところなら、余裕を持って有効なはずだ。

レインは蘊蓄《うんちく》を披露しつづけた。「民主主義ってやつは、M‐60機関銃を持ってて、狼にノーといえる羊なんだよ。政府はおれたちを、おれたちの権利を蹂躙《じゅうりん》し、おれたちをちょっとずつ、ちょっとずつかじりとってる。国勢調査局へのあの攻撃は公正な裁きだったのさ」

エレベーターのドアがチャイムとともに開くと、そこはロビーだった。清掃員から経理部員にいたるまで、KCOMの従業員が集まって、西壁の巨大スクリーンに映しだされているインタビューに見入っていた。ひとりの女性は、フレッシュジュースのストローをあけたままの口から数センチ離したまま、じっと立ちつくしていた。四名のロス市警警官がロビーに集まった人々を見まわしていたが、ウエストバッグを着用している人がやけに多いことからして、かなりの数の私服刑事が交じっているのだろう。

ティムは脳裏にロビーの見取図を描き、カメラの視野の端を選んで歩きはじめた。大理石の床とすっきりした壁にレインの声が反響した。「国勢調査には、最低でも、社会保障を膨張させるための道具になるという害がある。現在、この国では、われわれは収入の、中世の農奴より高い割合を税金としてとられてるんだ」

「農奴に収入なんて――」

「そして連銀は、簒奪者《さんだつしゃ》たる政府による、さらに悪辣《あくらつ》な陰謀だ」

ユエの顔がこわばって、彼女のトレードマークの表情になった。CMに使われて、〝力強い〟と描写された表情だ。「長々とお話しいただきましたが、まだ最初の質問に答えていただいていませんよ。亡くなった十七人の少年少女と六十九人の男女を、あなたはすこしでも気の毒に思っているんですか？」

レインの笑顔がいきなりゆがんだ。「トーマス・ジェファーソンがいったように、〝自由の木はときとして圧制者の血で活力をよみがえらせなければならない〃のさ」

ティムはポケットにつっこんだ手の親指で、リモコンの蓋を幸運のお守りのようにさすりながらロビーを横切った。「〃愛国者と圧制者〃だろうが」とティムはつぶやいた。回転ドアとその上の監視カメラが近くなると、顎を胸元にうずめた。くるりと半回転して歩道へ出た。

ユエもレインもくつろいだ姿勢になった。にらみあったまま相手の弱点を捜している猛獣同士だった。

ビルの外の人垣はゆるやかにうごめいていた。上着にピンで赤いリボンをとめている人々がいた。だれかが憤然とした口調でつぶやいていた。耳おおいつきの毛糸の帽子をかぶった男は、口をぽかんとあけ、頬を涙で濡らしながらショーウィンドウのテレビを凝視していた。ティムは回転ドアからの歩数を数えていた。四……五……六……

メリッサ・ユエの顔が十七台のテレビに大映しになった。歯を食いしばり、漆黒の瞳をぎらぎらさせて怒っていた――仮面の下からはじめてほんとうの顔がのぞいていた。「また答えをはぐらかしましたね、ミスター・レイン」

二ブロック先のひっそりした通りで、もうロゴマークのついていないシヴォレーヴァンが音もなく道路わきに寄った。ティムはリモコンの蓋をあけ、親指をボタンにかけた。女性が男性の腕のなかで忍び泣いていた。

レインは突然、いきりたった。全身に力をこめ、身をのりだした。十七人のレインがいっせいに動いた。人差し指がテーブルに、関節が逆にそって白くなるほど強く押しつけられた。

「わかったよ、くそあま。死んだ連中を気の毒に思ってるかだって？　ノーだよ。あのおかげで世間の注目が——」

ティムがボタンを押すと、ジェデダイア・レインの頭が木《こ》っ端《ぱ》微《み》塵《じん》に吹き飛んだ。

19

レイナー邸の会議室は、ひと汗かいたあとの爽快感と昂揚感に満ちあふれていた。ロバートとミッチェルは会議テーブルの両側を行ったり来たりし、ストークは痛む左手を揉みほぐしながら、レイナーとアナンバーグのあいだにおとなしく座って、セックスのあとのような満足感に浸っていた。

アナンバーグは黒の薄いセーターの袖を肘までまくりあげていた。襟の出しかたがファッションモデルのように絶妙だ。ティムは何度かアナンバーグの視線に気づいたが、そのたびに彼女は黒く輝く瞳をついとそらした。

デュモンはまるで父親のようにティムの肩に手を置いて——ティムはそれを許していたし、いやな気にもなっていなかった——立っていた。デュモンがもう片方の手でリモコンを操作すると、天井から下がっているテレビがレインの頭の爆発をスロー再生した。

まず、眼球が眼窩から飛びだした。頭頂部と顔面の皮膚が風船のようにふくらんで裂け、下顎骨が形を保ったまま吹き飛んだ。つぎの瞬間、頭全体が飛び散りはじめ、おぞましいスローモーションのなだれとともに崩れていった。レインの体はきちんと椅子に座りつづけていた。頭は完全に消失していたが、襟のネクタイも、テーブルに強く押しつけた人差し指もそのままだった。

カメラが《ブレア・ウィッチ・プロジェクト》のように大きく揺れて、あわてふためく技師たちとミリシアの用心棒たちが映った。メリッサ・ユエは純然たる驚きの表情で目を見張っていた。マスカラの濃い目のすぐ下の頰に、灰白質のかけらがへばりついている。

デュモンはビデオを一時停止した。アナンバーグが鋭く息を吸った。唇をあけたまま、かすかに上下させた。しかし、アナンバーグはたちまちおちつきをとりもどし、いつもの、つんとすまして冷静におもしろがっているような表情になった。レイナーの顔は、頰の先に赤みが残っているのをべつにすれば蒼白だった。レイナーはテーブルに両肘をつき、組んだ両手に顎を載せると、大きく息を吐いた。

ロバートはミッチェルとすれちがいざまに手を打ちあわせ、「あんたってやつは天才だよ」といった。

ミッチェルは、ロバートよりはおだやかだが、それでも興奮で紅潮した顔で、「みごとなもんだ。忘れてたよ——外耳道でちょっとした爆発が起これば、頭蓋内に強烈な圧力がかかるってことを。頭が吹っ飛ぶってことを」

「そうとも、おれもそれをいってるんだよ。まさにそれを」ロバートは大股でティムに歩みよると、ティムをがっちりと抱きしめた。ティムは顔を、ロバートの肩の、ニコチンの匂いが染みついているざらざらした生地に押しつけられた。ロバートはティムを一度、激しく揺すってから放した。ロバートはティムよりもかなり背が低かったが、たくましさで勝っているのは明らかで、腕も脚も丸太のように太かった。

ティムはあとずさってロバートから離れた。「つぎはなにをするんだ？　ウイニングランをして、レイナーにゲータレードを浴びせるのか？」

ティムの発言は、興奮のさなかで無視された。デュモンひとりが気づいて、真剣そのものの青い瞳でティムを見つめた。

レイナーがチャンネルを替えた。どの局も最新情報を伝えていた。

「――敵対する民兵組織か、FBIの工作員ではないかという――」

ストークが巡回伝道師のように両手を上げて、「はじまったぞ」といった。

「これで、まちがいなく世間の注目を集められますよ」とレイナーがいった。「処刑の抑止効果も期待できます」

ロバートはにんまりと笑った。「ああ、ゴールデンタイムにくそ野郎の頭を吹っ飛ばせば、メッセージはばっちり伝わったはずさ」

「これだけ派手にやっておけば、つぎはもっと安全な、孤立した標的でかまわないだろう」とデュモンがいった。「それでもみんな、われわれだと気づいてくれるはずだ」

ロバートはやっと腰をおろした。そして片膝を揺り動かしながら、両手でぶ厚い電話帳を握りしめた。

街頭インタビューを受けた男――ダウンジャケットを着て顎ひげを生やしている――が、画面の外のインタビュアーに意見を開陳した。「いい厄介払いだったと思うな。ああいう、法律の抜け穴をくぐり抜けた」――放送禁止用語だったらしく、ピーッという音で言葉が消された――「な人でなしは、殺されたって当然だよ。おれも三人の子供の父親だから、ああいう、大勢の子供を殺したに決まってる野郎は野放しになっててほしくないもんな」男はカメラに身をのりだし、母親に挨拶するような調子でいった。「やあ、あいつを消してくれた人、聞いてるかい？　みごとだったぜ」カメラが切り替わる前に、男は親指を突きあげて敬意を表した。

「とりあえず」とアナンバーグがいった。「道徳的是認は得られたようね」

「皮肉はやめたまえ、ジェナ」レイナーがいった。「判事や口先だけのコメンテーターがなんといおうと、わたしたちには関係ないんだ」

「そうそう、わたしたちは口先だけのコメンテーターが大嫌いなんでしたっけ」

レイナーはあてつけを無視した。「つぎのミーティングまでに、マスコミの反響をまとめておきますよ。金曜の夜でいかがですか？」

ティムはレイナーの息子の肖像画にちらりと目をやった。そのうしろに金庫とキンデルの資料をおさめたバインダーが隠されていた。レイナーはティムの視線に気づいてウインクをした。「一件片づいたから、あと五件ですね」

「みんな、よくやった」とデュモンがねぎらった。「誇りに思っていいぞ」

「そのとおりだ」とティムはいった。

ロバートとミッチェルがトヨタのトラックのかたわらで待っていた。通りすぎるとき、ティムはトラックの黒く汚れた後部ナンバープレートのねじのまわりが、小さな円形状にきれいになっていることに気づいた。つい最近、ナンバープレートを交換したにちがいなかった。ロバートがティムの腕をつかんで握りしめた。上腕骨が折れるかと思うほどの握力だった。

「打ちあげにつきあってくれよ」とロバートがいった。

ストークが一瞬、自分も誘ってもらうことを期待しているかのように動きを止めたが、ヴァンに乗りこんで走りさった。

ティムは自分の車のわきに黙って立っていた。

「いいじゃないか」とミッチェルがいった。「仕事が一段落したら飲みにいく。これがしきたりってもんだ」

ロバートが持ってきた電話帳を持ちあげて、親指でしるしをつけておいたセクションをひろげた。〝酒屋〟のセクションだ。

ロバートがわきに寄った。ためらったすえ、ティムは前部座席の中央に乗りこんだ。ふたごはティムの両側の席に乗りこみ、同時にドアを閉めた。ミッチェルはトラックを飛ばしたが、運転は巧みだった。ティムは真ん中で肩をすぼめていた。マスターソン兄弟の肩幅のせいで、充分なスペースが残されていなかったのだ。トラックがカーブするたび、三角筋が容赦なくティムの体にぶつかって、ロバートとミッチェルは——表向きは——味方だという安堵に、意識下で衝撃を与えた。

ミッチェルはクレンショー地区のはずれの酒屋でトラックを停め、店にはいっていった。ビールの六本パックがふたつはいる大きさの茶色い紙袋をかかえてもどってくると、紙袋を後部座席に放りだした。黒いジャケットを脱ぎ、キャメルのパックを白いTシャツの袖にはさんで運転席に乗りこんだ。

「いい体だな」とティムはいった。

ミッチェルは道路から目を離さずに、「鍛えかたを知ってるからな」と応じた。

ミッチェルは制限速度ぎりぎりで、ダウンタウンの道路を縫ってトラックを飛ばした。トラックがテンプル・ストリートに折れたとき、ティムは目的地をさとった。やがてトラックは、高さ三メートルのフェンスで囲まれているモニュメント・ヒルの唯一の入口である、大きな金属製ゲートの前に到着した。フェンスの上には、低くうなっている三本のワイヤーが三十センチ間隔で張りめぐらされている。ミッチェルは窓をおろすと、グローブボックスから電子式のアクセス・コントロール・カードをとりだして窓から差しだし、柱に設置されている非接触リーダーのセンサーに近づけた。カードが一連の発信音を響かせながら適合する周波数を探りあてると、錠のなかでボルトが動く音がしてゲートが開いた。

ミッチェルはアクセス・コントロール・カードを腿に叩きつけた。「万能の鍵さ。ストークからのささやかなプレゼントだよ」

トラックはアスファルト舗装を離れ、踏み固められた土の道をのぼった。国勢調査局事件のモニュメントの三十メートルにおよぶシルエットが、暗紫色の空にそびえていた。ラジオでは、ウィリー・ネルソンが、かつて愛したすべての女たちについて歌いあげていた。

トラックが停止したが、ミッチェルもロバートも降りようとしなかった。あたりはしんと静まりかえっていた。闇のなか、風がモニュメントにあたって笛のような音をたてているだけだった。

「あざやかな手並みだったぜ」とロバートがゆっくりといった。「だけど、おれたちはあんなふうに蚊帳《かや》の外に置かれるのは好きじゃねえんだ」

ティムはふたごにはさまれて小さくなっていた。不安を顔に出さないようにしながら、事態が険悪になったら——その可能性は充分にありそうだったが——まずどっちの喉に肘を叩きこもうかと考えた。

ロバートがミッチェルの膝の上に電話帳を放った。「客人に得意技を披露してやれよ」といってティムに顎をしゃくった。「きっと気にいるぜ。さあ、ミッチ。見せてやれよ」

ミッチェルは眉間にかすかなしわを刻んだ。電話帳をとりあげると、上に向けた手の指先でバランスをとった。奇術師よろしく、電話帳が厚さ八センチ近くあることを示しているのだ。そして小口側を、親指と親指が七、八センチ離れるようにして両手でつかんだ。ミッチェルが腕に力をこめると、電話帳がたわんだ。両腕が震えだした。首に血管が浮きあがった。八つの指のふしが白くなった。電話帳の表紙に裂け目が走った。黄色い海を流れる白く細い川のようだった。上唇と口ひげがゆがんで、うなっている犬のように歯がむきだしになっていた。息づかいが荒くなった。腕の筋肉が隆々と盛りあがって石のように堅くなり、山並みが湖面に映っているさまのようになった。全身が震えていた。

ミッチェルが声を洩らすと同時に――叫びより低く、うめきより抑制されていた――電話帳が気持ちのいい音をたてて裂け、まっぷたつになった。崖面の砂岩層のように、賃貸物件のページがわずかな出っ張りを余して積み重なっていた。ミッチェルはふたつになった電話帳をダッシュボードの上に投げだした。顔から赤みがひいたミッチェルはTシャツで額の汗をぬぐった。

ミッチェルとロバートはティムを両側から、自慢げな小学生のようにちらちら見た。ミッチェルは片方ずつ前腕を揉んだ。淡いそばかすが散り、ブロンドの毛でおおわれているその前腕は、ティムの二の腕並みに太かった。

「たいした隠し芸だな」ティムのシャツは汗で腰に張りついていたが、動揺を押し殺してふだんと同じ声を出した。「だしものが終わったんだから、さっさと一杯やって帰ろうじゃないか」

緊張の一瞬が過ぎてミッチェルがにやりとし、ロバートも続いた。ふたりが降りると、丘の上に停められたトラックはほっとしたようにきしんだ。地面には工事車両の車輪跡が刻まれていた。この付近の土は微細な粒子からなる赤褐色の粘土で、可塑性が高かった。頭の高さまで積みあげた金属板の山のあいだに、のこぎり台やら荷運び台やらが置いてあった。厚いビニールシートがかすかな風にはためいていた。

ニャゼ・ガーティのコンセプト――金属の木の一本一本が殺された子供をあらわし、樹冠がひろがってそれらを護っているというもの——は、気どっていてうんざりするほど抽象的だ、とティムは思っていたが、モニュメントを目のあたりにすると、心を動かされることを認めないわけにはいかなかった。モニュメントはほぼ完成していたが、金属板はまだ三分の二程度しか張られていなかった。てっぺんからいちばん下まで、金属の木は木の足場でおおわれていた。有機的で謎めいた全体像はすでにうかがい知れた。規則正しい矩形《くけい》の網のなかにひそんでいる本体がぼんやりと見えていた。ベルニーニ作の彫刻のように薄い金属製の葉は、枝の上ではばたいているように見えた。

モニュメントの前に据えられ、前面が平らになっている大きな石に、黙示録からの引用が途中まで刻みこまれていた。〝そしてその樹の葉は——〟

その左には、映画のプレミア会場や悪趣味な自動車販売店で、何キロも先の上空までよくめだつ光線を放っているスカイトラッカー・サーチライトがスイッチを切って置いてあった。木の幹の小さな扉がかすかに見分けられた。そこにサーチライトを入れれば、木は内側から照らしだされて、うたい文句どおりに、いたるところから光を発するのだろう。

ハリウッドサインを凌駕《りょうが》するという、大胆な野心は達成されていた。

ティムは後部座席の紙袋からバドワイザーを三本出し、ふたごに一本ずつ渡した。

ロバートは栓をあけてぐびぐびと飲み、瓶を半分ほど空にした。目の前のモニュメントを見ながら、「モダンアートなんでごみだと思ってたけど」といった。「こいつは悪くねえな」

「ブラックみてえだな」とミッチェルはフランスの画家の名前をあげた。「面のみで構成されててパースペクティブが多元的なところが。ブラックを知ってるか?」

ロバートとティムがかぶりを振ると、ミッチェルは気まずそうに肩をすくめて、その話題を切りあげた。ロバートはブーツで土埃をたてながらゆっくりと円を描いて歩き、遺伝子がひきあうかのようにミッチェルのそばで止まった。ミッチェルは二本のタバコに火をつけ、一本をロバートに渡した。そしてふたりは並んでタバコを吸った。ハンマーで叩きだしたふたつの逆三角形のごとく、どっしりと堅固にキャメルを吹かした。Tシャツの袖にタバコのパックをはさんでいるミッチェルも、ジャケットの襟を立てているロバートも、七〇年代が終わったことをだれからも教わっていないかのように、濃いひげをたくわえた口を動かし、声をそろえて〈わが心のジョージア〉をくちずさみはじめた。ロバートほどはいかつくないミッチェルの顔は研ぎ澄まされた表情になっており、ティムがはじめて目にする鋭さを漂わせていた。ふたごは並んで立っていたが、ロバートよりミッチェルのほうが肘を前に出していたし、ミッチェルが肩を張って立っているのに対して、ロバートが肩をいくぶんミッチェルのほうへ傾けているのが、従属のあらわれと解釈できなくもなかった。

ロバートがビールを掲げると、三本の瓶があわされてかちんと音をたてた。陰気な乾杯だった。

「光り輝く木はきれいだろうが、それじゃ問題は解決しねえ」とロバートがいった。「どうすればいいモニュメントになるか教えてやるよ。一本の枝にひとりずつ、罪を犯したのに無罪放免された野郎を吊るすんだ。きっといい景色だぜ。犠牲者を慰めるためのものなんだから、それがいちばんさ」

「木に応報の血という水を与えるってわけだな」ミッチェルがいった。

ふたごはそのもったいぶった言いまわしに、おおげさな詩的表現に笑った。

ふたごのあいだに立っているうちに、ティムは閉所恐怖をおぼえはじめた。筋骨隆々とした体にはさまれているせいではなく、右を見ても左を見てもそっくりなので、感覚がおかしくなってきたのだ。ミッチェルが地面に腰をおろした。ロバートとティムも続いた。

「むかつくんだよ」とロバートがいった。「善良な人たちが悪いやつらにひどい目に遭わされてるのを見ると。くそ野郎どもがのさばってるのを見ると。後悔もせず、ためらいもせず……」

「――責任もはたさず」とミッチェルが続けた。

「それだ。妹が殺されてから、おれは心のどこかで、もう我慢するのはやめだと決めたんだ。だからおれは立ちあがった。それまでとはちがったやりかたで。ふたつの悪のうちましなほうってやつだよ。おれは選んだんだ。正しいほうを。いっとくが――おれは一秒だって、処刑した野郎のことを気に病んで眠れなくなったりしねえぞ。一秒だって。やるとなったら、性根を据え、迷いを捨てなきゃだめなんだ。アナンバーグみてえなあまのいうことに耳を貸しちゃいけねえんだ」ロバートは顔をあおむけ、月をねらってタバコの煙を吐いた。デニムジャケットの両肘のところどころが汚れで色変わりしていた。「最近、物事がよく見えるように、なにをやるべきかはっきりわかるようになった気がする。おれたちははまりこんでると思うんだ。この……この……」

「――ジレンマに――」とミッチェルが助け船を出した。

「――なにしろ、やればやったで、やらなきゃやらなかったで負い目になるんだからな」

「いちばんたちの悪い皮肉屋は挫折した理想主義者らしいぞ」とティムはいった。

ミッチェルはビールを飲みほし、もう一本の蓋をあけた。「おれたちを皮肉屋だと思ってるのか？」

「さあね」

強い風が吹きつけて、足場がきしみ、赤っぽい土埃が舞った。

「つぎが待ちきれねえんだよ」ロバートがいった。「待つのがいちばんいやなんだ。妹がむごたらしく殺されたときも、おれたちは……」

「――手をこまねいて――」

「――待つしかなかった。捜査の進展を待ち、容疑者があがるのを待ち、鑑識結果を待ち、初出廷を待ち、あれを待ち、これを待ち……」ロバートは首を振った。「おれたちはそれがなによりも嫌いなんだ」

「いま、やっと」とミッチェルがいった。「待たなくてよくなったんだ」

ティムは無言でふたごの話を思案した。

「つぎは、おれたちにもっといろいろやらせてくれ」ミッチェルはいった。「しくじったりしない。信用してくれていい」

電話帳裂きのデモンストレーションが功を奏さなかったので、プランBのご機嫌とりに移行したのだ。ティムは見え透いた手にひっかからなかった。「考えとくよ」

ロバートがいきなり身をのりだした。「なんだと？　おれたちじゃ務まらねえってのか」

「おまえたちはよくやってくれた。すばらしかったといってもいい」

「なら、処刑に加わらせてくれ。断る理由はねえはずだ。断ったりしたらただじゃおかねえぞ」ミッチェルが兄弟に鋭い視線を送ったが、ティムを凝視していたロバートは目配せに気づかなかった。「娘さんの件に手を貸したっていい」とロバートは続けた。「キンデルの件に。投票の前に、おれとミッチでやつのところへ行ってもいい。やつを揺さぶってやるよ。肘をひねりあげて、キンタマのひとつふたつつぶしてやるよ。そうすりゃきっと吐く。それどころか――やつの公選弁護人から直接話を聞けるかもしれねえ」

ティムは信じられないという顔でふたごを見つめながら、考えをまとめようとした。「ルール違反もいいところじゃないか」ふたごの表情からして、ティムの声にはよほど怒りがこもっていたようだった。「これはがむしゃらに断行するたぐいの作戦じゃない。法律を無視して性急に遂行するような作戦じゃないんだ。おまえらは〈委員会〉の理念の根本がわかってない。だから、おまえらにおいそれと任務をまかせられない理由がわからないんだ」

意外にも、ふたりは食ってかかってこなかった。ロバートが棒で地面をほじりながら、「あんたのいうとおりだな」とおだやかに認めた。「あんたの娘さんの事件の、ヴァージニアの事件のせいなんだ」――頰をゆがめて、顔をしかめているような、目を細めているような表情になった――「悲しかった。胸が張り裂けそうになったよ」

ロバートの言葉は嘘ではなさそうだった――これまでの兄弟の言動のほとんどにティムが感じていた作為は感じられなかった。ロバートが浮かべた同情の表情に意表をつかれて怒りが一瞬でしぼみ、ふたごが目にたたえているのと同じ悲しみだけが残った。ティムはビール瓶の蓋をいじってごまかそうとした。

「ときどき、なにかの拍子に、事件のことが心によみがえって動揺しちまうんだ」ミッチェルが喉を詰まらせながらいった。「すくなくとも、おれたちの妹は大人になってから殺された。だが、あんたの娘さんはそうじゃねえ」

ダウンタウンの遠い街明かりに照らされているロバートの顔は、怒りか硬化した悲しみかで、石のように硬かった。「テレビでヴァージニアの写真を見たんだ。ほかの子たちと走りまわってるビデオも。カボチャの仮装が大きすぎてずり落ちてたっけな」

「二〇〇一年のハロウィーンだ」ティムの声はやっと聞きとれるほど小さかった。「妻があの仮装を手づくりしたんだ。裁縫は苦手なのに」

「いい子だったな、ヴァージニアは」かたくなといっていいほど断固たる口調で、ロバートはいった。「あれを見ただけでわかるよ」

ティムははじめて、ふたごは〈委員会〉を、犯罪者を殺すための口実として利用しているだけでなく、ジニーの死を、そして個々の事件をわがことのように憤っているのだと理解した。ふたりにとって妹は過去の存在ではなく、いまもおぞましい顚末《てんまつ》のなかに封じこめられていて、殺人者が法の裁きをのがれるたび、彼らの心のなかであらためて殺されるのだ。このことは、客観性や周到さという点からすれば欠点にちがいないが、ティムはふたごの粗野な情動にある種の感謝をおぼえずにいられなかった。それでやっと、デュモンがふたごについて、愛情が、さらには称賛が見え隠れする口調で語るわけがわかった。ふたごは、法律やら道徳やらでややこしくなっていない、怪我をした動物の純粋さで悼んでいた。おそらくティムとデュモンは、ふたごのように悼みたいと願っているのだろう。

ロバートの声がティムのもの思いを破った。「ヴァージニアはかわいかった」とロバートは続けた。「くそ野郎どもはそのかわいさに惹かれるんだ。このクソみてえな星に長くとどまるには、娘さんは清らかすぎたんじゃないかな」そういってビールを飲みほし、瓶を放り投げた。瓶は金属板の山にあたって砕けた。「ベス・アンも似たような感じだった」

ロバートはうつむいてひろげた親指と人差し指に顔をあて、黙ったまま両目を押さえていた。ミッチェルは身をのりだすと、兄弟の首を手でつかんでひきよせ、額のすぐ上で頭と頭を触れあわせた。

恐れで顔が痺れたようになりながら、ティムはふたごをじっと見つめて、「いつまでたっても楽にはならないんだな」といった。質問するつもりだったのだが、そうではなくなっていた。

ロバートは頭を起こした。こすっていたせいで目が赤くなっていたが、そこに浮かんでいるのは、涙ではなく怒りだった。背後の闇に沈んでいる足場が風に吹かれてきしんだ。

ミッチェルはあおむけになって両肘で上体を支えた。暗くて顔はほとんど見分けられなかった。「怒り興奮型レイピストの性的暴力は、平均で四時間続く」とミッチェルはいった。「ベス・アンはそんなについてなかった」

そのあと三人は、無言で飲みつづけた。


ミッチェルが運転するトラックを降りて自分の車に乗りこむと、アパートメントまで、信号無視もスピード違反もしないように気をつけながら帰った。ラジオは処刑の話で持ちきりだった。ほかの車のドライバーの顔を見るだけで、だれがニュースを聞いているか、だれが携帯電話で事件について話しているかがわかった。街自体がアドレナリンを分泌して昂揚し、レインの死がおよぼした影響が浸透して、あたりの雰囲気がふだんとちがっているようにすら感じられた。夜は人々を興奮させつつみずからも興奮し、危険といちかばちかの賭けの熱気でぴりぴりしているかのようだった。死が身近に迫ると五感が鋭敏になるものなのだ。

ジョシュアは派手な彫刻がほどこされた額縁を持ってロビーをうろうろしていた。ティムがはいってくると立ちどまり、額縁を床に置いた。いつものように、狭い管理人室ではテレビの青い光がちらついていた。

「ちょっと！」ティムが逃げようとしているかのように、ジョシュアはかん高い声でそう叫んだ。「書類を書いてもらわなきゃならないんです」そして額縁を壁に立てかけると、狭い管理人室へ消え、いつも頼りになるトム・アルトマン名義で作成された賃貸契約書を持ってふたたびあらわれた。

ティムが契約書に目を通しているあいだ、ジョシュアはばかでかい瑪瑙《めのう》の指輪をした指を顎の横にあてて待っていた。「かわいいひげですね」

「どうも」

「頭を吹き飛ばされた男のニュース、聞きました？」

「ラジオでそんなことをいってたな」

「えせ愛国者ですよ」ジョシュアは手で口を隠しながら、芝居がかったささやき声で、「ひとりくたばったから、あと五千万人ですね」

階段をのぼって自分のアパートメントにはいったとたん、空気がよどんでいるのがわかった。たくわえたひげを、生ぬるい水道水と剃刀を使って落とすのに十分ほどかかった。

窓をあけ、床にあぐらをかいて座り、三十三歳にして、自分の人生になにがあるかを考えた。マットレス、机、拳銃、銃弾。前の所有者がヤクの売人だった、偽造ナンバープレートをつけた車。

ちっとも汚れていないのに、ティムはもう一度銃を掃除した。油を差し、磨き、シリンダーの穴にブラシを通した。ブラシを穴に通すたびに、ガレージ小屋でキンデルにしてやれたことをあらわす単語をつぶやいた。殺人。殺害。処刑。射殺。惨殺。虐殺。

レインを処刑したことによって、法律の不備を正しただけじゃなく、これで一件分、キンデルに、ジニーの死の秘密に近づいたんだ、とティムは自分にいい聞かせた。

ノキアをチェックすると、メッセージは一件もなかった。おぼえた失望の深さに、ティムは驚いた。自宅にメモを残したのにドレイが電話してくれなかったことが、ひどく応えた。それはドレイが事件に関する新情報を得ていないことも意味していた。自宅に電話したが、出たのは留守番電話だった。ドレイの声が聞きたくて、もう一度かけてから受話器を置いた。

無意識のうちにベアの番号にかけていた。

「いったいどこにいるんだ、ラック？」

「気持ちを整理してるところなんだよ、たぶん」

「それなら、さっさと整理してくれ。ドレイはおまえの雲隠れをよく思ってないぞ。おれも同じだけどな」

「ドレイはどうしてる？」そういうと同時に、ティムは自分がベアに電話をかけたほんとうの動機をさとった。なんてったって、ティム・ラックリーは高校時代、人間関係を解き明かすのが得意だったのだ。

「自分で訊けよ」ベアはいった。「ああ、そうだ、新しい電話番号を教えてくれ」

「電話はまだ持ってない」ティムはあけはなしてある窓のそばへ寄った。

「いまは公衆電話からかけてるんだ。まだおちつき先を決めかねてるんでね」

「会って話がしたい」

「いまはまだ――」

「いいか、おまえが会うといわなくても、おれはおまえのいどころをつきとめるからな。はったりじゃないのはわかってるはずだ。どこで会う？」

階下の路地に面した厨房から立ちのぼる熱気をはらんだ微風が、一時的にせよ、埃っぽさを一掃してくれた。ティムは冷たさと吐息じみた生温かさが入り交じった空気を吸った。こめかみのあたりに頭痛がかすかにきざしていた。

「それなら」とベアがいった。「ヤマシロで早めの夕めしにしよう。あしたの五時半だ」

ベアはティムが同意する前に電話を切った。

ティムはマットレスに横たわり、闇のなかで毛布にくるまった。まどろんで、ジニーの夢を見た。ジニーは子供らしいすきっ歯を小さな手でおおいながら、ティムに笑いかけた。

理由はわからなかった。

20

日本料理レストランのヤマシロはイーストハリウッドの丘の上にあり、急傾斜な前庭の向こうには、ハリウッド・ブールヴァードとサンセット・ストリップのネオンが望める。ストリップぞいに垂れこめるスモッグの排気ガスの瘴気を通して、満面に笑みを浮かべたブリトニー・スピアーズが、ビル壁面の広告から、一・五メートルのうつろな目を見開いているのが見えた。まさに二〇〇〇年代のT・J・エクルバーグ博士だ(フィッツジェラルド『グレート・ギャツビー』に登場する、眼科医の巨大な看板のこと)。

二年ほど前、ティムとベアは、宝石店に強盗にはいった際にコウセイ・ナグラの妻を負傷させた逃亡犯を逮捕した。するとレストラン・オーナーは、自分のレストランで無料で飲食してくれとふたりにしつこく懇願するという形で感謝を示した。いかにも高級レストランという雰囲気と生魚料理に抵抗をおぼえながら、ナグラの顔をつぶさないために、ふたりはすくなくとも数カ月に一度、申し出に応じるようにしていた。とはいえ、酒はうまいし、丘の上のバーからのながめはロサンゼルス有数だし、京都御所を模したという建物は壮麗だった。

レストランに続く曲がりくねった道をのぼりつめると、ティムは駐車係に車を託した。レストランにはいると、いつものように、ナグラはティムをいちばんいい席に案内した。レストランの南西端の、ガラス壁とガラス壁が接する角に置かれたその四人がけテーブルからは、ぼんやりかすむ看板やスモッグにつつまれたビル街――マスターソン兄弟が嫌うロサンゼルスの景色――が眼下に眺望できた。スターになって金と名声を得たいというあさましく俗っぽい野心がうごめいている場所、少女歌手をビルと変わらないほど巨大にして強欲さと非情さという報酬を与えるアスファルトの都会、レイプ犯と子供殺しが仲よく欲望を満たせる街。

ティムは水のグラスのストローをいじりながらベアを待ちつつ、口にしなければならないとわかっているばかげた事柄を、もっとうまい表現はないだろうかと思案しながら頭のなかで復習した。左のカップルは、テーブルに載せた手を気軽につないでいた。愛など簡単に得られて当然だと思っているかのように。欲求不満とかスモッグとかスター志望者とかのようなありふれたものだと思っているかのように。ティムは自分が心の底から妻といっしょにいたいと願っていることをさとった。そしてメッセンジャーたるベアになにを託すべきかをもう一度考えなおした。白旗かもしれなかった。

グレイのポリエステル製ズボンとまったく不釣り合いなブレザーで巨体をつつんだベアが、中庭に面した障子をあけて姿をあらわした。ティムは立ちあがり、ベアと抱きあった。ベアはふだんよりいくぶん長めにティムを抱擁してから、なめらかな動作で席についた。

ティムは顎をしゃくってベアのくしゃくしゃの服を示した。「大あわてでそいつを着こんだみたいだな。七時起きか」

「あたりだ」

「裁判所で仕事か？」

「ああ。去年、おれがワールドカップでイタリアが負けるほうに賭けたことをタニーノが知ったんだ。だから押しつけられたんだよ。あとふつかで、また時間に余裕ができるところだったってのに」そしてベアは暗澹とした表情になった。「遠まわしにいったってしょうがないから、ずばりという」ベアはそこで間《ま》を置いた。「逃げ隠れするのをやめないと、ドレイはおまえなしでやっていこうと決めるかもしれないぞ」

「どういう意味だ？」

「おまえが行方不明になったあと、ドレイはジニーのものを整理すると、家を出て、友人たちと会いはじめた。ドレイはひとりでそれをやってるんだ。ほんとにそれでいいのか？」

「もちろん、それでいいなんて思ってないさ。だけど、どうしたらふたりでできるのか、おれたちにはわからないんだ」

「ぎりぎりの努力をしたとは思えないがな」ベアは紙の帽子の形にたたんだナプキンを持ちあげ、またおろした。「女がいるのか？」

ティムは平静を装った。「ベア、手を貸してくれようとしてるのはわかる。でも、これはあんたには――」

「なんだ？　おれには無関係ってか？　だが、おれは無関係と思ってないんでね。ドレイをつらい目に遭わせるな。おまえ自身は勝手につらい思いをすればいいさ。だが、ドレイはもう、充分つらい目に遭ってるんだ。これ以上、ドレイを悲しませるな」

「女なんかいないよ、ベア」

「ドレイとは毎日、話をしてるんだ。で、おまえの名前が出ると、ドレイが妙な感じになるんだよ。おまえがやってることを信用してないみたいな口ぶりに。それに、おまえが蒸発しなかったら、ドレイがあんなやつに――」ベアはいいさした。ナプキンをテーブルからとって、膝にひろげた。後悔の表情で目を伏せた。

「あんなやつ……？」

ベアの手の動きが止まった。「マックだよ。ドレイはとんでもなくつらい夜を何度も過ごした。だからマックが何度か泊まったんだ――誤解するんじゃないぞ、マックはドレイを見守るためにカウチで寝たんだから」

「マック？」ティムは割り箸を割り、こすりあわせてささくれをとった。力をこめて。「ドレイはどうしてあんたに電話しなかったんだ？」

「おれは、いまでも、まず第一におまえの相棒だからさ。マックはドレイの仲間だ。それに、その質問はまちがってるぞ。正しい質問は、〝どうしておまえは電話しなかったんだ？〟だよ」

「あんたはドレイになんていったんだ？」

「おれがなんていったと思ってるんだ？　あんたは大ばかのこんこんちきだ、ティムはプライドを捨てられなくてあんたに電話できなかったけど、あんたはプライドを捨ててティムに電話するべきだ、とでも?」ベアはそばのテーブルの客たちの視線に気づいていなかった。むっとした表情で、ベアはかぶりを振った。「あんたらは夫婦そろって頑固者だ。そんなじゃ、ひとりぼっちで死ぬはめになるぞ」

ティムはさらに力をこめて割り箸をこすりつづけた。「話しあって、しばらく離れて暮らしたほうがいいという結論に達したんだ。いまはふたりとも混乱してるんだよ」

「ほんとに、もう五日もドレイと会ってないのか?」

ティムは、だしぬけに頬のほてりを感じた。水をがぶりと飲み、レモンを口に含んだ。「だからって、愛してないわけじゃない」

ウェイターがやってくると、ベアがメニューを見ないでてきぱきと、ふたり分のスパイシーなエビの酒蒸しとカニ肉団子とムール貝の七味焼き七個を注文した。ベアが数カ月に一度以上の頻度でこの店に来ているのは明らかだった。ときどきはデートに使っているのかもしれない。

ウェイターが立ち去ると、ベアはすまなそうな目でティムを見た。「なあ、おれはただ、おまえが電話するべきだっていってるだけなんだ。おまえらはお互いを必要としてる。ドレイはおまえを必要としてるんだ――満ち足りていたあの家が、あっというまに空っぽになっちまったんだからな。こんなとき、だれかにそばにいてほしがったって、よりによってマックがカウチで寝たって、ドレイを責められるか? そういえば、おまえはいつ仕事に復帰するんだ?」

ティムは驚いて顔を上げた。「復帰なんかするもんか、ベア。ばかいうなよ」

「おまえと連絡がとれなくて、タニーノはいらだってる。今週、タニーノは二度、おれを執務室にひっぱりこんで、まだおまえの辞表を受理してないと断言したんだぞ」

「受理せざるをえないさ」

「いったいなにをやってるんだ、ラック？　なにをたくらんでるんだ？」

「なにも。しばらくのあいだ、人生を見つめなおしてるだけさ」

思いだせるかぎりではじめて、ティムはベアの表情を読めなかった。「あやしいな。おれを失望させるなよ。相棒のおれを。それに保安局を」ベアは椅子にもたれて腕を組んだ。「なにかをしてるのはわかってる。それがなにかはわからないが、必要とあらばつきとめてみせる」

「勘ぐりすぎだって。なにもやっちゃいないさ」

「電話はまだ持ってないっていってたよな？」ベアは断固として口調で問いただした。「なら、抱きしめたときに感じた、ポケットのふくらみはなんなんだ？　ナニはあんなに長くないだろう」

　車を駐車係にゆだねるとき、携帯電話をなかに置いておけばよかったのに、無意識のうちに持ってきてしまったのだ。言い訳の聞かない不注意だった。「けさ、手に入れたんだよ。３２３－４７１－１２１３だ。だれにも教えないでくれよ」

「なんだってスパイみたいなことをしてるんだ？」

「銃撃事件の余波がおさまってなくて、マスコミがうるさいんだ。だから、しばらく身を隠してるんだよ」

「ほんとか？　最近はあの事件の報道を見かけてないぞ。いまはレイン暗殺事件で持ちきりだからな。犯人がみごとにやってのけたことは知ってるだろう？　手がかりは皆無らしい——犯人は冷静沈着なプロにちがいないな」ベアは首を振った。「頭蓋骨の風通しをよくするとはな。つぎからつぎへと新しい手を考えつくもんだ」

ティムは肩をすくめて、「いいじゃないか。街から害虫が一匹消えたんだから」

ベアが額に幾筋ものしわを刻んだ。

ティムはうつむいてストローをもてあそんだ。見きわめるのに一瞬を要した感情がさざ波のように全身にひろがった。それは恥だった。精神的スタミナを消耗しているのがわかったので、ティムはストローを放し、両手を膝に置いた。

ベアは箸でティムを指した。「ジニーの死に負けるな。だめになるな。巷《ちまた》にはばかがあふれてる。だけどおまえにはばかになってほしくないんだよ」

ウェイターが料理を運んできた。ふたりは黙々と食べた。

葬列が、フランクリン・アヴェニューとハイランド・アヴェニューの角でアイドリングしているティムの車のわきを通りすぎた。おごそかな黒塗りの霊柩車のあとに、雨で洗われた車が続いた——トヨタ、ホンダ、それにお決まりのＳＵＶの群れ。衝動に駆られて、ティムは最後尾の車が通りすぎたあとに発進し、そのままハリウッド霊園までついていった。そして一ブロック半離れたところに車を停めた。荘厳な正門からはいって、最初の草の茂る丘にのぼったときには、葬儀がはじまっていた。

離れたところから見ていると、人形のように小さな黒と灰色の会葬者たちが列をつくった。日差しがスモッグを突き抜けてきたので、ティムはまぶしくないようにサングラスをかけた。亡くなった女性の夫とおぼしい男性が、埋める前の墓にシャベルで石と土をまいた。すると、かなりの距離があるにもかかわらず、見えない棺に石と土がぱらぱらとあたる音が聞こえた。男性がくずおれて片膝をつくと、無念の表情のふたりの若い男性がすばやく歩みよって助け起こした。男性がどうにか立ちあがった。膝にべっとりと泥がついたズボンが風ではためき、頬が日差しを受けて光った。

カラスの大群が舞い降りてきて大きな鈴懸の木にとまった。つやつやと黒光りして不吉だった。ティムは数分、カラスの群れが飛び去るのを待ったが、飛んでいきそうもなかったので、きびすを返して緑があざやかすぎる丘をくだり、停めておいた車に向かった。

21

「……ＫＣＯＭは、ここを先途《せんど》と、四六時中最新情報を流し、世論調査をしています。《ハードボール》ではクリス・マシューズがダーショウィッツ弁護士とふたりの上院議員、それにハーン市長を迎えて討論をしました。きのうの朝の《ドナヒュー》の、〝レイン殺し──テロか正義か〟と題された討論コーナーはおおいに盛りあがりました」

レイナーは何枚ものメモをめくりながら報道の概況説明をしていた。テーブルについているほかのメンバーは、とりどりの熱心さで聞きながら話が終わるのを待っていた。ロバートとミッチェルはテーブルの両側に座っているので、まるで鏡に映したようだった。ふたりとも椅子をうしろへ押しやり、スニーカーを履いた足をもう片方の膝に載せるというだらしない脚の組みかたをしていた。けだるげな姿勢は退屈を示していた。ようやく、ふたごとアナンバーグの意見が一致したようだった。ストークはじっと聞きいっていた──ストークは集中するとまばたきが多くなることにティムは気づいた。そしてデュモンは、椅子にもたれ、腹の上で両手を組んだまま、身じろぎもせず、口もはさみもせずに耳を傾けて堅忍不抜《けんにんふばつ》の精神を示していた。

レイナーがようやく最後の一枚のメモにとりかかった。「処刑の瞬間を記録したMPEG動画ファイルを添付したチェーンメールがインターネットにひろまっていて——多種多様なチャットルームでいまもっともホットな話題になっています。きょうの午後は、〝家族の価値〟を説く女性活動家が、《オプラ・ウィンフリー・ショー》で、その動画が子供たちにおよぼす影響を懸念しました。彼女は例として、生中継中に爆発事故を起こしたチャレンジャー号と、世界貿易センターに旅客機が突入するところをとらえた映像をあげました」

「そのふたつは痛ましい出来事だけどな」とロバートがいった。

ミッチェルが濃い口ひげをたくわえた口元をゆるめた。「たしかに、子供向けじゃないな」

「大ニュースがある」デュモンが告げた。「たしかな筋から、ロス市警はレインの車のトランクから、量は不明だがサリンガスを発見したという情報を得たんだ。噴霧缶に詰めてあったらしい。そして助手席にあったブリーフケースには、KCOMの空調設備の見取図がはいっていて、それぞれのダクトへの近づきやすさの評価が記されていた。レインはふたたび地下にもぐる前に、政府にコントロールされている左翼メディアにささやかな置きみやげを残していくつもりだったんだろう」

「どうしてそんな情報がおおやけになってないんだ？」とティムがたずねた。

「ロス市警の面目をつぶすことになるからさ。特に9・11以降、情報機関と法執行機関は、みずからの過失と弱点を公開したがらなくなっている。とりわけ、こんなふうに危険があからさまな場合は。なにしろ新たな惨劇が、ついてたおかげで防止されたんだからな」

「それにおれたちのおかげでな」とロバートが付け加えた。

レイナーは親指と人差し指で口ひげをなでつけた。「国民はそのことを知りませんが、それでも世論調査はわたしたちを圧倒的に支持しているんです」

「国民に支持されるためにやってるわけじゃない」ティムがそういったが、レイナーは聞こえなかったようにふるまった。

「この二日間で、朝のトーク番組が三つ、レインの暗殺は好ましくない出来事かどうか、という質問のヴァリエーションの視聴者電話アンケートをおこないました。〝ノー〟は、それぞれ七十六パーセント、七十二パーセント、六十六パーセントでした。ニュース番組の街頭インタビューの結果は、暗黙の了解を与えるものと怒れる市民にはっきりと二分されました。数は多くありませんでしたが、犠牲者がどんな人物だったにせよ、あのような行為には嫌悪をおぼえると主張する人もいたのです。ひとりなどは、〝ポルノじみた〟行為と表現しました」

「どうやってそんなことを知ったんだ？」とミッチェルがたずねた。「あんたが毎日、一日じゅうテレビにかじりついてるとは思えないんだがね」

「マスコミがわたしの研究に関連する事柄をどのようにとりあげたかを記した報告書が、毎日二回、ファクスで届くんですよ」

アナンバーグが両手を腿にそって滑りおろしてスカートのしわをのばした。袖口に糊がきいた男物のようなシルエットだが、それがかえって女らしいストライプのドレスシャツと、首のすぐ下にカントリークラブ風のリボンがあしらわれているセーターを着ていた。「院生よ」とふちのとがった眼鏡をかけたアナンバーグは説明した。「究極の馬車馬ね。ブラシをかけてやる必要もないんだから」

「いまのところ、みなわたしたちをどう評価していいか決めかねているようなので」とレイナーはいった。「この時点で、全員が考慮したにちがいない、当然の提案をいたします。わたしたちの立場を――もちろん身元は明かさずに――おおやけにしてはいかがでしょうか？」

「ぜったいにだめだ」とデュモンがいった。「作戦上の危険が大きくなりすぎる」

「レインの処刑から、国民を気分爽快にさせる以上の成果が得られるんですよ。声明を出して、なぜ処刑したのかを説明したほうが効果的じゃありませんか」

「声明を出さないのは卑怯よ」アナンバーグがいった。「責任ある国家は――わたしが信頼または敬意または信頼を寄せている集団は――秘密処刑なんかしないわ。あの処刑はおおやけの行為だったんだから、なんらかの形で声明を発表して、わたしたちがいかにしてレインは有罪だという結論に達したかを説明するべきよ。たとえばこんなふうに。〝このような権限をひきうけた市民たるわれわれは、以下の証拠にもとづき――〟」

「この国では、被告を暴徒にひきわたしたりしないんだ」とデュモンがさえぎった。「判事と陪審員団は社会の支持を請い求めたりしない。裁定をくだすんだよ」

レイナーはいった。「議事録のようなものを公表すれば――」

「どんなに注意を払った文書でも、マスコミと捜査当局にとっては手がかりの宝庫だ」とティムはいった。

「だめだ」ストークもいった。「声明を出すなんてとんでもない。危険すぎるよ」

「処刑の根拠を国民に説明しないのは無責任ですよ」とレイナーはいった。「それなしでは、国民にはリンチの余韻しか残らないじゃありませんか」

デュモンがいった。「レインの死は節度と厳密さと慎重さをもってもたらされた。国民には、あれは処刑であって殺しではなかったとわかるはずだ」

「そんなちがいなんかどうだっていい」とロバートがいった。

「そのちがいが」とデュモンは語気鋭くいった。「なにより重要なんだ」

レイナーがいった。「声明を出せば問題を正確に伝えられますよ」

「騒ぎたきゃ、朝のラッシュアワーに思うぞんぶんクラクションを鳴らしてくれ」とティムはいった。

「冗談ごとじゃありませんよ、ミスター・ラックリー。わたしたちは大衆という強情な相手を振りむかせて有意義な対話をしようとしているんですから。社会は法律の抜け穴のせいで自由の身になった犯罪者をどう感じているのか？　現在のやりかたを修正するべきなのか？　レインの処刑は正義なのか？」

「イエスだ」とロバートがいった。

ティムはまたもひっかかるものを、ロバートの迷いのなさを目のあたりにしたときの本能的な反発をおぼえた。

「そうとも。記録に目を通せば、だれだってそれくらいわかる。おれには充分だったね」とミッチェルはいった。「まだわかってないやつらも、つぎの処刑できっとわかるはずだ。すぐに処刑がパターンになるんだ。ヤバい証拠を差しだす必要はないだろ」

「あんたはいろいろな番組からひっぱりだこになる。まちがいない」デュモンはレイナーにいった。「あんたには、世論をしかるべき方向へ導く機会がいくらでも訪れるはずだ。議論をうまく誘導してくれ――なにも明かさずに。だが、現時点では名乗りでない。この問題は後日再検討しよう」

アナンバーグは無意識のうちに、椅子にもたれて胸の上で腕を組むという、不満を上品に表明する姿勢になっていた。レイナーは、しかたないという表情で首をかしげた。

豊富な資金力と社会理論についての机上の知識を持つレイナーが、名目上はリーダーということになっているが、現場を仕切っているのがデュモンなのは明白だった。レイナーが話すとメンバーは耳を傾けた。デュモンが話すとメンバーは口を閉じた。

「決を採ろうぜ」とロバートがいった。「ここに来たのは、宣言だのオプラ・くそったれ・ウインフリーだの――」

デュモンが開いた手を振り、なだめていながらも断固としたしぐさで、ロバートを途中で黙らせた。ロバートが面子を保つための苦笑いを兄弟に浮かべて見せているあいだに、レイナーが金庫をあけ、積み重ねてあるバインダーの一冊をとりだした。そのバインダーがばたんとテーブルを叩いた。

「ミック・ドビンズです」

「痴漢のミッキーだな」ロバートがそういって、アナンバーグを見た。「なあ、お嬢ちゃん、痴漢と疑われているミッキーじゃ、感じが出ないんだよ」

デュモンはバインダーを、賛美歌の本を持つように片手で捧げ持って自然に開くようにした。「ヴェニス児童ケアセンターの雑用係。児童に対する八件の猥褻行為と一件の殺人で起訴された。事件以前、ドビンズは子供のあいだでも職員のあいだでも評判がよかった」捜査経過報告書をティムに渡して、「知能指数は七十六だ」といった。

「それは自動的に極刑をまぬがれる条件になるのか？」とティムはたずねた。

アナンバーグが首を横に振った。「精神鑑定が二度、別個におこなわれたけど、どちらの鑑定でも知的障害者とは認定されなかったわ。知能指数だけじゃなく、生活機能のレベルとかも関係してるんじゃないかしら」

ほかの書類も分けられ、テーブルをまわされた。

「四歳と五歳の七名の少女が、ドビンズにいたずらされたと主張している」とデュモンがいった。

「いたずらというと？」とティムがたずねた。

「性器と肛門をいじられたというんだ。何人かは指を入れられたといっている。肛門にペンを挿入されたと主張した子もひとりいる」

「性交は？」

「なかった」デュモンはページをめくって検査結果に目を落とした。

「どうしてこれが死刑事件になったの？」アナンバーグがたずねた。

「ペギー・ノルは高熱と寒けをともなう震えで病院に運びこまれた。膀胱《ぼうこう》感染症とおぼしかったが——それがわかったときには腎臓感染症になっていた。死因は」——デュモンはカルテを開いた——「重度の尿路性敗血症だった」

「レイプ検査は？」

「してない。ノルはいたずらされたといわなかった。七人の少女が進みでて、自分たちとノルはいたずらされた、ノルがいたずらされたのは病院に運びこまれる数日前だったと申し立てたのは、ノルの死後だったんだ。地方検事の追及の仕方は、専門家証人を何人か呼んで、性的な——とりわけ肛門および性器への——いたずらがあったとしたら、そのような時間経過で膀胱感染症の主因になりうると証言させるというものだった」

「ドビンズはどうしてのがれたんだい？」とストークがたずねた。真っ赤になった顔を、眼鏡をずりあげる手で隠した。「裁判をっていう意味だけど」

「陪審は有罪と評決したんだが、判事は本案審理に納得せず、証拠不充分で棄却したんだ」

「連中はしょっちゅう陪審の評決をひっくりかえしやがるんだ」とロバートは嫌悪をあらわした。

「物的証拠は決定的に欠けている」とデュモンはいった。「ノルのカルテにはなにもない。ドビンズの部屋を捜索してもなにも出なかった。担当刑事は、バスルームの戸棚にポルノ雑誌の山があったと記している。ロリコン雑誌のベアリー・リーガルも何冊かあった」

「その雑誌ならよく知ってるわ」とアナンバーグがいった。六人の男の目がアナンバーグに注がれた。ミッチェルは明らかにいらだっていた。かすかにほほえんでいるのはティムだけだった。

「ポルノ雑誌なんかどうだっていい」とロバートはいった。「ほかには？　ほかの女の子たちのカルテは？」

眼鏡の奥で光る目で自分のまえの書類を凝視しながら、ストークが手を上げた。「検査結果は決め手にならないね。裂傷も、瘢痕も、打撲傷も、挿入にかかわる外傷もなしだ」

「でも、挿入したのは指だけだったんだぞ」ミッチェルがいった。「それくらいじゃたいした外傷はできない」

「五歳の女の子の場合は、それでも検査結果にあらわれるはずよ」とアナンバーグがいった。

「女の子たちが検査を受けたのは、いたずらされたとされている日からどれくらいたってたんだ？」とティムがたずねた。

ストークが書面をひっくりかえして、「二週間後だね」と答えた。

「傷が治るには充分な時間だな」

「浅い裂傷や軽い打撲傷しか負っていなかったとしたら、なおさらだ」ミッチェルが付け加えた。

「ＤＮＡも、なにもなし？」アナンバーグがたずねた。「なんにも？」

レイナーが首を振った。「ないんだよ」

「じゃあ、女の子たちの証言にすべてがかかっているわけね？　証言テープは？」

レイナーはブリーフケースから二本のビデオテープをとりだした。「二、三週間前に手に入れたものです」そういいながら部屋を横切って、黒っぽい木材の戸棚に隠されたビデオデッキに最初の一本を入れた。「この裁判の責任者である地方検事とはアイビーでいっしょでしてね」メンバーの当惑した表情を見て、付け足した。「プリンストン大学のイーティング・クラブで」

ビデオの画質は劣悪だった。画面がぴくぴくと揺れ、照明のせいで面談室全体が白と黄色に飛んでしまっていた。幼い少女が、両かかとをプラスチック椅子の端に載せ、膝を顎の下までひきよせて座っていた。

女性の面接担当者――児童虐待対応班のソーシャルワーカーだろう――が低い踏み台に腰をおろして少女と向かいあっていた。「……それで、その男の人にさわられたのね？」

少女は両脚を抱えこみ、すねのなかほどで手を組みあわせた。「うん」

「そう、それでいいのよ、リサ。その男の人に、さわられたくないところをさわられたんでしょう？」

「ううん」

ソーシャルワーカーは顔をしかめた。眉間にかすかなしわが寄った。おだやかになだめるような声で、「うんっていうのが怖いんじゃない？」とたずねた。

リサは膝に顎を預けた。頭が何度か上下したので、ティムは少女がチューインガムを噛んでいることに気づいた。「怖くないもん」

「じゃあ、もういっぺん訊くわよ……」ゆっくりとおちついた口調で、「その男の人に下半身をさわられたのね？」

かろうじて聞こえる小さな声で、「うん……」と少女は答えた。

ソーシャルワーカーの表情が、それでいいのよ、というようにやわらいだ。「どこを？　このお人形で教えてくれる？」ソーシャルワーカーのバッグから、ほとんど瞬時に二体の人形があらわれた。てかてか光るプラスチックの性器がついていた。

リサはためらいがちにながめてから、手をのばして人形を受けとった。男性の人形と少女の人形の手をつながせて、ソーシャルワーカーを見あげた。

「いいわよ……それから？」

リサは人形を抱擁させた。

「いいわよ……そのあとは？」

リサはガムを嚙みながらしばらく考えこみ、男性の人形の手を少女の人形の胸にあてた。

「その調子よ、リサ。その調子。ペギーもそんなふうにさわられたっていってたのよね？」

リサは真顔でうなずいた。

レイナーは困惑の表情になっていた。レイナーがアナンバーグと目をちらと見合わせると、アナンバーグは眉ひとつ動かさずにかぶりを振った。「とりあえず、ぜんぶ見てしまいましょう」とレイナーはいった。

ときおり早送りしながら、そのあと六人の面談を見た。どの面談でも、同じソーシャルワーカーが同様のやりかたで質問していた。

最後の少女が、泣きながらいたずらの様子を語りおえると、レイナーがテープを止めた。

「まるで魔女狩りですね。判事が評決をくつがえしたのも無理ありません」

「なにをいってるんだ?」ロバートがいった。「女の子たちはみんな、いたずらされたといってたじゃないか。人形で再現までしてたじゃないか」

「ソーシャルワーカーは誘導尋問をしたんだよ」デュモンがいった。「相手が大人なら、そうやって自白をひきだすのもありだが、子供は影響を受けやすい。あっさり誘導されてしまうんだ」

「どうしてあれが誘導尋問なんだ?」

「まず第一に、ソーシャルワーカーは自由に答えられる質問をひとつもしなかった」とアナンバーグがいった。「たとえば、〝なにがあったの?〟というような。それに、限定的で暗示的な質問によってさまざまな情報を吹きこみ、押しやった。〝ベルトの下をさわられたの?〟ではなく〝ベルトの下のどこをさわられたの?〟と訊いて。それから、彼女が望むことを答えたときに報酬を与えることによって、女の子たちに条件づけていた——ほほえんだり、〝いいわよ〟とほめたり、〝その調子よ〟とはげましたりして」

「そして、答えが気にいらないと顔をしかめたんです」とレイナーが補足した。「少女が〝まちがった〟答えを口にすると、ソーシャルワーカーは——暗黙の不満をあらわしながら——質問をくりかえして、少女にありもしなかったことをいわせたんですよ」

ティムは書類をめくって、捜査メモの読みにくいコピーに目を走らせた。「女の子たちは友達だったし、両親たちは顔見知りだった。最初の告発のあと、家族同士が話しあい、学校で集会も開かれた。影響をおよぼしあったんだよ。いまビデオで見た面談は、そのあとでおこなわれた。証人たちは、きれいな状態とはいえなかったのさ」

「それに、あれ以外の機会にどれだけ記憶を植えつけられ、条件づけをされたか、わかったもんじゃないわ」とアナンバーグが付け加えた。「ほかの子供、マスコミ……」手をくるくると二度まわして、その他もろもろがあることを示した。

「人形はどうなんだ？」ミッチェルがいった。

「同様の批判があてはまりますね」レイナーが答えた。「加えて、解剖学的に正確な人形を幼い子供に使用することは推奨されていません」

「喜ぶのは大人だけよ」アナンバーグがいった。

ロバートはアナンバーグをにらみつけた。「冗談ごとじゃねえんだぞ」といって身ぶりで兄弟を示した。「おれたちにとっちゃ」

「悪気があったわけじゃないんだ」とデュモンがなだめた。

「いえ、ロバートのいうとおりよ」アナンバーグは黒髪を手ですいた。「ごめんなさい。緊張をやわらげようとしただけなの。これは、その、つらい話題だから」

「つらい話題に耐えられねえなら、あんたは場違いなところにいることになるな」

「ロバート。アナンバーグは謝ってるじゃないか」ティムはいった。「先に進もう」

アナンバーグはいつものきびきびとした口調にもどった。「一九九五年に刊行されたセシルとブルックの論文によれば、解剖学的に正確な人形を使って幼い子供に質問しても、信頼できる結果は得られないのよ」

ミッチェルが裁判書類から顔を上げた。「人形なんかどうだっていい。こいつによれば、ドビンズは自白してるんだぞ」

「被告人側は自白を問題視しましたが、それももっともなんですよ」レイナーはそういうと、大股でビデオデッキに歩みよって、テープを入れ替えた。

冷えびえとした光に浮かぶ警察署の取調室。マジックミラーの裏側に設置されたカメラがぎらつく輝きをとらえている。金属製の折りたたみ椅子に背中を丸くして座っているミック・ドビンズを、ふたりの刑事が訊問している。体格がよく肩幅がひろかったが、ドビンズの印象はひどく幼かった。ひろげた膝のあいだに両腕をだらりと垂らしていたし、左のスニーカーのひもはほどけていたし、片足を横に倒していた。オーバーオールのストラップの片方がはずれていて、巻きあげられるのを待つヨーヨーのようにわきで揺れていた。

刑事たちはスタンドの光を強くして、どちらかひとりが、わきかうしろか、ドビンズからぎりぎりで見えないところに立つようにしていた。ドビンズはずっとうなだれていたが、汗でくしゃくしゃにもつれた前髪ごしに、おどおどした目で刑事たちを追おうとしていた。奇妙に四角い顔の下のほうから突きでている耳が、コーヒーマグの両側についている取っ手を連想させた。

「女の子が好きなんだな？」と刑事がたずねた。

「ああ。女の子。女の子も男の子もだよ」ドビンズの声の低さとたどたどしさで、軽い知的障害があるのがすぐにわかった。

「女の子が大好きなんだろう？　そうなんだな？」刑事は片足を上げ、ドビンズが座っている折りたたみ椅子の、股間にわずかにのぞいている部分にどかっと載せた。ドビンズはさらに頭を下げ、顎を胸元にうずめた。刑事は身をかがめ、ドビンズの脳天のすぐそばまで顔を近づけた。「訊いてるんだぞ。どう思ってるか答えろ。女の子をどう思ってるんだ？　女の子が好きなんだな？　そうなんだな？」

「う、うん。女の子は好きだよ」

「女の子にさわるのは好きか？」

ドビンズは手の甲で鼻をぬぐった。いらだたしげなあらっぽいしぐさだった。そしてひとりごとをつぶやいた。「チョコレート、バニラ、ロッキーロード（アーモンドとマシュマロがはいったチョコレートアイス）――」

刑事はドビンズの顔のすぐ前で指をぱちんと鳴らした。「女の子にさわるのは好きか？」

「女の子たちを抱きしめるよ。女の子も男の子も」

「女の子にさわるのは好きなのか？」

「うん」

「うんじゃなく、はっ、き、り、答えろ」

「女の子にさわるのは好きだよ。ぼくは……」

「ぼくはなんだ？」

ドビンズは刑事の口調の鋭さにぎくりとした。目をぎゅっとつぶって、「イチゴ、モカ・アーモンド・キャラ――」

「なんなんだ、ミック？　はっきりいえ」

「ぼくは、ああ、ああ、ときどき、女の子たちが怖がってるときになでてやるんだ」

「おまえが女の子をなでると、女の子たちは怖がるんだな？」

ドビンズは耳の上をかき、指の匂いを嗅いだ。「うん」

「ペギー・ノルにも同じことをしたんだな？　そうなんだな？」

ドビンズは刑事の声におびえていた。「うん。たぶん」

資料を再確認したあと、レイナーはビデオを止めた。「ここがもっとも重要な部分ですね」

「これは自白じゃないな」とティムはいった。

「たしかに信頼性は低いな」ミッチェルは同意した。「自白といえないことは認めるが、自白は必要ないだろう。ほかの証拠で充分だ」

「ほかの証拠って？」アナンバーグがたずねた。「植えつけられた記憶を反復した、七人の影響を受けやすい子供たち？　あったかどうかわからないいたずらが原因かどうかはっきりしない感染症で死亡した女の子？」

「整理させてくれ」とロバートがいった。「七人の少女が、別個に、知的障害のある雑用係にいたずらされたと証言してる。その全員が人形を使ってその野郎がどんなことをしたかを示し、全員がいたずらされたと証言した友達は、その結果とされている感染症で死亡し、容疑者はビデオのなかで幼い女の子をなでたり抱きしめたりするのが好きだといっている。なのに、明々白々だと思わないのか？」

ティムの脳裏に、キンデルの小屋の外で、腕を組みながら〝明々白々の事件じゃないか〟といっているハリソンが浮かんだ。

「ああ」とティムは答えた。「そうは思わないな」

ロバートはしかめつらを振りむけた。「ストーク？」

ストークはまるめた肩を上下させた。「どっちでもいいよ」

「この部屋で座っているかぎり」とティムがいった。「どっちかに決めてくれ」

「それなら」とストーク。「たぶんやったんだと思うな」

「フランクリン？」レイナーがたずねた。

デュモンは肩をすくめた。「物的証拠が乏しすぎる。特に、少女たちの膣または直腸に傷を受けた兆候がないし、膀胱感染症といたずらのあいだに具体的な関連もない」

「ドビンズには前科がないわ」アナンバーグがいった。「重罪も、軽犯罪も」

「そんなことに意味なんかねえよ」ロバートはいった。「ゲロはいつはじまるかわかったもんじゃねえんだ」

「それまではつかまってねえってだけのことさ」ミッチェルは憤然として鼻息を荒げた。「どうやら、みんなもう決めてるらしいな。これ以上検討を続ける意味があるかどうか知るために、拘束力のない予備投票をするってのはどうだ？」

アナンバーグが片眉を吊りあげながらレイナーを見た。レイナーはうなずいた。

投票の結果は四対三で無罪だった。

ストークはまったく気にしていないようだったが、ロバートとミッチェルの顔にはありありと不満が浮かんでいた。

「おれたちは、裁判所のしくじりの跡始末をするために集まったんだぞ」とミッチェルがいった。「そのおれたちが手をこまねいててどうするんだ？」

「行動を起こすことがつねに正しいとはかぎらない」とティムがいった。

ロバートは亡き妹の写真に目を落としたまま、「その台詞を、いたずらされた七人の女の子と、死んだ女の子の両親にいえよ」

「いたずらされたと主張している女の子、よ」とアナンバーグがいった。

「いいか、くそあま――」

デュモンがぐいと身をのりだした。「おい――」

「研究成果だのフロイト流の腐れ分析だので答えを知ってると思ってるんだろうが、ハイヒールを本物のストリートに踏みおろしたこともねえあんたにゃ、だれがなにをしたかを語る資格なんかねえんだよ」

「ロバート！」

「くそ野郎どもと身近に接さなきゃ、やつらがどんなふうかはわからねえんだ」ロバートは頭をテレビのほうへぐいと振りむけた。「あの野郎はクロの匂いがするんだよ」

デュモンはそのとき、椅子から腰を浮かせ、前かがみになってテーブルに両手をつき、肘に力をこめて腕で体重を支えた。「おまえがどう思おうが、おまえの嗅覚は投票の基準じゃない。争点を論じ、判例を論じるか、グレイハウンドバスに乗ってデトロイトへ帰って、われわれの時間を無駄にするのをやめるか、どっちかにしろ」

室内が凍りついた——レイナーは口に持っていく途中でグラスを止め、アナンバーグは座ったまま体を途中までひねっていた。

デュモンの目は彼らしくない怒りで燃えていた。「どうするんだ?」

ミッチェルの顔はひきつっていた。「なあ、フランクリン、なにも——」

デュモンが片手をさっと上げ、交通指導員の合図のようにミッチェルの方向を指すと、ミッチェルはぴたりと動きを止めた。

ロバートの表情がやわらいだ。デュモンの鋭い眼光に押されて、やや首をすくめた。「よしてくれ、本気じゃなかったんだから」

「それなら、ここでは二度とあんなふざけたことをぬかすな。わかったか? わかったのか?」

「ああ」ロバートは顔を上げたが、デュモンとまともに目をあわせられなかった。「いまもいったけど、かっとなっただけだよ」

「〈委員会〉の審議中に〝かっとなる〟ことは許されてないんだ。ミズ・アナンバーグに謝れ」

「ねえ」とアナンバーグがいった。「そんな必要はないと思うんだけど」

「おれは必要があると思う」デュモンはロバートをにらみつけたままそういった。

ロバートはとうとうアナンバーグに向きなおった。ロバートの顔からは興奮が消え、薄気味悪い冷静さにとってかわられていた。「すまなかったな」「気にしないで」

アナンバーグは神経質な笑い声を短くあげた。

テーブルに沈黙が降りた。

「つぎの事件にとりかかる前に、しばらく休憩をとりませんか?」とレイナーが提案した。


ティムはレイナー邸の半円形をした裏のテラスに立って、手のかかった裏庭をながめていた。ティムが外に出ると、モーションセンサーのライトがいくつか点灯して闇に金色に輝く円筒を生じさせ、飛びかう羽虫を照らした。

網戸が開いて閉まる音が聞こえ、アナンバーグがまだ数歩うしろにいるうちから、香水の——柑橘系の軽い——匂いがした。

「火を貸してくれる?」

アナンバーグはティムの背中ごしに手をのばして、上着のポケットに差しいれた。ティムはアナンバーグの手首をつかみ、ポケットからひきだして、アナンバーグと向きあった。ふたりは間近で見つめあった。「吸わないんだ」

アナンバーグはにっこり笑って、「勘違いしないで、ラックリー。刑事は好みじゃないの」といった。

「そりゃそうだ。先生のお気にいりだもんな」

アナンバーグは本気でおもしろがっているようだった。「ユーモアのセンスがあるのね。ほんとに意外だわ」

アナンバーグの細く黒い髪は絹のようだった。ドレイと好対照のアナンバーグ——小柄で黒髪で色っぽい——を前にすると、ティムは居心地が悪くなった。ティムは向きを変え、闇がわだかまっている庭をふたたびながめた。ジグザグに配置されている植えこみの列が夜陰に溶けこんでいた。

アナンバーグはパックからタバコを一本抜きだして口にくわえ、ポケットを叩いたが無駄だった。「なにを見てるの？」

「夜の闇だよ」

「謎の男を演じるのが好きなのね。静かに考えごとをするには都合がいいものね。人と距離を置いたほうが気が楽なタイプなんじゃない？」

「すべてお見通しってわけか」

「それはいいすぎよ」アナンバーグは両手を腰にあててティムをしげしげとながめた。気安くおもしろがるような感じは消えていた。「さっきはかばってくれてありがとう」

「きみにはだれかにかばってもらう必要なんかないさ。自分の意見を述べたままでだよ」

「ロバートはかっとなりやすいタイプだわ」

「たしかに」

「心配じゃない？」

「おおいにね」ティムは、屋敷の明るく照らされた窓をちらりと振りかえった。デュモンとストークとロバートは会議室のテーブルについたまま待っていた。屋敷の壁ぞいに視線を動かすと、キッチンで冷蔵庫からミネラルウォーターの瓶を出しているレイナーが見えた。ミッチェルが視界にはいってきた。レイナーは、そばに来たミッチェルを、肩に手をかけてひきよせ、耳元でなにやらささやいた。ティムはデュモンに視線をもどし、ふた部屋向こうでレイナーとミッチェルが密談していることを彼は知ってるんだろうか、といぶかった。レイナーとミッチェルは嫌いあっているのだろうと、インテリと叩きあげがそれぞれの目的のために必要な道具としていやいや協力しあっているのだと思っていた。

「デュモンがたづなを締めてくれるわ。ロバートとミッチェルのたづなを」

ティムは頬の内側を噛んだ。「ロバートはきみの鋭さに脅威を感じるんだ。きみの一貫性に」

「あなたも脅威を感じる？」

「それこそおれたちに必要なものだと思うね」

「かもしれないわ。だけど、なぜかつまらないことにこだわってるような気分になるの。自分自身でも」

「どうして？」

「そうね」――アナンバーグは恥ずかしそうについと目をそらした――「あなたがしっかりと掲げ持てる正義という概念を求めているのはりっぱだと思う。勇敢だといっていいくらいだわ。でも、わたしにとって、それは神を信じるようなものなの。楽しいとは思う。きっと心が安らぐんだと思う。だけど、わたしは統計値と学説の受け売りから離れられないの。そのゲームならルールをよく知ってるから」

思いに沈んだ息を洩らしたが、ティムは黙ったままでいた。頬をぴくりとさせながら、ぼんやりとしか見えない植えこみを凝視しつづけた。

アナンバーグはティムの横に立って、ティムがなにを見ているのかつきとめようとしているかのように庭に目を凝らしていた。「みごとな手際だったわね。レインの処刑は」

「みんなが力をあわせたおかげさ」

「でも、いちばん危ない橋を渡ったのはあなただわ」アナンバーグが首を振ると、またしてもかぐわしい香りが漂って、ティムの脳裏に彼女の髪が浮かんだ。「ロバートはひとつだけ正しかった――わたしはストリートとおよそ無縁なの。こっち側でよかったと思ってるわ。議論したり、検討したり、分析したりする側で。あなたの真似はぜったいにできないもの。危険な状況で、プレッシャーに押しつぶされずに勇敢に行動するなんて」アナンバーグはティムの腕を軽く叩いた。「わたしを笑ってるの？　どうして？」

「勇敢さは関係ないよ。それにスリルも」

「それなら、なぜ？　どうして軍人になったり、法執行官になったりしたの？　命の危険があるのに」

「おれたちはそういう話をしないんだ」

「それなら特別に話して」

ティムはつかのま思案した。「おれたちがやらなきゃ、ほかにだれもやりそうにないからじゃないかな」

アナンバーグは口から火のついていないタバコを抜き、パックにもどした。「全員がそうじゃないと思うわ」そういうと、うつむいてテラスに這いでているカタツムリを避けながら、家のなかへもどっていった。

強い風が吹いてきて、じっとりした冷えが骨身にしみたので、ティムは両手をポケットに入れた。指に触れた紙切れをひきだし、当惑した。紙には女性の字で電話番号と住所が記されていた。

振りかえったが、アナンバーグはもう家のなかへ消えていた。しばらくして、ティムも家にはいった。

〈委員会〉の六人のメンバーは席についてティムがもどるのを待っていた。レイナーのちょうど真ん前に、料理が盛られる前の皿のように、黒いバインダーが置かれていた。

四件めか、とティムは思った。あと二件片づければキンデルの番だ。

ストークはメモ用紙で紙飛行機を折りながら、満ち足りた表情で鼻歌をくちずさんでいた

──《グリーン・ホーネット》のテーマ曲だ。デュモンは椅子に深くもたれ、ついだばかりの冷えたバーボンを股間に置いていた。

レイナーは身をのりだし、ひろげた手をバインダーに置いた。「ブザニ・ドビュフィエです」

みなぽかんとした顔つきになったが、デュモンだけは顔をしかめた。「大男の凶悪なサンテロだよ。身長が二メートル前後ある」

ティムは自分の席についた。「サンテロ?」

「サンテリア教の司祭だ。たいていはキューバ人だが、ドビュフィエはハイチ人との混血だ」

ストークの鼻歌が大きくなって、耳につくようになった。

「静かにしろよ」とロバートがいった。

ストークは鼻歌をやめた。腫れぼったい小さな両手が止まった。ストークはこぶしで眼鏡を押しあげ、申し訳なさそうに目をしばたたいた。「そんなに大きな声を出してた?」

ティムはドビュフィエの調書写真に手をのばした。頭髪を剃り落とした不機嫌そうな男がティムを見つめかえす。漆黒の肌を背景に白目がめだっていた。袖が破れたフランネルのシャツを着ており、肩がむきだしになっていた。手錠をひきちぎろうと力をこめているかのように三角筋が隆々と盛りあがっている。ほんとうにひきちぎりかねない体格だった。「どんな事件なんだ?」

デュモンはバインダーを開き、現場調書に目を通した。「エイミー・ケイズという十七歳の少女を儀式の生贄《いけにえ》として殺害したんだ。路地で発見された少女の首なし死体は多色の布でつつまれ、首の血まみれの切断面には粗塩と蜂蜜とバターが塗りつけられていた。第一頸椎《けいつい》はとりさられていた。ロス市警の儀式殺人の専門家は、それらの特徴がサンテリア教の生贄の儀式と一致することに気づいた」

「その連中は人を生贄にするのかい？　定期的に？」とストークがたずねた。

「それはジェームズ・ボンド映画のなかだけね」アナンバーグがそういって、検死報告書に手をのばした。「サンテロは主として鳥や子羊を殺すの。たとえキューバでも。わたしは大学生のとき、人類学の授業をとってたのよ」

「どういうことだ？」とロバートがたずねた。

「お菓子でもつくろうとしたのかもしれないわね」

デュモンが吹きだしたが、笑いは激しい咳に変わった。デュモンは口にあてたこぶしをおろして残っていたバーボンを飲みほした。「儀式殺人の専門家は、生贄の特徴からして、ドビュフィエは犠牲者が恐ろしい悪霊だと信じていたのだろうと証言している」

「胃の内容物にはヒマワリの葉とココナッツが含まれていた」アナンバーグが検死報告書から顔を上げた。「虐殺の前の食事よ。それを食べたら、神々が生贄として認めたことになるの」

「少女にはあまり慰めにならなかったでしょうね」とレイナーがいった。

ストークがあくびをして、口の前で手を振った。「失礼。寝る時間を過ぎてるもんで」

ロバートはテーブル上を滑らせて光沢仕上げの犯行現場写真を渡した。「それを見りゃ目が覚めるさ」

「ドビュフィエと死体のあいだにはどんな結びつきがあるんだ？」とティムはたずねた。「サンテリア教の司祭だってこと以外には」

デュモンは目撃者の証言記録をティムに放った。「目撃者がふたりいる。ひとりめのジュリー・パチェッティはケイズの親友だった。ケイズが拉致《らち》される数日前の夜、ふたりの少女は映画を観にいった。映画が終わると、パチェッティはトイレへ行き、ケイズはロビーで待っていた。パチェッティがトイレを出てロビーへ行くと、ケイズはパチェッティに、ドビュフィエからドライブに誘われたと語った。ケイズはおびえ、断った。ふたりの少女が駐車場へ行くと、ドビュフィエが黒のエルカミーノで待っていた。ケイズがひとりでないことに気づくと走り去ってしまったが、パチェッティははっきりと見ていた」

「身長二メートルの禿のハイチ人だからな」とミッチェルがいった。「めだつに決まってる」

「ふたりめの目撃者は？」とティムがたずねた。

「南カリフォルニア大学《USC》の女子学生が、パーティー帰りに、ドビュフィエと特徴が一致する男が、黒のエルカミーノの荷台からケイズの死体をひきずりおろして路地へひっぱっていくのを目撃したんだ」

アナンバーグが口笛を吹いた。「決定的ね」

「女子学生は数ブロック走り通して、警察に通報した。時刻は」──デュモンは記録を確認した──「午前三時十七分だった。容疑者の身体的特徴と車種から、警察は夜明け前にドビュフィエの逮捕に向かった。ドビュフィエは家の前でエルカミーノの荷台を漂白剤でごしごしやっているところを逮捕された」

「家のなかにはなにがあったんだ?」

「地図帳と深皿と獣皮だ。地下室の床に血痕があったが、のちに動物の血と判明した」

「頭のねじがゆるんだくそ野郎だな」とロバートがいった。

「血への飢えを満足させるために計画しておいた犯罪を実行できないほどには頭のねじがゆるんでいないわけですがね」とレイナーがいった。

「目撃者の逮捕記録を見せてくれ」とティムが頼んだ。

レイナーがテーブル上を滑らせて書類を寄こした。ほかのメンバーが話しているあいだ、ティムは逮捕記録に目を通した。ふたりの目撃者には、重罪にしろ軽犯罪にしろ、前科がなかった――地方検事がそれを材料に証言を粉飾するよう目撃者に働きかけたわけではなかったのだ。

「……保釈を許可するべきではないという声もあったが、ドビュフィエが無一文なのを知っていた判事はパスポートを没収し、保釈金を百万ドルと決めるにとどめた」とデュモンがいっていた。「するとアメリカ宗教者保護協会が派手に乗りこんできて、ドビュフィエがいやがらせを受けていると主張し、保釈金を納めた。その日のうちに、目撃者ふたりの死体が発見された。ふたりとも頸部を刺されていた――それもまた、サンテリア教で生贄を捧げるときの儀礼だ。捜査は暗礁に乗りあげた。こんどは、手がかりひとつ残さないみごとな殺しだったんだ――ドビュフィエは明らかに失敗から学んだってわけさ。目撃者がふたりとも死亡したので、ふたりが警察でおこなった証言は伝聞となり、ドビュフィエは不起訴になった。宗教者保護協会の代表たちは、乗りこんできたよりいくらか静かに街を出ていった」

手で触れられそうなほどの嫌悪感がテーブルの周囲に立ちこめた。

レイナーがとっておきの、もの思い沈んだ表情をつくった。「制度そのものが殺人の動機を与えるだなんて、これ以上悲しいことはありません」

レイナーの感想は責任の所在をとりちがえている、とティムは思ったが、けっきょくなにもいわずに、ふたたびファイルを読みふけった。残りの資料を徹底的に検討したが、ドビュフィエが無実であることを示す有力な証拠はひとつも見つからなかった。

投票結果は七対〇だった。

22

ティムは車を、キンデルのガレージ小屋へ続く砂利を敷いた私道から一・五キロ以上離れたところに停めた。空気は新鮮だが身を切るようで、隣接する母屋を燃やしつくした遠い昔の火事の焦げた木と灰の匂いがかすかに漂っていた。ティムは砂利道を避け、ブーツの音をたてないように気をつけながら進んだ。三五七口径を、銃口を下げ、人差し指をトリガーガードの外側、銃身ぞいに置いて持っていた。傾いてはいるが倒れていない郵便受けが崩れかけの土手から突きでていた。夜はどんよりと奇妙に生気が欠けているように感じられた。現実感が薄く、空気がよどんでいた。あらゆる音と動きが、茫漠とした空間中の存在によって鈍っているかのようだった。

意外にも、前方の小屋には明かりがついていなかった。引っ越してしまったのかもしれなかった。裁判のあと、こそこそ逃げだして、いまは新しい町の新しい暗がりにひそんでいるのかもしれなかった。だとしたら、キンデルはきっと、あの夜の思い出にふけっていることだろう

——拉致と殺害と切断、それに以前、行動をともにして計画を立て、ティムの娘の相伴《しょうばん》にあずかろうとした男の思い出に。

満月に近い月が輝いていた。骨じみたユーカリの木の枝ごしに、不完全な球が見えた。ティムは音をたてないように小屋に近づき、なかでがたがたという音が響いたとたんに動きを止めた。だれかがつまずいたか、鍋にぶつかったか、スタンドを床に落とすかしたのだ。最初、ティムは侵入者が、自分以外の侵入者がいるのかと思ったが、すぐにキンデルがひとりごととわかる悪態をついた。ティムは銃口を下げて拳銃を持ったまま、二本のユーカリの木のちょうど真ん中で身じろぎもしなかった。

シャッターがいきなり、がらがらと上がった。キンデルがよろめき出てきて、トーガのように体に巻いた、ジッパーをあけた寝袋をぐいとひっぱりあげた。かすかな黄色い光を放っている、いまにも消えそうな懐中電灯を持つ手が小刻みに揺れていた。

ティムはキンデルから二十メートルも離れていないところで無防備に立っていた。あたりが暗く、ティムが動いていないため、両脇の木と夜陰にまぎれて気づかれていないだけだった。

キンデルはがたがた震えながら、さびたヒューズボックスをこじあけ、なかをいじった。腰のあたりで寝袋の端をつかんでいるほうの手は痩せこけていて青白く、夜の闇のなかで近い色といえば骨のように白い月くらいだった。

「ちくしょう、ちくしょう、ちくしょう」キンデルはヒューズボックスを力まかせに閉め、平手でぴしゃりと叩いた。そして、絶望のあまり麻痺したかのように、震えながら惨《みじ》めに立ちつくした。やがてようやく、寝袋を長いガウンの裾のようにひきずりながら、よたよたと小屋にはいっていった。キンデルの苦しみは、どんなにささいなものであっても、ティムの心に大いなる満足をもたらした。

シャッターががらがらとおり、コンクリートにぶつかって閉じると、ティムは窓に忍びよった。なかでは、キンデルがひろげた寝袋にくるまり、胎児のように丸まってカウチに横たわっていた。目をつぶり、深く規則正しく息をしながら、折った枕に載せた頭をかすかに揺り動かしていた。震えが激しかった。

キンデルは共犯者について口を割らない——ドレイはそう確信していた。どこかに答えがあるとしたら、それはレイナーの屋敷の金庫におさめられている書類のなかだった。

最愛のジニーを引き裂いたキンデルは、いまのうのうと眠っていた。ジニーが最期にどれほど苦しんだかは、キンデルの頭のなかに、おぞましい個人的な記念品のごとく安全にしまいこまれていた。ジニーの懇願、パニックに駆られて流した汗の匂い、最後の悲鳴。背徳から殺人へと雲行きが変わりかけていることにまだ気づいておらず、ぬらぬらした唇をゆがめて笑い、目を淫《みだ》らに光らせている、キンデルのかたわらにいたもうひとりの顔。

そしてティムは酸に洗われた胃がのたうち、縮こまるのを感じた。

呆然とし、なにも考えられないまま、ティムは足場を固め、両手で拳銃を構えて、キンデルの耳のすぐ上をねらった。指が金属の上を滑って屈し、トリガーガードのなかにはいりこんで引き金にかかった。ティムは自分が発砲前の平静な心境になり、動きを完全に止めているのがわかった。そのまましばらく、照準をあわせたキンデルの頭がかすかに上下するさまを見つめつづけた。

ティムはふわふわと体から漂いだし、心の目で自分を見おろした。闇にまぎれ、汚れた窓ガラスごしに銃のねらいをつけている男を。混乱した孤独な子供時代、ティムのよりどころは、人間の精神には人間をたんなる肉と骨を超えた存在にひきあげる輝かしいなにかがあるはずだという、死にものぐるいの信念だった。必死の願いとやみくもな確信を心に、来る年も来る年も、ティムは力を振り絞って父親のおきてと戦った。それなのにいま、我執《がしゅう》と怒りにとらわれ、いかなる犠牲を払ってでもおのれの欲望を満足させようとしていた。カエルの子はカエルだ。

ティムは銃口を下げて小屋から離れた。

拳銃をベルトの背中側にもどし、ぽつんと建っているガレージの向かいに残っている焦げた基礎の、草に埋もれたコンクリート塊に腰を落とした。〈委員会〉という途方もない責任、どう考えても違法な裁き、そんな重荷をになっていこうと決めていたにもかかわらず、いまティムは悄然《しょうぜん》としていた。だれが社会の害虫かを判断すること、公正に罰をくだすこと、民衆の声になること——どれも考えすぎたら動きがとれなくなってしまうほどの責任だった。またそれらの責任をになう者には清廉《せいれん》潔白な人格者であることも求められる。なぜなら、法律とはあてはめるべきものではなく実現されるべきものだからだ。法律は保証ではなくおきてなのだ。

最後のバインダーがレイナーの金庫から出されてテーブルに置かれても、さらには娘の死体をばらばらにする過程が詳細に記されている書類を検討しながらでも、そのおきては守る、とティムは誓った。その誓いを守らなければ、ロバートやミッチェルと同じに、寂しい未亡人に墓地を売る詐欺を働いた父親と同じになってしまう。

右手で雑草がざわざわと鳴った。ティムは銃を抜いてすばやくそちらを向いた。闇からあらわれた人影はドレイだった。黒いジーンズに黒いトレーナーにデニムのジャケットといういでたちだった。ドレイは銃を恐れることなく近づいてきて、ティムのとなりに腰をおろした。もうひとりの幽霊、もうひとりの夜の観察者だ。トレーナーのポケットに両手を入れながら、ドレイはまず拳銃を、つぎにガレージを見てたずねた。「考えなおしたの？」

「しょっちゅうさ」

「そうね」とドレイはいった。「そうよね」そして両肘を膝について手を握りあわせ、顎を両の親指の上に載せた。なにかを思いだしたらしく、左手をさっとポケットに入れた。デニムジャケットの襟を立てているせいで、柄の悪いデビー・ギブソンのように見えた。「ニュースであなたの仕事ぶりを見たわ。派手なことをやったもんね」

「お客さまに喜んでいただくのがモットーですから」

「笑えるわね。あなたは私的制裁をするような人じゃないと思ってたんだけど」

「それはいまも変わってないさ。ただ、以前の考えかたには足りないところがあったんだ。すくなくとも、一部の連中には」

「新しい考えかたはどんな具合？」

「肩のあたりがちょっときついかな。だけど、すぐに気にならなくなると思う」

「体を服にあわせるのね。その逆じゃなくて」

ティムはドレイに手をのばして、さりげなくボディチェックをした。厚手のトレーナーの下には銃を隠していなかった。「こんなところでなにをしてるんだい？」

「見張ってるだけよ。あいつの動きをつかんでおきたいの」

ガレージのなかで懐中電灯のかすかな明かりが揺れたと思ったら、がらがらという大きな音が静寂を破った。

「なにをやってるんだ、あいつは？」とティムがいった。

「あいつの郵便物を私書箱に転送する手続きをしたの。それでクレジットカード番号、それに電話とガスと電気の顧客番号を手に入れて、ぜんぶ解約してやったのよ。いじましいいやがらせだけど、胸がすっとしたわ」

ティムがこぶしをのばすと、ドレイもこぶしをつくった。そしてふたりはこぶしとこぶしをあわせた。射撃練習場かソフトボールのグラウンドでしかやったことのない、変形のハイタッチだ。ドレイはこころもちティムのほうに体を寄せて、腰と肘が触れるようにした。ティムはドレイの頭のてっぺんにキスし、髪の匂いを嗅いだ。しばらくのあいだ、ふたりは黙ったまま座っていた。

「事件についてなにか新しい情報は？」

ドレイは首を横に振った。「万策つきたって感じ。あなたが例のバインダーの中身を見られたかもしれないって期待してたところよ」

「まだだ。残念ながら、しばらくかかりそうだな」

「待つほかないみたいね」ドレイは顔をしかめた。「もう疲れたわ。待つことに。もっと恐ろしいことが明らかになるんじゃないか、それともなにも明らかにならないんじゃないかって気を揉むことに」

ふたりはすこしのあいだ、キンデルの小屋をじっと見つめた。ティムは唇を噛んで、「マックがうちに出入りしてるそうだな」といった。

ふたりの腰のあいだの距離がまた開いた。ドレイは唇をこわばらせて、「家が空っぽで怖かったからよ」と応じた。

「おれを傷つけようとしてるんだな、ドレイ?」

「効果はあった?」

「ああ。まだおれの質問に答えてないぞ」

「信じてくれなくたってかまわないけど、わたしはあなたのことばっかり考えてるわけじゃないの。マックがカウチで寝てくれてるのは、近頃のわたしが小さい子供みたいに暗闇を怖がってるからよ。情けない話なのはわかってるけど、あなたに助けを求めようにも、あなたはうちにいないじゃないの」

「マックはきみに気があるんだぞ、ドレイ。ずっと前から」

「でも、わたしはマックに気がないわ。マックは友達として泊まってくれてるの。それだけのことよ」ドレイは右手をのばしてティムの手をとった。左手はポケットに入れたままだった。

ティムはだしぬけに激しい不安に駆られた。「ポケットから手を出してくれ、ドレイ」

ドレイはしぶしぶポケットから手を出した。薬指に指輪がなかった。ティムの胸の芯がずきりと痛み、その痛みが野火のような勢いで全身にひろがった。ティムは顔をそむけ、娘を惨殺した男の家のほうを見たが、キンデルは静かになっており、注意をそらす役に立たなかった。

ドレイの唇がほんのかすかに震えた。怒り、自己嫌悪、悲しみ——ティムが最近よく知るようになった三種カクテル——の前兆だった。ティムが知るドレイは、そんな暗く凍った表情で、おどおどとこちらをうかがったりしなかった。ドレイはげんこつで鼻の頭を掻いた。落ちこんだときのしぐさだ。「あなたはもう、わたしといっしょにいたいと思ってないみたいね、ティモシー」

「そんなことはないさ」強調するとき、声に少々力がこもりすぎたが、三十メートル以内にいるのは、ティムとドレイと耳の不自由な男だけだった。

「いまはつらすぎて指輪をしていられないの。あなたと結婚してから、毎日、あの指輪を見つづけてきたわ。毎朝、目が覚めるとまず指輪を見て、いつも感謝してたの」闇のなかで座っているドレイは小さく、傷つきやすく見えた。ジニーがよく、テレビを見るときにやっていたように、膝を抱きかかえている。「でもいまは、あなたがいないことを思いしらされるだけなの」

ティムは雑草を根こそぎ引き抜き、放り投げた。基礎の一メートルほど離れたところに土がこびりついた根っこがあたって、小気味いい音をたてた。「最後までやりとげなきゃならないんだ、〈委員会〉は。あのバインダーを手にしなきゃならない。うちにいつづけたら、人目にさらされたままじゃ、それができないんだ。危険すぎるから。きみに危険がおよびかねないから。せめて、ジニーには安らかに眠ってもらいたいんだ。だから、ジニーをあんな目に遭わせたやつは……」鼻をぬぐおうと上げた手が震えていたので、ティムは手を膝にもどして握りしめた。力のかぎり。

「ティモシー」ドレイは懇願するような口調でいったが、なにを懇願しているのかティムにはわからなかった。ドレイはティムのほうに手をのばしかけたが、思いなおしてひっこめた。

ちゃんとしゃべれるという確信が持てるまで、ティムは一分かそこら待った。「悪かった」とティムは謝った。「あの子の名前を口にしたのはひさしぶりだったんだ」

「泣いたってかまわないのよ」

ティムは二、三度、頭を上下に動かした。うなずいたつもりだった。「そうだな」

ドレイは立ちあがり、両手を叩いて埃を払った。「いまはあなたと会いたくないの」とドレイはいった。「生活をともにしたくない。だけど、あなたがどうしてあれを、自分のために、わたしたちのためにやらなきゃならないかは理解できる。わたしたちのきずなが充分に強いことを期待しながら、とうぶんはこのまま様子を見たほうがよさそうね」

ティムはドレイの手から、指輪のない指から目を離せなかった。胸にあいた穴はひろがりつづけ、肺を、声を飲みこんだ。

鳥が近くで羽ばたき、静かになったと思ったらさえずりだした。

ドレイは向きを変え、かなりの距離がある道路をめざして歩きはじめた。

アパートメントにもどる途中、ティムは車を路肩に寄せて停め、ハンドルを握ったまましばらく荒い息をついていた。二月らしい寒さだったので、暖房を強にした。これから帰るアパートメントを、実用一点張りで殺風景この上ない部屋を思い浮かべ、八年の結婚生活のあとで、自分がいかにひとり暮らしに向かなくなっているかを実感した。ポケットからアナンバーグの住所をひっぱりだし、ちぎりとったメモ用紙に視線を落とした。

アナンバーグが住むウェストウッドのアパートメントビルはセキュリティがしっかりしていた——オートロックになっている玄関のガラスドアはダブルロックだし、ロビーへ通じるタイル張りの短いスペースには防犯カメラが設置されている。ティムはカメラから目をそらし、玄関わきに並んでいる呼びだしボタンを上から指でたどった。珍しくないことだが、呼びだしボタンに記されているのは部屋番号ではなく姓だった。アナンバーグの呼びだしボタンを押して待っていると、スピーカーがブーンという雑音を発した。

アナンバーグが出た。午前四時近いのに、しっかり目が覚めている声だった。「どなた?」

「ティムだ。ティム・ラックリー」

「名前だけじゃなく名字も名乗るのね。見あげた奥ゆかしさだわ。303よ」

ずっしりしたガラスドアがうなるような大きな音を響かせたので、ティムはひきあけた。エレベーターで三階に上がった。廊下のカーペットは、清潔だったが多少くたびれていた。アナンバーグの部屋のドアを軽くノックすると、軽い足音が聞こえてきて、ふたつの錠をあけ、チエーンをはずす音がした。ドアが開いた。アナンバーグは丈が膝まであるジョージタウン大学のロゴ入りTシャツを着ていた。片手で首輪をつかんで首の太いローデシアン・リッジバックを押さえ、片手につかんだ小型のルガーの銃口で脚を掻いていた。

「のぞき穴でたしかめたほうがいい。たとえ知りあいがインターホンに出た直後でも」

「たしかめたわ」

それは嘘だった。ティムはレンズの向こうにアナンバーグの黒い瞳を見ていなかった。犬が進みでて、濡れた鼻面をティムのまるめた手にすりつけた。

「驚いたわね。ボストンは知らない人に懐かないのに」

「ボストン？」

「以前につきあってた彼から譲りうけたの。ハーヴァード卒のろくでなしよ」

アナンバーグは向きを変えてひろびろとしたワンルームの部屋にもどっていった。キチネットと小さなダイニングテーブルを過ぎると、テレビのほうに向けたカウチがあり、ふたつのたんすで仕切られ就寝エリアは、ひとつきりの大きな窓の下に置かれたフルサイズのベッドで占められていた。アナンバーグがぱちんと指を鳴らすと、ボストンはふわふわした円形のドッグベッドに早足で歩いていって、横たわった。アナンバーグは拳銃を右のたんすのいちばん上のひきだしに入れた。

アナンバーグはベッドに歩みよって、ティムから数歩離れた。ふたりはくたびれた小さなカーペットごしに見つめあった。アナンバーグが腕を交差させて頭からTシャツを脱いだ。ほっそりとしたすばらしいプロポーションの体には贅肉がついていなかったが、激しいトレーニングを積んだ形跡もなかった。へこんだ腹の上で締まった乳房が慎ましく盛りあがっていた。アナンバーグのまなざしは、検査中の看護師か娼婦のような知恵深い冷静さをたたえていた。あけすけにして痛ましいほど純粋な、哀しくて寂しい部屋でおこなわれる哀しくて寂しい儀式だった。

ティムは気まずそうにダイニングテーブルに一枚だけ敷いてあるテーブルマットに目をそらした。Tシャツは床のティッシュの箱の上の横に脱ぎ捨てられていた。ティムはアナンバーグが、〈委員会〉のほかのメンバーと同様、死と喪失によって傷ついていることを、疑いの余地なくさとった。

「誤解させたみたいだな。そんなつもりじゃ……」ティムは手を振り動かしたが、うまい言葉が見つからなかった。「おれは結婚してるんだ」

「それならどうして来たの、ラックリー？」アナンバーグはナイトテーブルに置いてあったパックからタバコをとりだして火をつけた。

「頼みがあるんだ」

「でも、わたしが思ってたような頼みじゃないのね？」アナンバーグはウインクをし、ティムはほほえみを返した。アナンバーグはたんすの上のロウソクでつけたばかりのタバコを灰皿で揉み消し、ベッドに横になって、恥ずかしそうにでも慎み深くでもなく毛布で体をおおった。

「キンデルのファイルのなかから公選弁護人のメモを持ちだしてくれないか。きみの厚意にすがるほかないんだ。きみならできるのはわかってる。待っていられないんだよ……なにかしてなきゃ」

「決まりは破れない。ミーティングで提案して、決を採るほかないわね」

「レイナーが許すはずがないのは、きみも知ってるはずじゃないか」

アナンバーグはティムから目を離さなかった。一瞬、目と目がまともにあったような気がした。ティムは自分が苦悩を無防備にさらけだしていることを自覚したが、どうがんばってもアナンバーグの視線をごまかせそうになかった。軽く咳払いして、「頼む」といった。

「できるだけのことはやってみるけど、約束はできないわよ」アナンバーグは手をのばして、ベッドサイドのスタンドの明るさを一段階落とした。「こっちへ来て」

ティムは歩みよってベッドの端に腰をおろした。アナンバーグがティムの腰に腕をまわしてひきよせたので、ティムは湾曲した木のヘッドボードにもたれかかった。アナンバーグがつつくので、ティムはほんのすこし左へ移動し、腕を上げて彼女の邪魔にならない位置に移した。満足したアナンバーグは、ティムに寄り添い、頭を彼の胸の下のほうにもたせかけた。

「おちつくかい？」とティムはたずねた。

アナンバーグは華奢《きゃしゃ》な腕をティムの腹に載せて、手首の細さでティムを驚かせた。「奥さんを愛してるのね？」

「心の底からね」

「わたしはだれも愛したことがない。そんなふうには。精神科医によれば、早期喪失体験のせいなんですって。ほら、母親のことよ。大人になりかけてた十五歳のときだった。つながってるのよ、死とセックスは。親密になることに対して不安があるとかなんとかいってたわ。だからレイナーとつきあってるのかもしれないわね。わたしのことを気にかけてくれるけど、あんまり感情を揺さぶられないから」

「どんなふうに殺されたんだい、おかあさんは？」

「モーテルの部屋で、レイプされて殺されたの。新聞に大きな見出しが躍って、扇情的な憶測が載ったわ。考えてみれば、興味を惹く事件だものね。学校から帰ったら、パパがキッチンに座ってわたしを待ってた。パパの服からは、検死官事務所でついたホルマリンの匂いが漂ってた。いまだにホルマリンの匂いを嗅ぐと……」アナンバーグは身震いした。

ティムはアナンバーグの髪をなでた。想像していた以上に細くてやわらかかった。

「パパはがっくり力を落としてた。なんていうか……打ちのめされてた」

「犯人は見つかったのかい？」

「何週間かあと、男が逮捕されたわ。だけど陪審員団は、どうしようもない役立たずの失業した貧乏白人がほとんどだった。評決は無罪だったわ。強固な証拠があったから、賄賂《わいろ》が贈られたんじゃないかってあからさまに疑う記事がロサンゼルス・ポストに載ったわ。でも、贈賄はなかったのかもしれない。ただの愚行だったのかもしれない。よくあることだもの」アナンバーグはかぶりを振った。「被告側弁護団には充分な資金があって、陪審コンサルタントもついてた。厳密には、法律の抜け穴っていうよりも、公認の腐敗ね」アナンバーグは喉の奥で嫌悪の声を発した。「ひとりの無実の人間が死刑になるよりも、百人の有罪の人間が自由になるほうがましっていうわよね。そんな建前はどれだけ持ちこたえられるの？　百人の有罪の男が、あと百人殺しても？　千人殺しても？」

ティムはいった。「ひとりの無実の人間がきみなら、その建前は持ちこたえるのさ」

アナンバーグはわずかに口元をゆるめた。「わかってる。わかってるのよ――いつもそうは思えないっていうだけ」胸に触れているアナンバーグの顔の温もりが心地よかった。ティムはアナンバーグの髪をなでつづけながら耳を傾けた。「パパは家と土地を売ったわ。パパは朝鮮戦争のとき迫撃砲部隊にいて、そのとき小隊でいっしょだった戦友の何人かが警察官になってたの。ある晩、そのうちの何人かとパパがその男をつかまえて、アナコスティアの倉庫まで車で連れていった。くわしいことはよくわからないけど、死体が発見されたとき、身元の確認には指紋を使わなければならなかったそうよ。歯形を使おうにも、歯がほとんど残ってなかったんですって」

ティムはレイナーが、アナンバーグの母親はギャングに殴り殺されたといっていたことを思いだし、レイナーはほんとうのことを知っているのだろうかといぶかった。それは、レイナーとアナンバーグがどれほど親密かにかかっていた。

「あの夜、帰ってきたパパが、自分がなにをしてきたかをわたしに話したことをおぼえてる。パパはわたしのベッドの端に腰をおろしてわたしを起こした。パパは草の匂いがしたし、指のふしが裂けてて、がたがた震えてた。パパの話を聞いても、わたしはなにも感じなかった。いまも感じてないの」アナンバーグの声はさっきまでより小さくなっていたし、ティムの胸に顔を押しあてているせいでくぐもっていた。「神経の配線がおかしいか、遺伝子が、良心の遺伝子が欠けてるだけかもしれないわね。天国の門だか、あなたがたキリスト教徒が信じてるものだかまで行っても、きっとわたしは追いかえされちゃうわ」

アナンバーグはぶるっと体を震わせて、ティムのほうに顔を向けた。唇をぎゅっと結んで、なにかをたずねる勇気を奮い起こそうとしているようだった。ようやく出した声はかすかに震えていた。「わたしが眠るまでいてくれる?」

ティムがうなずくと、アナンバーグの表情は安堵でやわらいだ。アナンバーグはティムに体を預けた。ほどなく、アナンバーグの呼吸が規則的になった。ティムは胸にアナンバーグの顔の温もりを感じながら座ったまま、彼女の髪をなでつづけた。そして二十分後、そろそろと慎重に体を抜き、ボストンも頭をもたげないほど静かに部屋を出ていった。

23

ティムは午前七時前にデュモンのアパートメントの前に車を停めた。七〇年代の粗悪な建物の見本のような醜いモルタル塗りのアパートメントビルで、フリーウェイ一〇号線をウェスタン・アヴェニューの出口で降りてから一ブロックも行かないところにあった。となりのam／pmから、ガソリンとまずそうなコーヒーの匂いが漂っている。のぼったばかりの太陽の淡黄色の光に、なじみのない親しみをおぼえた。ティムは一睡もしていなかった。

朝早く携帯電話でデュモンに呼びだされたことにも驚いたが、公共の場所で待ちあわせるのではなく、住所を教えられて自宅へ来るようにいわれたことにはもっと驚いた。デュモンを直感的に信頼していなかったら、待ち伏せを警戒するところだった。

ティムはアパートメントビルにはいってコンクリートの廊下を進んだ。口笛が聞こえたのでそちらを向くと、薄汚れた網戸のうしろでデュモンが待っていた。握手をし、挨拶すると、デュモンは挨拶の堅苦しさに口をゆがめながら、わきにどいてティムを招きいれた。

一階のワンルームで、古いカーペットの匂いがした。安っぽい合板の本棚と机に賞状や記念の盾が飾ってあり、ガラス戸棚に何丁か銃がしまってあった。デュモンは大きく弧を描くように腕をおおげさに振って、「飲み物をお持ちしましょうか？　ペレグリーノは？　ミモザは？」といった。

ティムは笑って、「ありがとう。でもけっこうだよ」と応じた。

デュモンはティムに身ぶりでカウチを勧め、自分は埃っぽい茶色の安楽椅子に座った。目にいつにない隈《くま》ができていて、こめかみの皮膚がぴんと張っていた。

ティムは両手を上げ、膝の上に落とした。「それで？」

「特に用があって呼んだわけじゃないんだ。きみの顔が見たかっただけなんだよ」デュモンはハンカチを持ちあげ、口にあてて咳をした。またしても、ティムはハンカチに血が点々とついたことに気づいた。

「だいじょうぶかい？　水を持ってこようか？」

デュモンは手を振って断った。「いや、だいじょうぶだ。もう慣れてる」ハンカチを膝に置いて、指のふしがふとい手で握った。「若いころ、最初の女房といっしょだったころ、週末に建設現場で働いてたことがあるんだ。ただでさえ給料がよくないのに、結婚したばっかりだったからな。出費がかさむもんだろ？　ハンマーを振るってチャールズタウンの古い家のモルタル壁を壊してたのさ。天井に――」またぞろ咳きこんだが、人差し指を天井に向けて振り動かし、話が途切れないようにした。「アスベストが使われてたんだ。もちろん、当時は知らなかったがね」かぶりを振った。「それがいけなかった。あのころは不死身だったんだがな。昼間は弾丸を避けてたし」にやりと笑った。またも目が輝いて、デュモンがあらゆる事柄をおもしろがれるほど明敏であることを示した。

「だれだって若いときは不死身だよ。それに頭も切れる」

「そうだな」とデュモンはいった。「たしかにそうだ」表情が憂愁に陰った。「きみとはもっと早く知りあいたかったよ、ティム。ロブとミッチは、あのふたりは、まあ、息子みたいなもんだ。少々出来が悪くて——髪をきちんとなでつけてやってから、うまくやりますようにと神に祈りながら世間へ送りだすような息子だ。ふたりはよくやってる」あわてて付け加えた。「じつによくやってる。だが、きみとはちがう。きみのことはまだよく知らない。それでも、きみが自分の経験を伝えたいと思うような息子なのがわかる。伝えるような経験があればだが」

「ほめすぎだよ」とティムはいった。

「いや。そんなことはないさ」

「おれも、あんたといっしょだと楽しいよ。友人……だと思ってる」〝友人〟では、ふたりの関係を表現する言葉としてしっくりこなかった。「あんたがミーティングの舵とりをしてくれててよかったよ」

考えにふけったしかつめ顔で、デュモンはうなずいた。「だれかがやらなきゃならないからな」

そのあとふたりは、気まずい沈黙に耐えて長くは座っていなかった。

「さてと」とデュモンがいった。「寄ってくれてありがとう」

24

ネクステルがやかましく鳴きたてて、ようやく眠りについて汗ばみながら昼寝していたティムを起こした。ティムはマットレスの上で転がって、携帯電話をつかみとった。

受話器からロバートの大きすぎるタバコのみの声が響いた。「きのうの夜、おれたちがここに来てから、くそ野郎は家を一歩も出てない。警察が魔術の形跡を発見した、例の地下室にこもりっきりだ」

ティムは目をごしごしとこすった。目が赤く血走ってしまうのはわかっていたが、かまわなかった。「そうか」

「野郎の家はダウンタウンの洋服屋街のそばだ。そこからどれくらいで来れる?」

「三十分ってところだな」ティムは嘘をついた。

「わかった。ストークは通りの接続箱からやつの電話を盗聴することに成功した。で、ドビュフィエの母親がさっき電話をかけてきて、ランチの約束を忘れるなと息子に念を押したんだ。

正午にエル・コマオ。どこにある店か知ってるか？」

「ピコ・ブールヴァードの連邦政府ビルのそばにあるキューバ料理屋だろう？」

「そうだ。つまり、やつはあと二十分で外出するんだ。あんたもここへ来て、おれたちといっしょに忍びこんでなかをのぞきたいんじゃないかと思ってね。ミッチが、いざというときのためにいくらかシート爆薬を持ってきてるんだ」

「見張りしかするなといっておいたはずだぞ」とティムはいった。

「わかってる、わかってるよ。でも、あの野郎はひきこもりなんじゃねえかっていう気がしてきてたんだ。だから、いくらか爆薬を持ってきてもかまわないだろうって思ったんだよ。万が一……」

ミッチェルが横から続けた。「――またとない――」

「――チャンスが訪れたときのために。この先当分、こんな幸運はないかもしれないんだぜ」

「ばかいえ。きのう見張りをはじめたばっかりじゃないか。きょうは、窓からなかの様子をうかがうだけで充分だ」

「わかったよ。それじゃ、ちらっと見るだけだ。くそ野郎の家はランヤード・ストリート一四一三二番地だ。ところで、ラックリー、どうやっておれたちを見つけるつもりだ？」

「心配するな」とティムはいった。

「おれたちはジャングルの豹みたいにあたりに溶けこんでるんだぜ。おれたちは――」

「リアウィンドウがスモークガラスになってる業務用ヴァンに乗ってるんじゃないか？」

長い沈黙。

「すぐに行く」電話を切ると、ティムは銃をバンドに差し、ノキアは置いたまま、ネクステルを持って玄関へ向かった。ノブに手をかけたところで動きを止めた。きびすを返して、マットレスの横のバッグから黒の革手袋をとった。指ぞいに——肝心な関節の上には帯状に——鉛が縫いこんであり、この手袋をしてふつうに殴るだけで、馬に蹴られたようなダメージを与えられる。ティムは手袋をポケットに入れると、一階まで階段をおりて車に向かった。ドビュフィエの家まで一、二キロのところで路肩に車を寄せてアイドリングした。

通りの両側に小さな洋服屋が並んでいた。間口が狭くて奥行の深いつくりの店ばかりなので、ピアノの鍵盤のように見えた。多くの店の前面が倉庫のようなシャッターになっており、店内が丸見えだった。この地区には第三世界の雰囲気があった——味気なくて安っぽい実用主義、あざやかな色彩と物量で埋めあわされている品質の劣る製品。少年が胸の高さまであるドジャース・シャツの山をあさっていた。ロール状に巻いた大きな布地が壁や出入口やテーブルに立てかけてある。積みあげられたモカシンは崩れて縁石に落ちている。あたりには飴の匂いとチュロスを焼く香りが漂っていた。

通りは手押し車と路上駐車のトラックと排気ガスだらけだった。髪をきっちりとわけてヴェルサーチのロゴが剝がれかけているトレーナーを着た男と、つづりのまちがった〝グッチ〟のロゴ——〝Gucci〟ではなく〝c〟のひとつ欠けた〝Guci〟——のついたバッグを持った娘が、小指をからませながら通りすぎた。

虚飾の街の落とし子だ。

自分の女に色目を使われたと思ったのか、男がティムに眼《がん》を飛ばしてきたので、面倒なことにならないように、ティムは視線をそらした。腕にTシャツを何枚もかけたひげづらの若者がやってきた。若者はティムの視線に気づいて、見本を掲げて見せた。そのTシャツにはジェデダイア・レインの頭が爆発するところがプリントしてあり、その下には血の赤の文字で〝テロリズムを吹っ飛ばせ〟と記されていた。深遠な秘密が、あるいは免罪の力が秘められているかのように、ティムはその写真をじっと見つめた。一瞬、その文章がレイン自身についていっているのか、それともレインの暗殺についていっているのかわからなくなった。Tシャツ売りが近づいてきたが、ティムがかぶりを振ると、男は行ってしまった。

陽気なメキシカンカラーと、レジで働いているたくましい夫婦に興味を惹かれて、ティムは車の前の店に視線を向けた。そこはウェディングケーキの飾り物の専門店だった。さまざまな形、さまざまな人種のプラスチックでできた花嫁と花婿をながめているうちに、お互いに深く愛しあっているにもかかわらず結婚生活に破局が忍びよるなんてことがあっていいものだろうかと考えてしまい、体がほてりだした。

ほっとしたことに、ちょうどいい時刻にドビュフィエの家に着くためにつぶさなければならない十分が過ぎたので、車を発進させた。数ブロック手前で車を停め、歩いて角を曲がった。安っぽい金属製のフェンスの向こうに、モルタル壁がところどころひび割れた家々が慎ましく並んでいた。後頭部の髪をバスケットボール選手の背番号の形に剃り残したふたりの少年が、長いスケートボードに乗って走りすぎ、この前の地震で生じて以来補修されていない歩道の隆起を利用してジャンプした。道路の両側にさびが浮いたぽんこつがずらりと惨めな姿をさらしていた。そして――ロバートの判断の正しさを示すことに――そこには業務用ヴァンが何台か交じっていた。この地区の一目瞭然な人口分布を考えれば当然だった。ヴァンの側面にはさまざまな店名や社名が色あざやかに記されていた。アルマンド・ガラス店。フレディ清掃社。絨毯掃除のマルティネス・ブラザーズ。創業者の何人かが、茶色くなった芝生に座って、ロトワイラー犬をなで、缶入りミケロブ・ビールを飲みながら土曜を過ごしているにちがいなかった。さっと吹きつけた風が、生ぬるいビールと古い薪《まき》の、腐臭じみた甘ったるい匂いを運んできた。

通りの北側に建つドビュフィエの家は近所でいちばん大きかったが、建築様式を特定できない、だらしなくひろがっている醜い木造建築だった。アーチを備えたポーチの入口が家に温もりを与えていたのだろうが、アーチは崩れかけており、木材のぎざぎざに裂けた端が、口を思わせる弓形にほどこされた粗雑な歯状装飾《デンティル》になっていた。輪をかけて面妖な屋根はまさに様式の不協和音で――切り妻になっている部分もあれば、寄せ棟が組みあわさって谷になっている部分もあった。とうの昔に土に還ってしまった芝生の向こうに鎮座している家は、複雑さのわりには大きくないともいえた――ここまで不調和なのは、複数の建築業者が、まったく無関係に、かつ対抗意識を燃やして建てたからだとしか思えなかった。ティムは通り駐車しているヴァンのサイドウィンドウはほとんどがスモークになっていた。

の北側に渡った。そちら側からなら、フロントガラスから車内をのぞけたが、ほとんどのヴァンはなかが仕切られていた。フレディ清掃社がいちばんあやしかった。タイヤの沈み具合からして、重い機材を積んでいるか、大人が数人乗っているかのどちらかだった。白人の名前がついているのも疑わしかった。

ティムはポケットに手をつっこんでキーを捜す振りをしながら歩みよった。運転席の横で止まって、待った。ドアのオートロックがカチッといったので、推測が正しかったとわかった。ティムは座席に滑りこむと、付近の家の庭にはだれも出ていないにもかかわらず、前を向いてラジオのダイヤルをあわせる振りをした。車内には汗と時間のたったコーヒーの匂いが立ちこめており、ダッシュボードが高かった。ストークは、このヴァンを運転したとき前が見づらかったのではないだろうか、とティムは思った。

ティムはわずかしか唇を動かさずにいった。「悪くないぞ」

ヴァンマン・レンタル・エージェンシーというレンタカー会社のくしゃくしゃになったレシートが、セブン - イレブンの紙コップがはいっているとなりのカップホルダーにつっこんであった。ストークの金釘流で書かれたいちばん上の行の名前は、かろうじて、〝ダニエル・ダン〟と読めた。

ダニー・ダンか、とティムは考えた。もっともらしい偽名だな。

ロバートが、乾燥のせいでしゃがれた、いらだたしげな声を背後であげた。「どうしてわかったんだ？」

「嗅ぎつけただけさ」ティムは尻ポケットから鉛入り手袋を出してはめた。「車は替えたか？」

「もちろん」とストークが答えた。「ぼくがきょう、朝いちばんで借りてきたんだよ」

「きのうの夜、見張りに使った車は？」

またもロバートのしゃがれ声。「おれが転がして返してきて、バスでもどってきた。ぴりぴりするなって——ちゃんとやってるから」

「それならいい」

「ドビュフィエは早めにランチに行ったから、さっさとかかろうぜ」ロバートが鍵束でティムの肩を軽く叩いたので、ティムは受けとってヴァンを発進させた。「やつの家の敷地は二区画分あるから、裏がひとつ向こうの道に面してる。ブロックをまわってそっちに停めよう——こっちより静かだ」

「裏のフェンスに、ちょうどいい隙間があるんだ」ストークがいった。

「ミッチェルはどこだ？」

「裏にいる。五分後に裏口で待ちあわせてるんだ」

ティムはゆっくりとブロックをまわりながら、「いい車だ」といった。「静かだし、ありふれてるし、記憶に残らない」

「ぼくが選んだ車に満足してくれてうれしいよ、ミスター・ラックリー」ストークは信じられないほど誇らしげだった。はしゃいでいるといっていいほどだった。「最初に借りたヴァンを替えてもらったんだ。エンジンが耳につく音をたてたからね」

「おまえらしいや」とロバートがいった。

ティムはフェンスにあいた三角形の隙間から一メートルほどのところにヴァンを停めた。通りには人気《ひとけ》がなかったので、外へ出て後部ドアをあけた。すでにラテックスの手袋をはめていたストークとロバートが後部から飛びだしてきて深呼吸し、シャツをつまんでぱたぱたさせた。ロバートが身をかがめてフェンスの隙間を機敏に通り抜けた。ストークは黒いバッグをストラップで肩にかけており、その重みでふらついていた。ティムはストークからそのバッグをひきとって後部ドアを閉め、ストークを導いてフェンスを抜けた。

ミッチェルが裏口でうずくまっていた。ロバートもその横にいた。ミッチェルはティムのポケットがネクステルでふくらんでいるのを目にとめたとたん、さっと立ちあがった。「携帯の電源を切れ。急げ」

ティムとストークは凍りついた。ティムはポケットに手をのばして携帯電話の電源を切った。「電気雷管を持ってるんだな?」

「ああ」

ミッチェルが電気雷管を持っているなら、ティムは携帯電話を近くに持ちこむべきではなかった。信号を受信すると、ネクステルは大半の携帯電話と同様、鳴りだす直前に高周波信号を発してネットワークに応答し、自身が活動を開始したことを通知する。そして電気雷管を点火するのに充分な誘導電流が発生し、携帯電話が鳴りもしないうちにどかんといってしまうのだ。ティムはロバートがミッチェルと電話で連絡をとりながら侵入しようとしなかった理由をさとった。

ティムはミッチェルの足元のシート爆薬に視線を向けた。ロール状に巻いた、テーブルマット並みの薄さの二十ポンドのPETNだ。PETNは、正式名が四硝酸ペンタエリトリトールと難しいが、容易に切ったりちぎったりでき、C4爆薬がキャンディー大までなのに対して板ガム状にまでできる。それがミッチェルの仕事かばん——死の色、オリーブグリーンだ——からのぞいていた。

「どうして指示を破ったんだ?」ティムは怒りが声に出ないように努めた。「あれほど見張り以外のことはするなといっておいたじゃないか」

「破ってないさ。たまたまバッグを持ってきてたから——」

「この件はあとで話そう」ティムはドアのほうを顎でしゃくった。「どんな具合だ?」

ミッチェルはふたたび、ノブのわきに人類学者のようにしゃがんだ。「厄介だよ。外開きでラッチプロテクターをつけてあるから、クレジットカードじゃ無理だな」

ストークが両手を腰にあて、手をじれったげに振って、「どいてくれ」とミッチェルにいった。

ストークは眼鏡をずりあげ、前かがみになって錠に目を凝らした。十センチ以内に顔を近づけ、匂いを嗅ぐ捕食獣のように首をかしげた。そして女の子がお気にいりの人形に話しかけるときの、歌うようなやわらかい口調でひとりごとをいった。「強化受座仕様の安全鍵穴タンブラー錠だね。すてきだよ。ほんと、すごくすてきだ」

ティムとロバートとミッチェルは顔を見合わせて苦笑したが、ストークが体を起こすと真剣な面持ちにもどった。ストークは錠を凝視したまま目を離さなかったが、ウェイターを手招きするように腕をのばした。そしてぼってりした指を弾いて、「バッグ」といった。

ティムはバッグを肩からおろしてストークの足元に置いた。ストークはバッグのなかを探って潤滑剤のスプレー缶をとりだした。缶のノズルに細い延長チューブを差しこみ、スプレーをシリンダーに向けた。「いまぬるぬるにしてあげるからね。そうすれば、お互いに楽になるんだ」

つぎに、ストークはピックガンを手にとった。レバーをひくと細く突きでた先端が動きつづけるそのピッキングツールは、電動ハンドドリルにも、精巧な大人のおもちゃにも見えた。ストークはピックガンを握ると、先端をなめらかにした鍵穴に滑りこませてから始動させ、レバーを巧みに押したり離したりしながら微妙に角度を変えた。内筒と外筒の境目上でピンが跳ねる音を聞いているのだろう、耳をドアにつけながら、空いている手でノブを握った。口が右へ曲がって下唇を嚙んだ。ストークはそばに人がいることを完全に忘れているらしかった。

「さあさあ、かわいこちゃん、あいてくれよ」

ピンがたてる音が変わった。突然の均衡または同調を示すカチッという音だった。その瞬間、ストークはノブを握った手を電光石火の早業でひねった。ノブは降参して半回転した。

ストークは満足げな、やや疲労した顔をほころばせて仲間を見た。タバコを一服したそうな顔だな、とティムは思った。ストークはすぐに笑みを消して前かがみになり、肩をドアにあてた。

「待て」とティムが止めた。「警報が——」

ストークはドアを押しあけた。

やかましい警報が鳴りだし、ティムの口のなかがからからになったが、ストークは冷静に壁のキーパッドに歩みよって数字を打ちこんだ。警報がやんだ。

四人は拳銃を構えて家にはいり、ひろい部屋に人の気配はないかと耳をすました。ミッチェルとロバートはそろいのコルト、初弾を発射する前にスライドをひかなければならないセミオートマチックの四五口径だった。ダブルアクションだと引き金をひくために六・八キロの圧力が必要だが、それがわずか一・四キロですむ。その大口径の拳銃は、威力があって引き金が軽くて違法なところが、ふたごと似ていなくもなかった。

「どうやって暗証番号を解読したんだ？」とティムは小声でたずねた。

「解読なんかしてないよ。警備会社にはそれぞれリセット番号があるんだ」ストークはキーパッドのいちばん下についているマークを指さした。「あれはアイアンホースの——３０２０１型だね」

「それだけのことってわけか？」

「そのとおり」

四人は壊れた洗濯機が置いてある狭い部屋を通ってキッチンにはいった。食べ滓《かす》がこびりついた皿に、じっとりと濡れた段ボール箱。マスタードイエローのリノリウムの床は端がめくれている。無数のラムの空き瓶に汚れの層で薄くおおわれたカウンター。

屋内のどこかでかすかな反響音がした。どことなく生き物がたてたような、人の声と思えなくもない音だった。ティムは片手をさっと上げ、指をわずかに離してひろげた。偵察任務で先頭に立つ者の、警戒をうながすしぐさだ。ほかの三人がぴたりと動きを止めた。静寂の一分間が過ぎた。さらにもう一分。「聞こえたか？」

「なにも」とストークが答えた。

「配管が音をたてたんじゃないか」

「進もう」ティムはまだ声をひそめていた。「ストークは――外へもどれ。ドビュフィエが早く帰ってきたら、クラクションを二度、短く鳴らすんだ」

「やつは早く出ていった。いったんだよ」

「だからこそ、見張りが必要なんだ」ティムはストークが小走りで出ていくまで待った。「屋内の安全を確認して、二分後にここに集合しろ。おれは二階を担当する」

「なあ」とロバートがいった。声をひそめてもいなかった。「おれたちはこの家をきのうの夜からずっと見張ってたんだ。だれかがいるなんてことは――」

「やれ」とティムはさえぎった。そして出入口を抜け、家の正面をめざした。いくつかの部屋を通ったが、どの部屋にも奇妙な品々が置かれていた――積みあげられた箱詰めの自動カレンダー、何脚もの逆さにした机、山積みになった煉瓦。階段の昇り口のまわりにはあざやかな色彩の布地が散らばっていた。おそらく洋服屋街で買ったのだろう。ティムは逆流した配管と香の匂いが漂っている二階の部屋を調べた。鏡という鏡にカラフルな布がかぶせてあった。ドビュフィエは自分をヴァンパイアと思いこんでいるか、自分の姿を見るのを恐れているかのどちらかだった。調書写真から考えて、後者に賭ける気にはならなかった。どの部屋も無人だったし、だれかが住んでいる兆候もなかった。主寝室は一階にあるのだろう。ティムは床に埃が積もっているところに足跡をつけないように注意しながら歩いた。

ロバートとミッチェルはキッチンでティムを待っていた。

ティムが腕時計を見ると、十二時四十三分だった。「確認したか？」

「地下室のドア以外は」ミッチェルがいった。「鋼鉄の枠に鋼鉄のドアだ。鍵がかかってる」

「ストークにちょっと見てもらおう」ティムは三五七口径を腰のうしろに差した。「一階をもう一度、もっとゆっくり見てまわれ。あとで室内の見取図をきちんと描けるように、細かい部分に集中するんだ」

またも音が聞こえた。金属的なうめき。こんどは空耳ではなかった。ティムは胃がちぢこまり、口のなかが綿を含んだようになった。音が聞こえてきたほうへじりじりと進み、もうひとつの戸口からキッチンを出た。ふたごはすぐうしろから続いた。

「なんだ、あれは？」とロバートがいった。

ミッチェルは仕事かばんを肩にかけなおした。「暖炉がきしんだんじゃないかな」自信なさげな口調だった。

角を曲がると、つきあたりがバスルームになっている裏の廊下に出た。そしてティムの目の前に、地下室の鋼鉄製ドアがそびえたっていた。周囲が石膏ボードなので、最近とりつけられたとおぼしかった。ティムはドアをこぶしで軽く叩いた――すさまじく頑丈でぶ厚そうだった。前かがみになって冷たい鋼鉄に耳をあててみたが、ボイラーのかすかなうなり以外はなにも聞こえなかった。廊下は暗かった――家の横の庭に面した窓には、ピンクの花柄のカーテンがかかっていた。

「ロバート、急いでストークを連れてきてくれ。おれが地下室のドアをあけてほしがっていると伝えろ」

十二時四十九分。ドビュフィエは早めに出たのだから、もう一時間たっていることになる。どんなに短くても十分はレストランにいるだろうから、ドビュフィエが母親と過ごすのをどれだけいやがっているかによるが、あと十分か十五分で帰ってくるかもしれない。ティムが緊張しながら待っていると、ミッチェルが鋼鉄をへこませようとしているかのような力をこめてドアに指をひろげた手を押しあて、爆破専門家の巧みな見積もりで寸法をはかりだした。

バッグの重さでふらつきながら、ストークがロバートとともにやってきた。ストークはバッグをどさっと床に置き、ドアの上の大きなボルトを一瞥《いちべつ》するなり、畏怖をこめていった。「メデコG3だ。この子は手に負えないよ」

またしてもドアの向こうから、矛盾したことに、しゃがれ声のようなのにかん高い音がかすかに聞こえた。ティムはミッチェルの額が汗で光っていることに気づいて、彼もまたいまの音に不安をかきたてられたのだとさとった。

ロバートのTシャツのわきが汗で半月形に黒ずんでいた。「きっとあやしい儀式のなんかだな。縛りあげた子羊かなんかだ」ロバートはおちつきなく親指を人差し指にこすりつけていた。まるでタバコを物質化させようとしているかのようだった。

「ドアを吹っ飛ばそうか？」とミッチェルが申し出た。

「だめだ」とティムは拒否した。

ミッチェルはポケットから雷管を出していじりまわした。「地下室になにがあるか見たいんだ。家宅捜査のときに不気味なものが発見されたのは地下室なんだぞ」

ストークの口が三日月形になって、彼なりのほほえみを形づくった。「ドナなら見られるよ」

ロバートとミッチェルが、滑稽なほどそっくりに眉をひそめた。「ドナ？」

「なんだっていいから」とティムがいった。「なかを見せてくれ」

「だれだって、だよ」ストークは靴箱ほどの大きさの装置をとりだした。合成樹脂で表面加工されたロッドがつきでており、付箋紙ほどの大きさのなにも映っていない液晶スクリーンがついている。曲げのばし自由な光ファイバー小型カメラであるロッドの先端には魚眼レンズがとりつけてあった。ストークがスイッチを入れると、スクリーンがあせたブルーに光って、三人のゆがんだ顔が映った。

「なんだ」とロバート。「のぞき機《ピーパー》じゃねえか——よく使ったもんだよ。こいつじゃドアの下は通らねえぞ。隙間が狭すぎる」

「これはドナじゃない」ストークはバッグから小ぶりなペリカンケースを出し、いとしげに開いた。精密機械運搬用のケースのなかには、信じられないほど細く、黒いワイヤーのように見えるロッドがおさめられていた。先端はごく薄い長方形になっている。

「この子がドナだよ」

ストークはピーパーのロッドをとりはずすと、手を止め、関節炎をわずらっている手のこわばりを揉みほぐしてから、代わりにドナをねじこんだ。先端が難なくドアの下に滑りこむと、階段の最上段の、とげが出ている木材の上に転がっている鼠の死体がスクリーンに大映しになった。スクリーンがふっと暗くなり、また明るくなった。「しっかりしてくれよ、ベイビー」ストークは申し訳なさそうに三人を見あげた。「ちょっと気難しい子なんだ」ストークは震える両手を振り、顔をしかめながら指を曲げのばしした。細いロッドをつかもうとし、いらだって大きく息を吐いた。

「やりかたはわかったから」とティムがいった。「ここはおれたちにまかせて見張りにもどれ。忘れるなよ、クラクションは短く二回だぞ」

「だけど——」

「行け、ストーク。このままじゃ無防備なんだ」

名残惜しそうにドナを一瞥してから、ストークはバッグを持ちあげて立ち去った。足音をほとんどたてないので、角を曲がったとたんに消えてしまったように思えた。

ロバートとミッチェルが寄ってきたのを意識しながら、ティムは見えないレンズが適当な角度になるようにワイヤーを操作した。レンズが勢いよく動くにつれ、地下室内の映像が激しく動いた。スクリーンがまた暗くなった。

「くそ、ドナ」ティムはいった。「しっかりしてくれ」自分が小型カメラを擬人化し、懇願していることに気づいてその場にいたたまれなくなったとたん、スクリーンがふたたび明るくなったので、ストークのやりかたにも一理あるのかもしれないと思ってしまった。ストークと自分がかつらをかぶせた二台の直立型掃除機を相手にダブルデートしているという模糊《もこ》とした未来予知は、しっかり握っているおかげで地下室の安定した映像が得られていることに気づくと、たちまち吹き飛んだ。

十段とおぼしい階段の先は、冷えびえとしたコンクリートの箱のような地下室だった。壺やドラム缶があちこちに置いてあり、赤と白の粉がこぼれているのも見えた。溶けた蠟の小山の上には、まだ火がついているロウソクが並んでいて、それが壁に立てかけてある鏡に映っている。部屋の真ん中には、上に冷凍室がついている冷蔵庫。羽根が散乱しているせいで、床がぴんと張った皮のような、あいまいで生物じみた質感に見えた。不安定そうな傷だらけのテーブルが一脚あって、その上にも数本、ロウソクが立っていた。さらに二羽の頭のない雄鶏、それに場違いな鉛筆削りも載っていた。ドビュフィエがそこに座って、新聞の日曜版のクロスワードパズルに首をひねっているところを想像するのは難しかった。

ロバートは緊張の面持ちで息を吐いた。またしても音が——さっきよりはっきりうめき声だとわかった——かすかに聞こえたときは全員がぎくりとした。ティムが驚いた拍子に手を動かしたので、ドアの内側が見えた。掛け金の両側は、太い鋼鉄製ボルトでしっかりととめてあった。このドアを蹴りあけるのは不可能だった。

　ドナをミッチェルにまかせ、ティムはいらだちを抑えながら立ちあがった。べとつくピンクのカーテンをわずかにあけて横の庭をながめた。ヴァンになかば隠れるようにして裏のフェンスにもたれているストークの姿が見えた。人目につかないようにしているのだ。

　ティムははじかれたように窓から離れた。「退却だ、急げ」ティムはドアの下からドナをひきぬき、装置自体をフットボールのようにわきに抱えた。ミッチェルは仕事かばんをすばやく肩にかけ、ロバートに続いて廊下を走った。キッチンを抜け、裏口から外へ出るのが最善の退却路だった。

　ティムがふたごをひきつれてキッチンにはいったのとほとんど同時に、ドビュフィエの影が裏口の窓から洗濯室に落ちた。片手をさっと上げて退却を指示したが、時すでに遅く、鍵を錠に差しこんだ音が響いた。ロバートとミッチェルがクローゼットに飛びこみ、ティムはキッチンテーブルの下に転がりこんだ直後、ドビュフィエがドアをひきあけてはいってきた。

　ティムの肩があたったラムの空き瓶が傾いたが、ぶざまに体をひねってあおむけになりながら、ティムはすばやく空き瓶をつかんだ。ドビュフィエはキッチンに響きわたる大声で警報装置に悪態をついた。裏口をあけたとき鳴らなかったせいだろう。そしてドビュフィエはキッチンを横切った。並はずれて大きな脚が逆さになった視界にはいってきた。サイズ17の黒いローファーが、ティムの頭のすぐそばで止まった。郵便物の束がテーブルに叩きつけられた。ドビュフィエは靴下を履いていなかった。靴とジーンズのすりきれた裾のあいだに、くるぶしが黒く細い線状にのぞいてる。ティムが吐く息のせいで、テーブルの下の埃が直径五センチの円筒になっていた。

ドビュフィエが手を垂らした。なんと、箱入りの鉛筆を持っていた。そして歩きだし、薄暗い裏の廊下へと消えた。地下室の大きなドアが開き、また閉まる音が聞こえた。デッドボルトが受け座に滑りこむ音がして、ドビュフィエが階段をおりていくのが、音ではなく、キッチンの床につけているティムの頰に伝わる振動でわかった。

ティムがテーブルの下から転がり出ると、ロバートとミッチェルもクローゼットから姿をあらわした。

「ずらかろうぜ」とロバートが声をひそめて提案した。

ティムが向きを変える前に、床の下から音が聞こえた。だしぬけに増幅され、解放されたように響いたのは、明らかに人間のうめき声だった。三人はキッチンで凍りついた。

ティムは「行くぞ」といいかけた——だが口から出かけた言葉は消えうせて、ティムは家の奥へ向かい、ロバートとミッチェルも黙ったまああとに続いた。

ドナをほどいて準備をととのえておいたので、ティムはドアの前に着くと、すぐにドナを隙間に差しこんだ。ドビュフィエは鏡に黒の薄い布をかけ、頭に白いハンカチを結んでいた。アンダーシャツなしでオーバーオールを着たドビュフィエが、ドアに背を向けて立っていた。ぐい。ややや前かがみになり、陰になって見えない動作でたくましい両肩が小刻みに動いていた。ぐい。小休止。ぐい。小休止。

ドビュフィエは鉛筆を削っているのだとティムがさとるのとほぼ同時に、鉛筆を削る音に反応したのか、小さな人間の声が聞こえた。「やめて。神さま。お願い、やめて」

三人は体をこわばらせたが、小さなスクリーンにはドビュフィエしか映っていなかった。ティムはレンズを動かして地下室全体を画面におさめたが、やはりだれもいなかった。映ったのは、壺と煉瓦と、蹴りあげられてふわふわ舞っている羽毛だけだ。三人はよつんばいになって、落とした小銭を探している盲人のように小さなスクリーンを見おろしていた。

ドビュフィエが振りむいた。白い粉で顔に筋を描いていた。大きな指の腹で鉛筆のとがり具合をたしかめると、冷蔵庫に歩みよって上の冷凍室のドアをあけた。冷凍庫にすっぽりとおさまっている女性の頭が呆然と部屋に視線を向けた。その口が大きく開いて、叫び声がほとばしった。生きているのだ。汗で色の変わったほつれ毛が額に張りついていた。顔じゅうに、開いた傷口のように見えるものが点々と散っていた。首は冷凍室と冷蔵室の仕切りにあいた穴にはまっていた。

ドビュフィエは冷凍室のドアを閉め――絹を裂くような悲鳴がくぐもった――下のドアをあけた。女性のわななく裸体が冷蔵室に丸くなっておさまっていた。やはり小さな丸い傷だらけだ。指を曲げている足から短くのぞいている首にいたるまで、冷蔵庫のしらじらとした光にさらけだされていた。まるで科学者の研究室の棚に置かれた原始的な生物のホルマリン標本だ。

ドビュフィエは腰をかがめて、とがった鉛筆を持った手を女性の鎖骨の上のやわらかな部分に近づけた。ドビュフィエが巨体を動かしたので女性が見えなくなった。つぎの瞬間、悲鳴が一段と高まった。墓場じみた闇に閉ざされた冷凍室から響くその悲鳴は、女性の頭部と同様、現実味がなかった。体とは、加えられている虐待とは、この世界とは無関係に感じられた。ロバートが震えながら立ちあがった。全身が汗まみれだった。銃を抜いて錠をねらった。ティムが反応する前に、ミッチェルがロバートの手首をつかんで、しゃがれ声でささやいた。

「やめろ。銃じゃ錠を壊せねえ」

ロバートがすっかり度をうしなっているのに対して、ミッチェルは冷静に見えた。二十年近く、いつ爆発するかしれない爆弾を処理してきた経験のおかげで、ぞっとする光景を目のあたりにしても動揺しないようになっているのだろう。

ロバートはこめかみから大粒の汗を流しながら、「見殺しにはできねえぞ」といった。

「もちろんだ」とティムは答えた。「見殺しにはしない」向きを変え、ぱちんと指を鳴らし、大きなささやき声で緊急事態を整理した。「十秒待ってくれ。集中する。計画を立てなおし、優先事項を入れ替える。まずおれが９１１にかける。それからドアを爆破する。ドビュフィエを、可能なら生かしたまま無力化する。被害者を保護する。そして余裕があれば当初の目的を達成する」

ミッチェルは仕事かばんをかきまわして剃刀を出した。いつのまにか魔法のように出現した雷管は、両手を自由に使えるように口にくわえられていた。続いてロール状のシート爆薬をひっぱりだし、何巻き分かひろげた。すばやく手際よく、ＰＥＴＮを円形にくりぬいて、クッキーの抜き型であけたような穴を残した。

ミッチェルの雷管を起爆させないように、ティムはキッチンに駆けこんでから携帯電話の電源を入れた。受話器にTシャツをかぶせて、しゃがれ声でいった。「ランヤード・ストリート一四一三二番地に急患が出ました。地下室です。いいですか、地下室ですよ。すぐに救急車を寄こしてください」携帯電話を折りたたみ、電源を切って、廊下へひきかえした。

悲鳴は信じられないほどかん高く、銀線のようにごく細かった。それに動じることなく、ミッチェルはバッグからスプレー式の糊をとりだして円盤の裏に吹きつけ、ドアの錠の部分をおおうようにぴしゃりと張りつけた。

「神さまああ神さまお願いやめて」

悲鳴がもたらす焦燥をやわらげようとしているのか、ロバートは左右に体を揺らす奇妙なダンスじみた動きを続けていた。怒りと興奮で、顔は真っ赤だ。「急げ急げ急げ急げ」

ミッチェルはシート爆薬を細長くちぎり、その上にくわえていた雷管を落とした。ティムが電線を廊下にのばしているあいだに、ミッチェルは電線をとりつけたシートで雷管をはさみ、ドアに張りつけた。ロバートとミッチェルは、悲鳴に駆りたてられ、ティムに続いて角を曲がった。ミッチェルは九ボルトの電池を握りしめていた。ティムは電線の端をミッチェルに渡した。

ロバートはひどく呼吸が荒く、鼻の穴がひろがっていた。「早く。早く。早く」

女性の悲鳴でかき消されないように、ティムは小声で話すのをやめなければならなかった。

「いいか、よく聞け。慎重に行動するんだぞ。まず、おれが最初に地下室へ――」

「お願い。お願い。神さまお願い」

ロバートがミッチェルから電線をひったくり、電池に触れさせた。ティムには、反射的に口をあけて空気の逃げ道をつくり、凄まじい爆圧のせいで肺が破裂しないようにするくらいしかできなかった。爆発の衝撃で家が跳ねあがったように感じた。こなごなになった石膏ボードの粉がもうもうと舞うなか、ロバートが立ちあがり、拳銃を構えて階段へ突進していった。

「くそ！」金属を引き裂くような鋭い耳鳴りにかまわずティムも立ちあがり、ロバートを追って駆けだした。ロバートはすでにドアをあけ、埃の舞う階段へ消えていた。バックアップも、突入の戦略もなしに。ティムは三度、散発的な銃声を聞きながら、いまやぎざぎざになっている戸枠に肩を押しつけて階段のてっぺんに立った。両肘を固定し、三五七口径の銃口を下へ向けた。ミッチェルが跡を追ってきた。

ロバートは銃を構えながら飛ぶように階段を駆けおりていた。ドビュフィエが大きくあけていたので、冷蔵庫のドアは蝶番が壊れて曲がり、なかの丸くなっておびえている体がさらけだされていた。ドビュフィエはドアを盾がわりにしてその陰にうずくまっていた。爆発で吹き飛んだ石膏ボードの塊が階段の一段めと二段めにまたがって落ちていた。ロバートがつまずくに充分な大きさだった。ドビュフィエはすばやく機敏に立ちあがり、ロバートに襲いかかった。ひきしまった黒い筋肉をよろった巨体がぼやける。ロバートの体が邪魔で、いまいる場所からは撃てないので、ティムは階段を駆けおりた。ドビュフィエはロバートがバランスをとりもどす前に飛びかかって、ロバートの手から拳銃を叩き落とした。ドビュフィエはロバートの体をむんずとつかんで――その両手はロバートの胸郭をつつみこんでしまいそうなほど大きかった――階段を駆けおりているティムに投げつけた。

ロバートの肩が腿に激突し、ティムは最後の三段を転げ落ちた。ティムの三五七口径が階段の横から落ち、コンクリートの床にあたってがしゃんと音をたてた。肩と腰が痺れていた。あとで痛むにちがいなかった。ティムはごろごろと転がりつづけ、その勢いのまま立ちあがろうとしたが、厄介なことに、転落に備えた猫背のまま膝立ちになってしまった。丸太のような太さのドビュフィエの脚が垂直方向に視界へ侵入してきたので、膝を砕いてやろうと渾身の力をこめてパンチを繰りだしたが、腿の厚い筋肉にあたってしまった。鉛で強化されたこぶしが、大皿を水の上へ平らに落としたようなばしゃんという音をたて、ドビュフィエが吠えた。ドビュフィエはばかでかい太陽のようなこぶしを振りあげ、ティムの脳天を一撃した。頭の皮膚が骨とこぶしにはさまれるのを感じ、目から火花を飛ばしながら、ティムは背後で階段を駆けおりてくるミッチェルの大きな靴音を聞いた。そしてドビュフィエは、両手でティムの両肩をつかんで持ちあげた。ティムの両足が浮いた。イタリア人の人形使いが容赦ない目でマリオネットを値踏みしているかのようだった。ティムの顔にドビュフィエのココナツとサワーミルクの匂いがする息がかかった。

ティムはドビュフィエの顎に頭突きを食らわした。胸のすくごきっという音が響いて、一瞬、手の力がゆるんだ。ティムの体がわずかに下がり、ふたたび足が床についた。ドビュフィエは手を振りあげ、ティムの頭を殴りつけて動きを止めようとしたが、ティムはグリーンベレー仕込みのテクニックで体を回転させながら懐《ふところ》にはいりこみ、川で魚を捕る熊のようにすばやく強く、股間めがけてパンチを振りおろした。手袋の甲に仕込まれた鉛の帯のおかげで速く強くなり、衝撃力を増しているはずのこぶしが、ドビュフィエの恥骨のつきでた部分に命中した。

非の打ちどころのないバランスと静止の一瞬が過ぎ、世界がふたたび怒濤《どとう》の勢いで動きだした――ロバートが叫んでいた。わずかに開いている、冷凍庫という金属製の箱のなかで金切り声の泣き叫びが反響していた。皮膚によってくぐもった音と骨が砕けた感触から、ドビュフィエの骨盤が一瞬にして広範囲に折れたのがわかった。

ドビュフィエのけものじみた苦痛のうなり声がコンクリートの壁で響き、部屋の入り組んだ四隅で反射した。冷凍庫のドアが途中まで開き、女性の硬直した顔が突然視界にはいった。ドビュフィエは苦痛が渦巻くゆがんだ表情で中腰になっていた。片膝が床につきそうになっていたが体重はかかっていない。まぶたを眼球の上端の丸みが見えるほどあけている。力なく開いた両手で、腰を囲むようにしていた。ぴくりとも動かなかった。ガラスの破片が詰まった風船をどうやって持とうか考えているかのようだった。

ミッチェルが最後の数段を足音荒くおりたが、ロバートはすでに拳銃を拾い、きっちりとウィーヴァー・スタンスをとって首を傾け、片目をつぶっていた。

ドビュフィエが片手を上げて「よせ」といった。

弾丸は人差し指をつけねから吹き飛ばしてドビュフィエの顔面に吸いこまれ、鼻柱に穴をうがった。ドビュフィエはコンクリートの床に倒れ伏した。顔の下に、油が流れでているかのようにじわじわと血がひろがった。

壺がひっくりかえって石鹸水がこぼれていた。

足をひろげて見おろしていたロバートが、さらに二発、ドビュフィエの頭に撃ちこんで原形をとどめないほど破壊した。

「くそっ、ロバート」ティムはおぼつかない足どりで冷蔵庫に歩みよって、冷凍室のドアをあけた。女性の恐怖で打ちひしがれた顔がティムを見返した。鉛筆の折れた芯が残っている傷口もあった。ドビュフィエは冷凍庫のわきにいくつか空気穴をあけていた。女性の首にはダイビング用のウエイトベルトが巻かれていた。顎の下で締められたベルトが邪魔で、穴から首を抜けないようにしてあるのだ。女性は片目をつぶされていた──白濁した液体がにじみだし、下まぶたで固まっていた。

女性はすすり泣いていた。「まさか、そんな。増えるなんて。ああ、神さま、もうだめ」

「助けに来たんだ」ティムはウエイトベルトに手をのばしたが、女性は悲鳴をあげ、ティムの手に噛みつこうとして弱々しく歯がみした。ミッチェルとロバートはティムのうしろで、恐怖のあまり息もつけずに黙って立っていた。

「怖がらなくていいんだ。わたしは連邦保安──」みずからの存在の違法性に気づいて、ティムはいいやめた。「そこから出してあげる。助けてあげるから」

女性の表情がゆるんで、額にしわが寄った。涙を流さず、声だけで軽くひきつけるように泣いた。ティムがゆっくりとウエイトベルトに手をのばしても、手のほうに顔を向けなかったので、こんどははずすことができた。

ロバートとミッチェルが下のドアをあけていた。ふたりの手が体に触れると女性はふたたび悲鳴をあげたが、ふたごは女性をすばやく冷蔵庫から解放し、床に寝かせた。女性の体からは膿《うみ》とパニック状態で流した汗と悪くなった肉の匂いが漂っていた。コンクリートにぐったりと横たわって、腕をぴくつかせ、脚をわななかせていた女性が、いきなりうめいた——ぽっかりと口をあけて低くうなった。

ロバートがよろめきながら三歩進んで隅まで行き、壁にもたれた。泣いていた。声をあげたり、しゃくりあげたりするのではなく、静かに涙を流していた。石膏ボードの粉で汚れた頬に涙の跡ができていた。

だれかが爆発か銃声を通報しているだろうから、救急車だけでなく、警察もここに向かっているはずだった。

ミッチェルは女性の頭を両手でそっとかかえ、ごわごわの髪をなでつけながら、不気味なほどのおだやかさで語りかけた。「おれたちが殺したんだ。きみにこんなことをしたくそ野郎をぶっ殺したんだ」

女性は激しく痙攣し、四肢をコンクリートに叩きつけはじめた。ミッチェルは、後頭部を床で打たないように、女性の頭部をしっかりと抱いた。

はじまったときと同じく唐突に、痙攣が止まった。女性はふたたびぐったりしたが、右脚だけがぴくぴく動きつづけた。足の指の割れた爪がコンクリートをひっかいていた。ミッチェルは上体を起こして女性におおいかぶさると、口に耳を寄せながら、指で首に触れて脈を調べた。ミッチェルはこぶしで胸骨を叩く心臓マッサージをはじめた。そして効果がないと見ると、胸部圧迫法に切り替えた。

ミッチェルの動きにあわせて、女性の頭がかすかに揺れた。いいほうの目がつややかに白く、陶器の卵のようだった。ティムはいつでも交替できるように近くで膝立ちしていたが、爆風吹きすさぶ戦場や後送ヘリのなかで体得したにちがいない、いまだに不可解な感覚で、女性を蘇生させることは不可能だとさとっていた。

数歩離れたところで、ロバートはひとりごとをつぶやきながら、怒りをこめてこぶしをすばやく握ったりゆるめたりしていた。シャツの、汗で変色している部分がめだっていた。

ミッチェルが心臓マッサージをやめた。太い二の腕がシャツの袖を押しひろげていた。ミッチェルは立ちあがって両手を組みあわせ、ベルトの上にあてた。ミッチェルは、怒りが高じれば高じるほど、冷静になり、集中するタイプだった。「死んだ。ヴァンを裏のフェンスに寄せておく」そういうと、向きを変えて階段をのぼっていった。

ロバートは女性に駆けよった。「だめだ。続けろよ、ラックリー。続けてくれよ」

ティムはロバートのために蘇生術をほどこしたが、人工呼吸するときの女性の唇は冷たくうつろで、体は板のように堅く、絨毯にボール紙を押しつけたように、手で圧迫するにつれてそりかえった。唇は青ざめていた。ふたたび頸動脈をたしかめたが、大理石じみた深い冷たさしか感じなかった。

ロバートの顔は汗と涙でぐしゃぐしゃだった。虫に刺されたかのように真っ赤だ。

ティムは立ちあがって拳銃を拾うと、ロバートの腕を軽く叩いた。「行くぞ」

ロバートは口をぬぐって、「この娘を置き去りにはできねえ」といった。

ティムはロバートの肩に手を置いたが、ロバートは払いのけた。遠くからサイレンが聞こえてきた。

「ここでおれたちにできることは、もうなにもないんだ」とティムはいった。「行くぞ。ロバート。ロバート。ロバート」ロバートはようやくわれに返った。目をしばたたいて、額の汗をぬぐった。ティムはしゃがんで、おだやかでおちついた目でロバートを見つめた。「頼んでるんじゃないぞ。行くんだ」

ロバートは言いつけにしたがっている子供ののろくささで立ちあがり、階段のほうへ歩きだした。

女性の頭はうしろに傾いて堅いコンクリートに触れており、口がぽっかりとあいていた。ティムは口をそっと閉じてやってから、ドビュフィエの丸まっている死体をまたぎ越して階段をのぼった。ミッチェルはひん曲がった金属製のドアの周囲から抜かりなく道具を回収していた。裏庭に出たとき、ティムは正面の道路で車が急停止する音を聞いた。フェンスの穴を出てすぐのところで、ヴァンが待機していた。ドアがひきあけられ、ティムは乗りこんだ。

ふたごは後部で壁にもたれていた。ロバートの紅潮した顔には戦闘神経症の兆候が見られた。ミッチェルのシャツの、女性の頭をかかえていた部分が汚れていた。ティムがドアを閉めると、ヴァンが走りだした。

「二度とあんなふうにやみくもに飛びこむな」とティムはいった。「もうちょっとで撃っちまうところだったんだぞ」

ロバートは無反応だった。

高すぎるダッシュボードに視界をさえぎられないよう電話帳を敷いてるストークが、真っ青な顔でちらりと振りむいた。「ごめんよ。応援に……行かなくて。怖かったんだ」ストークは顔をしかめて胸をつかみ、シャツを握りしめた。「車をとってきて、動きがあるのを、だれかが出てくるのを待ってたんだ」あちこちのポケットを探って青い錠剤を出し、口に放りこんだ。

「それでよかったんだ」ティムはいった。「命令どおりに行動したんだからな」

ロバートは汗まみれの髪を握りしめた。指の隙間から髪が房になって飛びでていた。「もっと早く地下室にはいればよかったんだ」

「無理だったさ」とミッチェルがいった。

「見張りを……もっと早く切りあげればよかったんだ。きのうの夜、はいってればよかったんだ。あの娘はあそこにいたんだ。ずっとあそこにいたんだ」

ティムはロバートを見やったが、ロバートは目をあわそうとしないで――視線をあちこちにさまよわせていた。どこも見ていなかった。

「たられればはよせ」ミッチェルがいった。「勝ち目はなかったんだ。どうしようもないことで自分を責めるな」

路面の亀裂が続けざまにあり、ヴァンは金属質の悲鳴をあげた。

ロバートは頭を前に傾けてから、後頭部をヴァンの壁に叩きつけた。金属の壁がへこむほどの勢いだった。ロバートの声にはまだ緊張が残っていた。喉が不安定に締めつけられていた。

「ちくしょう、ちくしょうめ。あの娘はベス・アンにそっくりだったんだ」

ロバートは前かがみになってこぶしを口にあて、嘔吐した。

（下巻につづく）

処刑者たち 上

著者　グレッグ・ハーウィッツ

訳者　金子《かねこ》 浩《ひろし》

2007年8月20日　初版第1刷発行

発行人　鈴木徹也

発行元　株式会社ヴィレッジブックス
〒102-0074 東京都千代田区九段南2-1-30
電話 03-3221-3131(代表) 03-3221-3134(編集内容に関するお問い合わせ)
http://www.villagebooks.co.jp

発売元　株式会社ソニー・マガジンズ
〒102-8679 東京都千代田区五番町5-1
電話 03-3234-5811 (販売に関するお問い合わせ)
03-3234-7375 (乱丁、落丁本に関するお問い合わせ)

印刷所　中央精版印刷株式会社

ブックデザイン　鈴木成一デザイン室

 ISBN978-4-7897-3147-8 Printed in Japan

ヴィレッジブックス好評既刊

「三つの死のアート」

エリザベス・ローウェル　高田恵子[訳]　987円(税込) ISBN4-7897-2692-4

亡き祖父が描いた数々の絵に魅了された美貌の女性レイシーは、高名な画家に鑑定を依頼し、絶賛された。しかし、そのときから彼女の周囲には危険な罠が……。

「禁じられた黄金」

エリザベス・ローウェル　高田恵子[訳]　903円(税込) ISBN4-7897-2070-5

ラスヴェガス有数のカジノリゾートで働くライザ。ある日、彼女は古代の極めて貴重な宝飾品にめぐりあう。が、そのときから命を狙われ始めることに……。

「水晶の鐘が鳴るとき　上・下」

エリザベス・ローウェル　高田恵子[訳]　〈上〉714円(税込)〈下〉683円(税込)
〈上〉ISBN4-7897-1926-X〈下〉ISBN4-7897-1927-8

豪華な写本を祖母から受け継いだために、美女セリーナは姿なき殺人者の標的となった。だが、やがて彼女が見いだすのは、千年の時を経てよみがえる宿命の愛……

「カンヌ、羨望の陰で」

ダイアナ・ダイアモンド　高橋佳奈子[訳]　1029円(税込) ISBN978-4-7897-3039-6

映画祭の恋が火をつけた、嫉妬の炎。愛しているのは誰? 殺したいのは誰? 華やかなセレブ生活の裏で燃えさかる愛と憎しみのスリリングなサスペンス!

「糖蜜色の偽り」

ダイアナ・ダイアモンド　高橋佳奈子[訳]　966円(税込) ISBN4-7897-2668-1

美しい糖蜜色の肌をした娘が家にやって来てから、セレブ生活を謳歌していたアクトン家は……。果てしない欲望と政治の欺瞞に翻弄される一家を描く傑作サスペンス!

「華やかな誤算」

ダイアナ・ダイアモンド　高橋佳奈子[訳]　861円(税込) ISBN4-7897-1848-4

長年連れ添った聡明な妻か、若く美しく有能な愛人か? 悩めるエリート銀行員に突如降りかかった、妻誘拐という難題。謎の覆面作家がおくる、痛快サスペンス。

ヴィレッジブックス好評既刊

「イヴ&ローク9 カサンドラの挑戦」
J・D・ロブ　青木悦子[訳]　882円(税込) ISBN4-7897-2575-8
「われわれはカサンドラ。われわれは現政府を全滅させる」——イヴに戦慄のメッセージを送り、NYを爆破する犯人の正体は? 人気ロマンティック・サスペンス第9弾!

「イヴ&ローク8 白衣の神のつぶやき」
J・D・ロブ　中谷ハルナ[訳]　903円(税込) ISBN4-7897-2535-9
被害者の臓器を摘出する恐るべき連続殺人事件。捜査に乗り出したイヴは、やがて犯人の狡猾な罠にはまり、かつてない窮地に追いやられる! 大好評イヴ&ローク第8弾。

「イヴ&ローク7 招かれざるサンタクロース」
J・D・ロブ　青木悦子[訳]　840円(税込) ISBN4-7897-2444-1
近づく聖夜を汚すかのように勃発した残虐な連続レイプ殺人。イヴはみずからの辛い過去を思い起こしつつ、冷酷な犯人を追跡する! イヴ&ローク・シリーズ待望の第7弾!

「イヴ&ローク6 復讐は聖母の前で」
J・D・ロブ　青木悦子[訳]　840円(税込) ISBN4-7897-2352-6
次々と惨殺されていくロークの昔の仲間たち。姿なき犯人は、自分は神に祝福されていると語った…。ロークの暗い過去が招いた惨劇にイヴが敢然と挑む! 待望の第6弾!

「イヴ&ローク5 魔女が目覚める夕べ」
J・D・ロブ　小林浩子[訳]　819円(税込) ISBN4-7897-2300-3
急死した刑事の秘密を探るイヴの前に立ち塞がるのは、怪しげな魔術信仰者たちだった……。ローク邸を脅かす残虐な殺人の背後には? イヴ&ローク第5弾!

「イヴ&ローク4 死にゆく者の微笑」
J・D・ロブ　青木悦子[訳]　819円(税込) ISBN4-7897-2196-5
相次ぐ動機なき自殺。奇怪なことに、死者たちの顔はみな喜びに満ちていた……。イヴは直ちに捜査を開始するが、事件の背後に彼女とロークを狙う人物が潜んでいた!

ヴィレッジブックスの好評既刊

「ミッドナイト・キャブ」
ジェイムズ・W・ニコル
越前敏弥＝訳

定価:966円(税込)
ISBN978-4-7897-3134-8

ラジオドラマから生まれた極上ミステリー

ゴールド・ダガー賞ノミネート、カナダ推理作家協会最優秀新人長編賞受賞作! 孤児ウォーカーは、タクシーの深夜勤務をしながら、車椅子の美女クリスタと、母親探しを始めるが……様々な愛の形を軸に回る謎、また謎!

「アマガンセット 弔いの海 上・下」 マーク・ミルズ 北澤和彦＝訳
定価〈上〉798円(税込)〈下〉777円(税込)
ISBN〈上〉978-4-7897-3112-6〈下〉978-4-7897-3113-3

「デクスター 幼き者への挽歌」 ジェフ・リンジー 白石朗＝訳
定価:935円(税込) ISBN978-4-7897-3065-5

「殺し屋の厄日」 クリストファー・ブルックマイア 玉木亨＝訳
定価:945円(税込) ISBN978-4-7897-3057-0

「ダーク・ハーバー」 デイヴィッド・ホスプ 務台夏子＝訳
定価:1029円(税込) ISBN978-4-7897-3102-7